窑

龙良如 著

长篇小说 ＼ 曾经失去的一切，都将以另一种方式回归

本书获得深圳市龙华区文化事业发展专项经费扶持

团结出版社
UNITY PRESS

图书在版编目（CIP）数据

窑／龙良如著. -- 北京：团结出版社，2022.9
ISBN 978-7-5126-9557-3

Ⅰ. ①窑… Ⅱ. ①龙… Ⅲ. ①长篇小说-中国-当代
Ⅳ. ①I247.5

中国版本图书馆 CIP 数据核字（2022）第 151842 号

出　　版：团结出版社
　　　　　（北京市东城区东皇城根南街 84 号　邮编：100006）
电　　话：（010）65228880　65244790
网　　址：www.tjpress.com
E - mail：65244790@163.com
出版策划：力扬文化
经　　销：全国新华书店
印　　刷：成都兴怡包装装潢有限公司

开　　本：145mm×210mm　1/32
印　　张：9.25
字　　数：263 千字
版　　次：2022 年 9 月第 1 版
印　　次：2022 年 9 月第 1 次印刷

书　　号：ISBN 978-7-5126-9557-3
定　　价：60.00 元

最大的靠山是自己

——《窑》序

谢长华

　　良如要我为她这部长篇小说写个序，说实话，当初答应下来，只是源于对她文品与人品的认可，出于良如对我的信任，也出于对她的鼓励。

　　一口气将这部作品读完，心潮起伏不已——这是一部反映打工人生活的精品力作！发自内心地想为这部作品表达心中的诸多感慨。

　　但静流沉沙，思前想后，我只能选择其中感触最深的四个方面来以管窥豹。

　　一、精彩的故事让人无法停歇

　　小说的本质，就是讲故事的艺术，就是怎么把故事写好、写精彩。

　　小说一开始，就是："张氏老母，青石婆娘又跑啦！"这个消息，如同月亮河肆虐的洪水，很快在秀水村漫延开来。村民们忙着抗洪，没和往常一样四处找寻，甚至来不及议论，转身投入紧张的抢险队伍。

　　一下子将读者带入紧张的故事中，接着就是剥丝抽茧的层层推进，加之情节安排紧凑合理，一波未平，一波又起，紧紧抓住读者的心，让我一口气就将这部近二十万字的小说读完。

　　《窑》不但故事情节精彩，并且很有生活基础。如果没有真正进入鞋厂的工作经历，没有制作包子和面点等的生活体验，根本无法想象作者怎么将这些故事写得如此到位！

同时，这部小说很有大时代背景，如 2003 年的 SARS 病毒、2008 年的汶川地震和北京奥运会等。这种时代背景与故事情节的完美结合，就如同骨骼和肌肉的有机生长。

尤其是开头与结尾的反转、衔合，更是令人心潮澎湃，叹嘘难禁。

二、精美的语言和透彻的生活感悟

完美的小说离不开精美的语言，更少不了透彻的生活感悟。

随便从作品中采撷几句：

月亮河奔流不息，冬涸夏盈。淌长了时光，抚平了岁月，催高了娃娃们活泼的身影……

"爱情？爱情就是一群鬼！谁都听说过，有人装模作样说见过，其实谁都没见过。"

不对等婚姻衍生的轻蔑和无视，是幸福的绊脚石，吞噬着努力堆砌起来的爱。

寒冷的冬日，愿意在黎明前起床的人，要么异常自律，要么为生活所迫。

"简单的家庭关系都处理不好，怎么去应付更复杂的组合家庭？"

生活在城市生物链末端的人，面对欺压时，即使奋起反抗，终究无法改变宿命……

这种语言在作品中比比皆是。

作家余华曾经说过：作家在小说创作过程中，其实是在经历着这些事件。

只有这样，才会有身临其境的感觉，才会有更真切的生活感悟。

良如在创作《窑》的过程中，绝对有着这种身临其境的感受，才会有如此深刻的生活感悟和人生哲思。我甚至怀疑，有些故事情节，就是她本人的切身经历。

三、立体生动的人物形象

《窑》的人物非常多，从贯穿全篇的主人公颜小怜，到惜字如金的颜仙凤、高协理、张科长、姜满妹、陈翠英、梁小灵等，时间跨度二十多年，各种人物几十个，却无不给人留下深刻的印象——尤其塑造了一大群为生活挣扎、可歌可泣的女性形象。

更难能可贵的是，这些人物形象非常立体，不是扁平单一的高光伟正或一味的黑腹坏恶，都描写得有血有肉、可颂可叹，都是一群人间烟火下的七情六欲者。

如最早外出打工者的代表廖艳红，先是家里的摇钱树和骄傲，再到层层陷害自己的亲表妹颜小怜，甚至偷走了小怜的亲骨肉……

但廖艳红也在时代与命运的挟裹下，苦苦挣扎，步步悔悟，最后成为汶川地震的志愿者，为救他人而献身。

桃红——改革开放后最早南下谋生的单身母亲，为了生活苦苦打拼，这个农家妇女既有善良热情、勤劳大方且得体的一面，更有独断专横、护犊自私甚至冷酷的一面。

我却只能选择原谅她，因为生活的艰难将她锻造如斯。

还有桃红的儿子勇亮——小怜曾经的丈夫，小说中唯一着笔最多的男性，他勤劳踏实、善良且有担当，却在母亲面前那么懦弱、无主见，他既有多情的泛滥，又对小怜刻骨铭心……

娇小女孩梁小灵，看似弱不禁风、柔情似水，面对渣男邱家宝，却以勇谋兼备、玉石俱焚的手段，完成了如花生命的绝唱，让人荡气回肠，一赞三叹！

……

类似的人物还有许多，这里不做赘述。

唯一让我感到些许遗憾的人物形象，倒是主人公颜小怜——她，过于伟光正了。为了责任与担当、亲情与回报，青春年少、才色兼备的她几乎没有多少七情六欲。

当然，这是作者的心灵诉求和精神偶像——作者肯定有着颜小怜的情怀。

正因为良如有着良好的人品与文品，我才乐意为《窑》作序。

四、正能量满满的主旨

改革开放初期，因为生活所迫，一大批年轻人背井离乡，去南方沿海谋求生计。其中大多数人没有任何社会关系和资金支持，甚至出门的车费都是借来的。

然而，大浪淘沙，通过几十年的奋斗，许多人成功了，如书中的桃红、颜小怜、艳红、蔡佳敏和张小美姐妹等——他们都是以自己为靠山，苦挣苦拼的结果。

爱拼才会赢，这既是时代变迁的写照，更是打工者们的奋斗史！

尤其是命运多舛的颜小怜，自小失母，还被重男轻女的奶奶张氏老母百般压榨，但她百折不挠，因父亲残疾而被迫辍学南下打工后，完全靠自己的勤劳和善良，硬生生在生存链的底端打拼出一片广阔天地。

小怜成功后，不但不计前嫌地将张氏老母等长辈接来深圳安享晚年，还连续不断地资助贫困学子，并以产业投资的形式回报家乡父老……

乌鸦反哺，知恩图报，这，正是《窑》的光辉主旨。

当然，也有一些洪流挟裹而下的垃圾，如书中的马长荣、陈翠英等，但他们毕竟不是主流。

习总书记曾说："撸起袖子加油干！"这不仅是改革开放初期的奋斗形式，更是当前全民奔小康的时代号角。

最后，还是以作品中的一句原话作为结束语："没人可以依靠时，最大的靠山，唯有自己。"不管是写作，还是做人做事，最大的靠山只有自己，因为我和良如都是这么筚路蓝缕走过来的，并且一直在前行的路上。

2021 年 8 月 28 日于长沙

一部荡气回肠的人生赞歌

——《窑》序

唐兴林

我对湘西的向往，源自沈从文先生的《边城》。读《边城》的时候，我还在上初中，对于一个西北乡下的孩子来说，沈从文先生笔下的湘西无疑是另外一个世界。直到现在，心里都忘不了那个朴素美丽、又充满神秘色彩的湘西小镇；忘不了沈从文笔下那如诗如画的风景；忘不了那个单纯善良的翠翠以及她与爷爷相依为命的生活场景；忘不了天保和傩送无坚不摧的兄弟情；忘不了翠翠和傩送那凄美纯洁的爱情……

2013年夏天，我受邀到龙华大浪参加文学活动，事后被拉进主办方的QQ文学群。一些文学爱好者陆续加我为QQ好友，龙良如便是其中一个。那时候，断断续续和她有过聊天，知道她在大浪开了一间广告公司，爱好文学，业余时间写点东西。有时候，我也会进入她的QQ空间看看她发的文章。感觉她的文字蛮有灵性，写作基础不差。有五六年的光景，我都是在默默关注她。作为深圳市龙华区草根文学艺术协会的负责人，关注和扶持基层文学新人是我的职责。有时候，我也很奇怪：作为文学爱好者，龙良如很少参加文学活动，也很少给报纸杂志投稿。直到2019年第六届"龙华草根文学"全国征文大赛举办时，我鼓励龙良如参加比赛，她投了一篇中篇小说《永远的紫杜鹃》。结果，《永远的紫杜鹃》获得二等奖。也是在这次征文大赛的颁奖会上，我才见到了龙良如。赛后通过媒体采访，我才知道这位不善言辞的女子来自湘西。她的交往圈子很窄，除了每日忙碌生意外，几乎没有自己的生活圈子。作为和自己爱好相关的文学圈子更是异常陌生。我暗暗觉得她算是个异类。这次征文大赛后，龙良如慢慢融入了龙华的文学圈。一年后，在我的介绍下，她加入深圳市作家协会。后来，她又陆续发给我《二月二》《诺你一枝樱》等一些中短篇小说稿件。我暗自惊叹她的勤奋和创作热情。鼓励她无论多苦多累，一定要坚持文学创作。我觉得她具备一定的文学天赋和潜力。

再后来，龙良如告诉我，她又写完了一部长篇小说。这一次，我并没有惊讶。我鼓励她申请龙华文体局的文化扶持项目，争取出版这部小说。如愿以偿，得到了龙华文体局的文化项目资金扶持。这部长篇小说也将于 2022 年出版发行。

正式看到龙良如的长篇小说《窑》时，一开始并没有读下去的兴趣。读到后面，却越读越放不下。主人公小怜的人生命运一直揪着我的心，我不能停下来，我要知道她多舛的人生会有怎样的结局和归宿。

在冬日的某个夜晚，我第二次读完了《窑》，控制不住自己，就想要为龙良如的这部小说写一点东西。

《窑》里的主人公小怜出生在湘西大山深处的秀水村，这个光听名字就很有诗意的小山村无疑是美丽的。但很穷。正因为穷，小怜的妈妈惜菊在上学途中，被人贩子从四川拐卖到秀水村，给寡妇张氏老母的瘫儿子颜青石做老婆。美丽单纯的惜菊仿佛跌入了地狱，她几次三番试图逃离这个梦魇般的地方，都没有成功。惜菊生了儿子小盼以后，张氏老母才在族人的劝说下，解除了锁在她双脚上的铁链。在一次赶集途中，惜菊终于找机会逃走。从此，小怜和弟弟小盼成了没妈的孩子。

在张氏老母重男轻女的责骂声中长大的小怜，聪明、懂事，她无奈从师范学校退学去深圳打工后，无尽的人生磨难又在等着她：先是表姐艳红偷了她的女儿恋恋，又带着她男朋友私奔，在走投无路时，被老乡桃红收留，并嫁给桃红的儿子，原以为找到了温暖的家和幸福的爱情。不曾想，桃红的自私、无情以及丈夫的懦弱和贪欲，小怜再次受到无情的打击和伤害。硬气的小怜并没有被接二连三的不幸遭遇击倒。她起早贪黑，带领高考落榜的弟弟创业，终于打拼出属于自己的天地。

读完这部小说，内心有一种荡气回肠的感觉。龙良如笔下的小怜善良、坚韧、独立又有主见。我也从小怜身上看到了龙良如的一些品质。这大概就是湘西儿女特有的优秀品质吧。

作者将书名起为《窑》，应该有它的寓意：曾经给小怜留下深刻记忆的古窑，是她苦难人生开始的地方，也是终结的地方。我们每一个人，只要走出那方被禁锢的小天地，前面就是人生的开阔地。

无疑，《窑》是一部励志又好看的小说，小说主人公小怜和邱家龙是我们这个时代千千万万个优秀青年代表。通过这部小说，读者会深深感受到"幸福是奋斗出来的"这句话的深刻内涵。这部小说在弘扬真善美的同时，也揭露和鞭笞了在利益和欲望面前人性的丑陋和复杂。整体而言，《窑》作为一部长篇小说还是存在一些问题：叙述语言大于细节描写，太注重故事而让一些情节有些刻意安排的痕迹。人物形象也欠缺立体感和深度。但作为从来没有经过专业写作技能培训的龙良如来说，她出版的第一部长篇小说，算是一份及格的答卷。

我写这篇稿子的时候，听闻龙良如获得深圳市第八届"睦邻文学奖"征文大赛"十佳"奖。在此表示祝贺！

龙良如的文学之路还很长，也很宽，期望她在以后的创作道路上走得更扎实，更沉稳。也期望她能够多读经典，从那些经典文学作品中汲取更多更深的文学养分。

目 录
CONTENTS

第一卷

Volume I

窑

第一章

"张氏老母，青石婆娘又跑啦！"

这个消息，如同月亮河肆虐的洪水，很快在秀水村漫延开来。村民们忙着抗洪，没和往常一样四处找寻，甚至来不及议论，转身投入紧张的抢险队伍。

张氏老母扔掉锄头，跑到村头老樟树下，眼前的情形，把她惊了一跳：浑黄的洪水漫过秀水桥，上游冲来的房梁、杉树皮屋顶、各式家具、农具、杂草……拥堵在桥前，汹涌的巨浪裹杂着更多杂物，怒号着奔向桥面，水泥桥柱摇摇欲坠，对面的苞谷地一片泽国，漂着一头泡得发白的死猪……

横跨月亮河的秀水桥，是秀水村通往外界的主要通道。当年，年近三十的瘸子颜青石，在老樟树下买回惜菊。这个十五岁的四川妹子，上学途中被拐至此。洞房夜，惜菊痛不欲生，狠狠咬穿颜青石赤裸的肩，花骨朵般娇嫩的她，哪有力气抵抗猛如公牛的男人？深入心尖的痛楚，让她恍惚掉入地狱。

惜菊想尽办法逃跑，却因人生地不熟，屡次被抓回。每每被张氏老母打得鼻青脸肿，颜青石很心痛，一咬牙，打了一副铁脚链，白天黑夜都上着锁。

第二年秋天，小怜出生了，张氏老母丝毫没有放松看管，惜菊拖着窸窣作响的铁链，抱着粉嫩的女儿泪水长流："小可怜咧，我们的命啷个这么苦？"

惜菊生下儿子小盼，张氏老母才在族人的劝说下，摘去她的脚链。小盼快满周岁了，颜青石赶着马车，领着妻儿去赶场，惜菊给小怜买了军绿色单肩书包、粉色小洋伞，给小盼买了一套小军装。

回村途中，小怜抱着新书包，一路上喜滋滋的。马车刚驶上秀水桥，惜菊急着要解手，颜青石拉住缰绳，不悦地说："快到屋了，屎都不晓得屙到茅厕去。"

惜菊捂紧肚子，皱着眉头说："场上的包子怕是不干净，闹肚子呢。"说罢，把熟睡的小盼交给颜青石，快步走进路边的苞谷地。

等了小半晌，没见惜菊回来，颜青石这才顿悟：和自己生活了八年的婆娘，又逃了！

颜青石把小盼塞给小怜，拦住从场上回村的人，哀求道："快！快去苞谷地帮我找婆娘！这死婆娘又跑了！"

小怜抱着哇哇大哭的小盼，望着父亲一瘸一拐的背影，急得眼泪直流。

远远响起几声闷雷，乌云迅速笼罩天际，眼看要落雨了。小怜把马拴在桥头的石墩上，抱着小盼跑到老樟树下。

一记惊雷"轰"地在头顶上空炸开，豆大的雨滴猛砸下来，土腥味直往鼻孔窜。妈妈曾经说过，雷雨天不能在大树下躲雨。小怜快速张望四周，身后的斜坡上，露出一角红砖墙，她背起小盼，爬到砖墙前。

一口旧砖窑呈现在面前，低矮的窑门内一片漆黑。正犹豫间，大雨倾盆而下。小怜咬了咬牙，牵着小盼走进窑门。小盼的哭声，在丈许宽的窑内回荡，分外刺耳，小怜从书包内掏出包子哄他。姐弟俩借着微弱的光线，找到一处干硬的地面坐下。

又高又陡的窑壁红黑相间，几丈高的窑顶上，有个井口大的豁子，"哗啦啦"垂下珠串般的水帘，窑中央的地面，长期被雨水冲刷，形成硕大的凹坑，小怜感觉他们坐在一尊可笑的瓮内，恐惧感慢慢退却。

雨下得格外出奇，月亮河流域，笼罩在巨大的雨幕下。小怜探头望向窑外，天际乌云密布，狂风咆哮着，卷起大量水雾扑进窑门，她抱着小盼不断往窑内挪。小盼一边哭泣、一边啃着包子，慢慢靠着小怜睡着了。

雨没完没了地下着，远处传来轰隆隆的水流声。小怜打了个寒战，紧紧把小盼抱在怀里，无尽的恐惧再次侵入心头，她努力睁大眼睛，生怕被无边的黑暗吞噬。睡意爬上眼皮，小怜试图睁开眼睛，终是趴在小盼身上，沉沉睡去。

雨声终于柔和下来，"沙沙沙……"拍打着地面，好似轻柔的催眠曲，小怜伸展着四肢，小盼从她怀里滑落，摔在泥地上，"哇"地哭了，她急忙把他抱起来，捋起衣角给他拧鼻涕。

依稀传来张氏老母的声音。小怜背起小盼，飞奔到窖前。奶奶站在老樟树下，大声哭喊着："做的么子孽哟！青石娃子啊，你们都在哪里咧？"

小怜大声唤道："奶奶！奶奶！"

张氏老母转过身，抹着眼泪又哭又笑，嘴里念着"菩萨保佑，菩萨保佑"，连滚带爬攀上斜坡，还没站稳脚，一把抢过小盼，搂在怀里连声说："我的心肝肝，骇死奶奶了。"

小怜怯怯地扯了扯张氏老母的衣角，她瞪着浑浊的三角眼，厉声问道："你爹娘呢？"

小怜低下头，小声应道："妈妈不晓得去哪儿了，爹爹正在寻。"

张氏老母吼道："臭娘们，胆子越来越大了！"

小怜紧紧捏着衣襟，泪水在眼眶内直打转，她吸了吸鼻子，不让眼泪掉落。

百年难遇的特大洪灾，淹没了田地、冲毁了房舍、夺去全镇几十口生命……秀水村村民房屋都建在离河较远的高地，仅河滩边的田地受损，暂时没有人员伤亡。

颜青石耷拉着脸，拖着瘸腿拐进家门。姑妈颜仙凤正在清扫禾场上的污泥，屋前的池塘被洪水倒灌，淹没了塘堤，涨过塘边的毛马路，漫过屋前的禾场，差一点溢进堂屋。大水退却后，禾场上一片狼藉。

颜仙凤小声问道："还有找到人么？"颜青石无奈地摇了摇头。

张氏老母背着小盼走出堂屋，阴着脸说："这么早回来？还有夜呢！去车站寻了么？"

颜青石一屁股坐在门槛上，没好气地应道："满田垅都是水，上哪寻去？你只晓得天天骂她，留下两个冇娘崽，马也丢了！车也丢了！你满意了？"

张氏老母正要发飙，和颜青石前后脚进屋的颜青山开腔了："再讲这些，有么子用？惜菊不管是死是活，都不好寻了。从今日的受灾情况来看，上面会拨救济粮和救济款。我明日打个报告，讲你婆娘连车带马被洪水冲走了。面子上讲得过去，还可以呷救济。"

颜青山是颜青石未出五服的堂兄，是秀水村村长，在镇里说话都有分量。张氏老母平时飞扬跋扈，在颜青山面前，从不敢多半句嘴。

张氏老母思量片刻，点了点头："听你青山哥的，冇错！明日清早，去买一副千年屋，地仙、道士都请来，把她的衣裤装殓了，该哪样办，就哪样办。"

在颜青山的主持下，葬礼办得很体面，该有的礼数，一样没落下。小怜死活不肯穿麻衣，她喃喃念叨着："妈妈没有死，我要妈妈……"

张氏老母一巴掌扇过去，呵斥道："豆子鬼！亲娘死了都不拜！像话么？"

小怜一个踉跄，差点摔到千年屋底下。她望了望张氏老母冰冷的脸，抹着眼泪爬起来，套上麻衣，跪在灵前，一耸一耸的小肩膀，承载着无尽的恐惧和悲伤。

颜仙凤房前屋后照应着，张氏老母黑着脸说："我屋里的事，冇要你操心。少猫哭耗子。"

颜青石吼道："都么子时候了！还分不出好丑？"

张氏老母号哭起来："老头子唉……快把我接走咧……我当牛做马……太苦咧！"

颜青石领到一笔救济款，去场上买回一匹更强壮的马，置办了新马车。日子仿佛恢复了平静，再没有人提及惜菊。

小怜一夜之间长大了，每日除了照看弟弟，还要做不少家务。村里的孩子追着她喊"瘸崽子""川佬"时，她只是冷冷地瞪着人家，不像往日那样和人吵翻天。夜深人静时，她蜷在床头，望着天际的月亮，无声地落泪。

每到下雨的日子，忙完该做的家务，小怜总会撑着小花伞，独自去村口守望。坐在窑前的石块上，望着马路尽头，久久地发呆。张氏老母扬着大嗓门，满村子寻她，才一步三回头，眼含热泪回家。

第二章

秋季开学时，小怜该开蒙了。张氏老母死活不给她报名，要她在家带小盼。小怜背着新书包，哭着跑出家门，张氏老母骂道："剁脑鬼，和你死鬼娘一样犟！有本事冇回来！"

小怜跑向村口，来到窑内。妈妈离开得太突然：草纸上没教完的诗句，墙上没弄懂的加减法，仿佛都在告诉她：妈妈没有离去。可是，妈妈真的不见了。

小怜捡起一块石头，在窑壁上一笔一画描着：我要上学！她尚未踏进校门，却会写很多字，都是妈妈空闲时教的。她最爱的就是妈妈，记得妈妈教的任何东西。几天前，她在衣箱内看到一个笔记本。那熟悉的字迹，是妈妈写给她和弟弟的吧？她迫切想看懂那些字。

小怜抱着书包坐在窑前，阳光炙烤着她黑瘦的小脸，细密的汗珠裹着热泪滑落。她悟不明白的事，太多太多：妈妈为什么要离开？奶奶为什么只喜欢弟弟？小朋友们为什么总是欺负我？我为什么不能上学……

泪眼蒙眬中，一个身影走上桥头：丰腴的身姿、齐眉的刘海、及腰的长发……不正是魂牵梦萦的妈妈么？小怜撒开脚丫，奔向秀水桥，边抹泪边大喊："妈妈！妈妈……"

小怜踉跄着停下脚步，一张陌生的、满是诡异的少妇的脸，映入她的眼帘，她低下头，羞得满脸绯红。

少妇温和地对小怜笑道："细妹子，你在等妈妈么？"

小怜捏着衣角，轻轻"嗯"了一声。

少妇蹲下身子，望着小怜，柔声问道："你晓得邱家宝家么？"她紧紧咬着嘴唇，点了点头。

少妇从挎包内摸出两粒糖，塞到小怜手上："我和他们家是亲戚，好多年冇来过了，记不清路了，你能帮忙带路么？"

看着少妇真诚的眼睛，小怜点了点头。走出好几步，她才发现，一个小男孩紧跟在少妇身后，圆嘟嘟的小脸绷得铁紧，好像有人借了他的米，还了他的糠。

小怜把他们领到邱家门外，正准备离开，看到院墙根的苦楝树下，有不少白黄相间的火石，用来玩捡石子，最好不过了。她蹲下来，挑拣出比拇指稍大的、个头偏圆的火石。苦楝树前方，是邱家院子通往村口的毛马路，路旁的大池塘，是孩子们掷瓦片、嬉戏耍水的场所。

院内传来尖细的声音："送他来做么子？"小怜侧耳听了听，是家宝娘艾香婶。

少妇低声说："艾香姐，我确实冇法子了。哪个想得到车子会翻下山？我哥哥嫂嫂，还有我男人都没了，我一个女人，实在养不起亮亮和家龙。"

艾香的声音，压低了一些："桃红妹子，我也有办法。田地遭了洪灾，早稻冇收到几担谷。我又才生了个妹娃，前几日，计生办来催二胎罚款，再不交，他们就要来捉猪、牵牛。再把他领回来，真是黑了天咧……"

少妇哀求道："姐啊……讲破天去，也是你身上掉落来的肉，你忍心他没有去处？"

院内响起关门声，少妇轻轻拍着门，小声哭道："姐，你修个好处咧……"

小怜听得出神，趴在院门上，想一探究竟。被唤作家龙的小男孩，正靠在墙角默默落泪，发觉她在偷看，他紧咬着嘴唇，狠狠地瞪了她一眼。那冷冷的眼神，瞧得小怜直发怵，她闪回身子，捡起挑好的火石，撒开腿朝塘对面跑去。

小怜蹑手蹑脚走进院子。张氏老母背着小盼在井边洗菜，小盼兴奋地叫着："姐姐！我要姐姐！"

张氏老母骂道："死哪去了？有本事冇要归屋！"

小怜快步走进堂屋，张氏老母跟了进来，把小盼推到她面前说：

"就晓得找你姐！等她上学去了，看你跟哪个！"小怜仰起小脑袋，满眼都是惊喜。张氏老母翻了翻眼皮，"哼"了一声："你爹给你报名了。这下都满意了，也不怕累死我这把老骨头！"

终于盼到开学那天，小怜一大早就起床了，扒了几口饭，一路小跑，来到村办小学。班主任宋老师，是个扎着麻花辫的年轻女孩，点过名后，她逐一教孩子们写名字。

宋老师翻开小怜的课本扉页，工整地写下"颜小莲"，小怜用橡皮轻轻擦掉"莲"字，边改边认真地说："老师，我是这个'怜'！"

迎着宋老师疑惑的眼神，小怜骄傲地说："妈妈给我取的名字，我早就会写了。"

学校紧邻村委会，开设了一至四年级，总共四个班级。由于师资不足，每班人数不过十几人，学校采取复式班教学：一、二年级共用一间教室，三、四年级一间教室。

宋老师是一、二年级班主任兼语文老师；民办老师颜解放，担任三、四年级班主任兼语文老师；他们又分别教另两个班的数学；体育课全部由颜老师负责，宋老师教全校的美术课、音乐课。

宋老师上半堂课教一年级学拼音，下半堂课把黑板擦干净，马上给二年级讲解课文，一年级练习书写拼音。

小怜很快写好了，她个性随母亲，手脚利落，脑瓜灵泛，做事四平八稳。她轻轻抹平田字格作业本，仔细检查工工整整的拼音，和父亲查看地里的幼苗一样，眼里盛满了欢喜。

宋老师捧着课本，声情并茂朗读着："天，那么高，那么蓝。蓝蓝的天上飘着几朵白云……"小怜情不自禁跟着读起来，脑海里呈现出一幅秋天美景……

念完课文，宋老师双手撑在讲台上，笑着说："今天，我们班来了一位新同学，他的名字叫邱家龙。大家欢迎他朗读第三自然段。"

小怜转过头，二年级最后一排，邱家小男孩站起来，落落大方地朗声读道："稻田旁边有个池塘。池塘的边上有棵梧桐树。一片一片的黄叶从树上落下来。有的落到水里，小鱼游过去，藏在底下，把它当作伞……"

邱家龙标准的普通话，让大家既惊奇又新鲜，宋老师笑着夸赞道："读得真好！我现在宣布，由邱家龙同学担任语文课代表。"

邱家龙低头坐下，一丝笑意在他的圆脸上漾开，冷峻的大眼睛内，漾起柔和而羞涩的光芒。

放学时，每个生产队的学生，排成一个队列，依次有续走出校门。邱家宝大声呵斥邱家龙："我警告你！别老跟着我！讨厌死你了！"邱家龙悻悻地站在路边，走也不是，停也不是。

小怜走在第二队列，她拳头紧握，恨不得冲上去，替邱家龙出一口气。

秀水村北依雁峰岭，南临月亮河，村舍散落在连绵的丘陵间。源自雁峰岭的雁峰溪蜿蜒而下，溪西大部分住着颜姓一族，溪东多是邱姓一系。两大姓系明里暗里争着高矮，哪边都不曾低过头。

雁峰溪和月亮河汇合处，有一道肥沃平缓的斜坡，村里开垦出层层叠叠的茶场、果园。村委和村小学，都建在茶场腹地。孩子们放学后，走下操场前的石级台阶，走过雁峰溪上的木桥，七拐八拐来到老樟树下，再沿村道进村。邱家宝家在大池塘东边，小怜家在大池塘西头。她从邱家院子路过时，邱家宝总会领着几个小伙伴，追着她喊"瘸崽子""川佬"。

小怜挥了挥拳头，还是忍住了。她快步走到邱家龙跟前，轻声说："你的课文念得真好听！比宋老师念得还好。"

邱家龙挤出一丝尴尬的笑容，蒙着薄雾的双眼，少了往日的倔强，却无法掩饰孤冷。他默默地朝老樟树走去。小怜顿了顿，紧走几步，跟上他的步伐。

崎岖不平的村道上，走着三五成群的小学生，他们天真烂漫，一路嬉笑打闹。邱家龙和颜小怜一前一后慢慢走着，仿若两只落单已久的小雁，失去了呼唤同伴的力气。

第三章

小怜的同桌名叫陈翠英。陈家是村里的独姓，住在村东头。沿着村道走到她家，起码得一个钟头，她念三年级的哥哥陈和平，每天带着她抄近道，沿着月亮河畔的沙径回家。

小怜每天早早起床，拎着小木桶，把潲水舀进灶锅，再烧燃灶火，剁一大盆猪草。潲水烧滚后，拿来竹箐箕，来回搬好几次，把切好的猪草倒进灶锅。趁小盼没醒来，匆匆吃过早饭，背着书包赶去学校。若小盼早起纠缠，难免会迟到。放学回家后，放下书包，扒一碗冷饭，背上大竹篓，拿着长把镰刀，去往沟渠边、塘坎田坎附近，割足一篓猪草，才允许回家。吃过晚饭，才有空在昏黄的灯下写作业、温习功课，碰到小盼哭闹，作业便完不成，只能第二天去学校补写。

即使如此，小怜的学习成绩，一直名列前茅，深得老师喜爱。

期末考试结束了。领通知书那天，天气冷得出奇，呼啸的北风，夹杂着零星的雪粒子。同学们都冻得缩紧了脖子，围在带了火箱的同学旁边，争相烤冻得发僵的手脚。期末典礼在学校小礼堂举行，大家拎着小板凳，按班次列队坐好。小怜考了全班第一名，邱家龙是二年级第一名。宋老师给他们颁发了奖状，还有让同学们羡慕不已的奖品——五本作业簿。

陈翠英抢过小怜的奖状，笑嘻嘻地说："我早就晓得，你肯定拿第一！"

天真的笑容，在冻得通红的小脸上漾开了，缺了门牙的小嘴，哈出团团轻雾。小怜伸出胳膊，用力揩了一下鼻孔，袖口粘满硬邦邦的清鼻涕，小脸更红了。

回家路上，邱家龙郑重地把奖状卷成筒状，脑海里浮现出母亲冷冰冰的模样。他想：妈妈看到我的奖状，会不会欢喜些？

邱家宝追上来，抢过邱家龙的奖状，扔在雪地上。堂兄邱家平紧随其后，坏笑着踏上一脚，邱家宝停下脚步，大声嚷道："有么子了不起，我上一年级时，也拿过第一！"邱家龙知道，哥哥这次考了四年级第三名。

邱家龙默默捡起奖状，掏出一张草稿纸，轻轻擦拭着泥污。他眼含热泪，慢慢朝家走去，回忆着昔日领回奖状时，养父母喜悦的笑脸、鼓励的话语。

邱家龙走到院墙外，堂屋内响声艾香欢喜的声音："冇得第一名，也冇事，乖崽蛮不错了。"邱家宝拿着米糊，正往堂屋东墙上贴奖状——那里贴了五张奖状，红艳艳的一片，甚是好看。

邱家龙走进堂屋，低着头，把奖状递给艾香，期盼她能说一句："家龙也蛮不错。"艾香在给女儿家燕换尿布，她接过奖状，瞄了一眼，顺手摆在身边的条凳上。邱家龙正准备拿走，一条尿湿的尿布甩过来，恰好落在奖状上。一股热浪冲上邱家龙脑门，他拎起尿布，真想扔到门外，却只敢把它放在一旁。他把奖状紧紧捏在手里，走进院角的小耳房。

邱家龙趴在小桌上，默默地流泪，积压已久的委屈倾泻而出：自从回到这个家，他何曾感到过温暖？哥哥是全家的掌上明珠，打小随爷爷邱振轩住东屋；父母带着妹妹住西屋；他独自住这间阴暗的耳房。父亲邱高山对他还算关心，但他在县上工作，平时很少回家。此刻，他十分想念养父母，他们曾经那么疼爱他、呵护他……

看着那张沾满泥污、浸过尿液的奖状，邱家龙心头冒出一股无名火，把它揉成一团，用力朝门外丢去。恰好扔在朝院内走来的邱高山身上，他捡起来，打开一看，咧嘴笑了："家龙考了第一名，真不错！快去灶屋拿点热饭，贴到墙上去。"

见邱家龙坐着不起身，邱高山放下行李，走进耳房，牵起他的小手，朗声说："来，爹爹帮你贴，家宝贴一边，家龙贴一边，来日都攒起劲，看哪个领的奖状多。你们都要努力学习，争取考大学，走出这山沟沟。"

邱高山把奖状贴好，这才想起行李，艾香刚喂完猪，见丈夫拎着大包小包进屋，连忙放下潲水桶，快步走过来，接过铺盖卷，轻声说："拆被面回来就行了，何苦都背回来？"

邱高山把行李靠墙摆好，憨笑道："唉，领导听说我们超生了两个娃娃，工作安排给别人了。你不是总讲，照顾一屋人，累得很么，正好回来帮你。"

艾香张大嘴巴愣在原地，旋即号哭起来："早不听我的，接他回来做么子。二胎款罚早都谈好了，他不回来，屁事冇得！八字先生早讲过，他和我们相克，这就应验了。"

邱高山呵斥道："别信那些封建迷信。我们违反了政策，关娃娃么子事？！"

艾香抽抽搭搭止住哭声，一边收拾行李，一边哽咽道："好好的工作没了，全家都得受穷挨饿。"

邱高山走进里屋，喝了半杯热水，拍了拍吓得发蒙的邱家龙的头。坐在条凳上，点燃一支烟，吐了一口烟圈，大声说："大伙都种地，没见哪个饿死！别人养得活一屋人，我邱高山一样可以！"

望着父亲坚毅的脸庞，邱家龙的眼眶湿润了，心头涌上些许不安：要不是自己回来，爹爹还能在县机械厂开车。小小年纪的他，从市区养父母家回到农村，深知有单位的公家人，和偏远山乡的农民，生活有着千差万别。

小怜蹦蹦跳跳走回家，笑着把奖状递给张氏老母："奶奶，你快看，我考试得了第一名。"

张氏老母正在给小盼喂粥，她眯缝着眼睛，瞧了瞧奖状，瘪着嘴说："哎哟，十块钱学费，就换来一张红纸，还这么欢喜？"

小怜的心顿时凉了半截，她把书包和奖状放在小桌上，推开灶屋门，从火塘内扒出两个烤红薯，这是秋收过后，她放学后的午饭。小盼一岁半了，张氏老母不是给他煮鸡蛋，就是熬瘦肉粥，养得胖墩墩的，很是惹人爱。小怜自然也偷偷眼馋，却只能啃着烤红薯。

小怜走出灶屋门，小盼拿着她的奖状，"撕拉撕拉"扯着玩，"咯咯咯"笑得正欢。小怜三步并作两步冲过去，一把抢过奖状，大声说："奶奶，弟弟把我的奖状撕坏了，你都不管一下？"

小盼"哇"的一声哭起来，张氏老母甩了小怜一巴掌，怒骂道：

"不就一张破纸么？想吓死你弟弟啊？"小怜瘦小的脸上，很快浮起几个指印，她默默走到廊边，靠在廊柱上，无声地落泪。

灰蓝的天际，透出一片瘆人的亮色，雪粒子下得越发稠密，房前屋后的枯草丛中，露出一个个洁白的小雪堆。远远望去，黄白相间，恰似妈妈常用的旧头巾。天空泛起灰黄的光晕，雪粒子渐渐稀散了，鹅绒般的雪花，洋洋洒洒飘下来。妈妈离开后，再也没了音讯，小怜的思念如雪花般飘满心间，落入心底，化作刺骨的寒冷，尖锐地疼痛着。

小怜搓了搓发僵的双手，缩了缩脖子，身上的衣服有些短小，发黄的灯芯绒罩衣下，露出烂了一角的红色卫生衣，解放鞋裂开两道口子，隐约可见乌紫的脚趾头。

颜仙凤在西耳房板梯下整理柴垛，她要趁大雪来临前，把柴都搬进屋檐，不然大雪封山，就没办法挑回来。若是大年三十，柴还在外面，按乡俗是"财不归屋"，影响来年财运。

颜仙凤擦着额角细密的汗珠，瞥见正在哭泣的小怜，走过来小声说："怜妹子，天太冻了，快到屋里去，小心感冒了。"

小怜抬头看了一眼姑婆，没有应声，低头走进堂屋。

颜仙凤摇了摇头，她打心底疼爱乖巧的小怜，每当张氏老母打骂她，总想过去劝阻，又怕起了反作用，孩子会更受罪。背地里塞些吃食给她，她却总是飞快地跑开。

颜仙凤心里明镜似的，这些都是张氏老母教导的，全家老少要和她这个"丧门星"划清界限。

第四章

颜仙凤是颜青石的亲姑妈，年轻时能说会道、柳眉杏目、腰肢圆润，是秀水村一枝花，提亲的媒婆络绎不绝。父亲颜老蛮几番对比，把她许给邱家院子的邱振庭。小伙子长相俊朗、腰身挺拔，家底也厚实，两家人对这门亲事都很满意。

订完亲那年夏天，一伙山匪翻过雁峰岭，悄无声息来到秀水村。颜仙凤在月亮河畔放牛，迎面碰上一个探路的悍匪。他举着长枪步步逼近，颜仙凤很清楚，此时逃跑没有用了，她把手上的缰绳，绑在低矮的灌木上，惊恐地倚着牛背。山匪把她按倒在灌木丛下，美丽纯洁的少女，强烈勾起他的兽欲。他纵情发泄，忘乎所以地闭着双眼，仰着丑陋的头颅，兴奋地嘟囔着、淫笑着，发出心满意足的怪叫。浑然不知颜仙凤忍着屈辱，悄然解下水牛缰绳，紧紧绑在他衣襟的搭扣上，她突然拿起砍刀，击向水牛的后腿。

水牛受惊而逃，拖着光屁股的山匪，沿雁峰溪一路狂奔。远处看热闹的山匪，一窝蜂追上去，一个山匪跑出几步，转身奔向颜仙凤。她来不及扣衣裤，拼命朝河边逃去，情急之下跳入河中，山匪不敢下河，朝河里开了几枪，悻悻然离去。作恶的山匪，被水牛拖得皮开肉绽，惨叫不绝。同伴击毙水牛，把他拉上溪岸，他吐了几大口鲜血，气绝而亡。

在老樟树下摆渡的陈艄公夫妇，救起落水的颜仙凤。陈大娘翻出一套烂衣裤，好歹帮她遮了羞。老两口驾着船，带她逃往对岸金盆村。

几天后，政府派来剿匪大队，山匪闻风而逃，出逃的乡亲陆续回到村里。颜仙凤也回家了，迎接她的，却是家人的满脸寒霜。她的事传遍全村，山匪前脚刚走，邱家后脚来退亲。那个年代，失去贞节是无法原谅的屈辱，没人管你是什么原因。她缠着小脚的娘，狠狠地骂道："早晓得，不如淹死在河里。"

邱振庭放不下颜仙凤，可他做不了主，他心痛、无助、苦恼……躺在床上几天不吃不喝，无奈父母狠了心，死活不松口。邱振庭失望之余，前往县城散心，正赶上八路征兵，他咬了咬牙，当即参了军。

约半个月后，在尚文县城做珠宝生意的陈耀祖，托媒婆来颜家提亲，愿娶颜仙凤做姨太太。寻上门的好事，断然不好错过。纵使她万般不情愿，颜老蛮还是一口应下了。

原来，陈艘公夫妇带着颜仙凤逃到金盆村时，堂侄陈耀祖也在躲匪患。听堂婶讲起颜仙凤和山匪斗智斗勇，不由心生敬意。见过颜仙凤本人后，陈耀祖瞬间被吸引了：好一个与众不同的女子。且不说她出众的长相，单看她经过那么大的灾难，还能沉稳淡定、有条有理地操持生计，是多么难得。

得知颜仙凤被退婚，陈耀祖即刻托人上门提亲。那神态，好似还未成亲的毛头小伙。事实上，他成亲近二十年，大儿子在县中学教书了。

陈耀祖从未想过要另娶一房太太，他认为余生大致如此：妻贤子孝万事足，家庭和睦享太平。遇到颜仙凤后，年近不惑的他动了心。中秋过后，他急不可待地迎娶了颜仙凤，那架势和排场，丝毫不比娶正室差。陈耀祖对颜仙凤极宠爱，家人也对她恭敬有加，没有丝毫怠慢。颜仙凤冰封的心，逐渐融化了。

在陈耀祖的帮扶下，颜家的日子越过越红火，拆掉窝了几代人的茅草屋，修了一横两竖两层全木结构新楼，夯平禾场，廊前砌了一溜整齐的大青石，打远处望去，和地主老财的宅院，都有得一拼。

曾经看颜仙凤不顺眼的嫂嫂张氏，也有了好脸色。生大女儿青莲时，颜仙凤送了一枚金戒指，给孩子一个纯银长命锁。自此，她对小姑子格外巴结。

世事不能尽如人意，颜仙凤嫁入陈家，虽得尽陈耀祖宠爱，却迟迟没有开怀。

张氏相继生下二女香莲、三女金莲，这年又怀上了。母亲乐呵呵地说:"肚子溜圆,应该是个伢崽。"

颜仙凤看过无数郎中,服下不少汤药,陈耀祖颇为心疼:"你还年轻,莫要太性急。没生养过的身段,我更中意!"

颜仙凤轻轻擂了陈耀祖一拳,嗔怒道:"过门好几年了,再不开怀,人家不笑话你?"她自有担忧:陈耀祖四十多岁了,她却未满二十。将来他过世了,她失去依靠,日子怎么过?孩子才是最好的保障。

谁也没料到,颜仙凤期盼的、担忧的,统统都来了。这年夏天,她如愿怀孕。陈耀祖对她嘘寒问暖,关怀备至,陈老夫人也很欢喜。

初秋时节,张氏生了个大胖小子。颜老蛮是独苗,虽然生养七个儿女,养大成人的,只有颜水生和颜仙凤。

听说哥嫂添了丁,颜仙凤备下礼品,坐上轿子回娘家小住。

儿子青石快满月了,颜水生上街置办宴席用品。他刚踏上渡船,对岸有人拼命朝他挥手,行至江心才看清来人,是陈府丫头喜鹊。船还没靠岸,她立即跳上来,塞给他一个沉重的包裹,急切地说:"舅老爷快回屋,速带家人逃出村。"

颜水生惊了一跳,包裹差点摔落,问:"怎么回事?"

喜鹊小声说:"先别打听,老夫人安排的,照做便是。"

陈艄公拼命摇着船桨:"既是老嫂子的安排,必然出了大事。"

原来,昨天夜里,陈家宅院被大批携枪背刀的蒙面人围困,家里、店铺洗劫一空,陈耀祖和大掌柜被当场打死,领头的男子蹲在陈耀祖的太师椅上,恶狠狠地说:"快去弄茶饭酒菜,兄弟们吃好喝好,兴许能放走几人,否则一个不留。"

"喜鹊,去吩咐灶上,把能吃能喝的,全都端上桌。"陈老夫人端坐在八仙桌旁,平静地说,"听诸位口音,像是百里之外黔州人,我思来想去,毫无瓜葛仇恨,为何要灭我陈家?"

头领大笑道:"我叫来无影,他们是去无踪。为何来你家?真不关我的事,我们老大想来尚文玩一票,在百家姓上扔了个骰子,恰好落在陈字上。我们沿尚文走了好几天,陈字招牌数你家最大。"

陈老夫人干笑两声:"承蒙诸位抬爱,既然是冲陈家,帮佣、杂工、车夫、跑堂等等,都散了吧。不然伤及无辜,坏了好汉的名声。

骰子会失灵的。"

头领犹豫片刻："这个，我做不了主。"

陈老夫人站起来，悄声说："我们做笔买卖，如何？"

头领将信将疑问道："什么？买卖？"

"用我陈府金库所有财宝，换这一屋人，如何？"陈老夫人不动声色说道，"你杀了我们，必然找不到金库。我那些财宝，给你另起炉灶，也有剩有余。"

头领靠着太师椅坐定，想了小半晌，突然大喝道："死老太婆，你耍么子花招！"

陈老夫人笑道："我一个小脚老太婆，奈何得了你这些弟兄？见不到财宝，你杀我便是。"

头领掂量片刻，挑出几个身手敏捷的跟班，他手持短枪，紧随陈老夫人走出后门。走了约一里远，来到一处独门宅院。陈老夫人朝院内喊道："是我，你们都撤出去，我带贵宾进去看货。"

头领迅速安排手下把住各出口，小心翼翼走进庭院，目之所及，并无特别之处，一行人走进内室，陈老夫人费力推开屋角的大瓮，现出一块圆形铜板，她掏出钥匙，打开铜板上的铜锁，几人上前抬开铜板，一个地窖呈现在眼前。陈老夫人点燃油灯，沿长梯走下去，偌大的地窖内，果然有大量金银财宝。头领双目放光，大声说："把兄弟们都叫来，把马车也赶过来！"

头领安排几人看守大门，两人看守地窖口和陈老夫人，其余人等皆下窖清点、打包。陈老夫人靠墙站稳，双后合十，不断念叨着："南无阿弥陀佛，南无阿弥陀佛……"趁看守没注意，悄然踩向墙角一枚铜钉，大量硝药自窖顶暗格倾入窖内，她迅速把油灯扔入窖中，熊熊大火瞬间把窖口封严，地窖内哀号连连。待看守反应过来，陈老夫人已从旁侧暗门逃离。

家丁们冲进大院，和几名看守殊死拼搏，此次过来的劫匪，一个活口都没留下。

陈老夫人回家后，派人前往金库清理金银，方便携带的，不论身份人人可取，不便藏身的，装上马车，其余皆和劫匪一道深埋地窖。

陈老夫人和儿媳眼含热泪，亲自给陈耀祖装殓。子嗣着白衣白帽拜别，不许痛哭，连夜安葬。

因怕匪首派人报复，破晓前，陈老夫人宣布：愿意继续追随者，即刻出发；不愿背井离乡的，就此别过。

尚文陈氏珠宝，从此退出江湖。

颜仙凤在逃亡路上早产，孩子不幸夭折。颜老蛮和颜水生染上疟疾，客死异乡。直到新中国成立，地方匪患消灭殆尽，陈颜两家才重返故里。

颜青石不幸摔断腿后，张氏越发痛恨颜仙凤——自打她被山匪睡过，家里真是灾祸连年。

张氏老母早就忘了，孤苦半辈子的小姑子，为这个家出过多少力。她反复告诫儿孙：远离西屋的丧门星，她会给家里带来不幸！可人家鸡窝里的蛋，十有八九被她顺走。惜菊生下小怜，没钱买荤菜，她偷了人家两只老母鸡，伺候月婆子。青石能买来惜菊，为颜家续后，也是卖了当年的金银首饰。

小怜不敢反驳奶奶，却心存疑惑：姑婆为人亲切和善，穿着干净利落，怎么会是坏人？她年岁尚小，初尝人生酸楚，怎懂世间百态？

第五章

春风自带一双巧手，轻抚着大地，嫩黄的新芽、葱翠的小苗、斑斓的鲜花，争相为月亮河两岸披上新装。河水和溪涧，日渐丰盈起来，唱起欢快的歌谣。

仿佛一夜之间，茶场的茶树，抽出嫩绿的叶芽。远远望去，简陋的校舍，好似卧在绿色海洋中的小艇。换上春装的孩子们，在老师的带领下，在绿色的海洋中跳跃、在知识的海洋中徜徉。

茶树的叶芽长开了，勤工俭学的机会来了。有的背着小背篓，有的提上小麻袋，似一窝出巢的蜜蜂，投入紧张有趣的劳动。茶山上，处处是欢声笑语，电线上的燕子，在空中盘旋几圈，又落下来，好奇地张望着。

小怜和陈翠英形影不离，站在和她们齐头高的茶树旁，利落地掐着翠绿的叶芽。身畔的背篓内，慢慢堆起小小的绿山，纤细的指尖，染上浅浅的绿色，慢慢地，那浅绿变成浅褐。小小的人儿，都成了茶香扑鼻的小天使。

小怜聚精会神忙碌着，陈翠英突然停下来，悄悄指了指前方：一个高年级女生，往嫩叶堆下偷偷塞刚长苞的茶果。同体积的茶果，分量比茶叶重许多，是采茶工惯用的小把戏。

陈翠英现学现用，也摘了大把茶果，藏到嫩叶下面。她示意小怜效仿，比摘轻飘飘的嫩叶划算多了。小怜低头不语，掐摘嫩叶的速度，更快了。妈妈教过她，做人要诚实，她才不要弄虚作假。

礼堂里摆着桌子、磅秤，采回来的新鲜茶叶，要一一过秤，村委以八分钱一斤的工价计算。在落后的山乡，能为父母出份力、挣些钱，是多么值得骄傲的事。陈翠英领了一块六毛钱，她看着小怜手上的一块二毛钱，小声说："叫你听我的，你偏不听。其实你比我摘的快得多。"

小怜把钱塞进贴身衣袋，收拾好文具，默默背起书包，快步走出教室。陈翠英追着她喊道："你做么子嘛，等等我！"

小怜回过头，拧着眉头说："我妈妈说过，做人要诚实。我不想和你好了。"

陈翠英呆呆地看着小怜，根本不能理解她的想法。陈翠英大声说："我又没欺负你，你做么子嘛。"

小怜飞快地跑出校门，走下石阶，跑过木桥，小小的身影，在河畔的石崖边消失了。看着她远去的背影，陈翠英噘着嘴说："我还不想理你咧，木脑壳。"

小怜和陈翠英不论在哪儿碰上，都装作没看到。上课时，陈翠英忍不住了，总是偷偷看小怜。两个天真烂漫的孩子，冷战了一个多礼拜。

礼拜六下午，放学铃声响起，陈翠英在小怜课桌上放了个小纸盒，转身跑出教室。小怜打开一看：嫩绿的桑叶上，爬满白胖的蚕宝宝。

小怜捧着纸盒追出去。

陈翠英迈着细碎的步子，磨磨蹭蹭走在石阶上。小怜撵上去，轻声说："英子，谢谢你！"

陈翠英转过身，问道："我们还是好朋友么？"

小怜点了点头。两人嬉笑着揉作一团，一步三颠朝河边走去。

每年春天，学生们会一窝蜂地养蚕。几乎人手一个小纸盒，铺上鲜嫩的桑叶，洒上黝黑的蚕苗，整个学期，便有了无穷乐趣。

邱家龙也养了十几条小蚕。上学前，他到池塘边采几片鲜嫩的桑叶，拿小手巾擦干水气，小心地铺进小盒，才放心地去学校；放学后，第一时间换上新桑叶。在他的悉心照料下，蚕宝宝长得又白又胖。

邱家宝也养了蚕，他每天要忙的事情太多了：下河摸蟹、上树掏鸟窝、满山找野果……他的蚕长得又瘦又长，整日窝在纸盒角落，仿佛爬行的力气都没有了。

这天清晨，邱家龙摘回桑叶，打开小纸盒，盒内只有几条最小的蚕。他很快反应过来：肯定是邱家宝趁他没在，偷了他的蚕。他跑进爷爷房间，打开书桌上的蚕盒：黑瘦的队伍里，果然多了十来条白白胖胖的蚕。他气得满脸通红，拿着盒子来到院门口，质问正在塘边采桑叶的邱家宝："不要脸，偷我的蚕。"

邱家宝的脸"唰"地红了，说："冇要乱讲，我又不是没有蚕！"

邱家龙气愤地打开盒子道："你有本事，养出两种个头的蚕？"

兄弟俩争得面红耳赤，艾香抱着家燕走出来，抢过纸盒，递给邱家宝，黑着脸说："就为几条蚕虫？有么子好吵的！"

有了母亲撑腰，邱家宝气势顿涨，挑衅地瞪着矮他半个头的邱家龙。邱家龙气极了，一把夺过纸盒，用力扔在地上，使劲踩上几脚，大声哭喊道："太欺负人了！谁都别想养。"

看着发了狂般的邱家龙，邱家宝闪到一边。一向沉默的小儿子，如此顶撞自己，艾香怒火中烧，一巴掌扇过去，邱家龙踉跄几步，一脚踏空，掉进身后的池塘。

母子俩慌了神，拼命呼喊："家龙掉水里啦，快来救人啦！"

颜仙凤在塘对面洗猪草，她大声喊道："艾香，先冇慌张，寻根长竹竿，递给娃娃！"

艾香把吓得直哭的家燕塞给邱家宝，着急忙慌去找竹竿。

邱高山在屋后清理猪圈，踩着两脚猪粪冲出来，衣服都不及脱，一头扎进水里，托起邱家龙。

邱高山抱着邱家龙爬上岸，所幸只呛了几口水，没有大碍。看着丈夫铁青的脸，艾香急忙进屋帮他们找衣服。

邱家龙换好衣服，背起书包去上学。艾香拉住他说："叫你哥帮你请个假，今日歇一天学。我煮碗酸辣鸡蛋，给你祛一下寒。"

邱家龙甩开艾香的手，仰起头，冷冷地看着她，一字一顿说："我不吃你的鸡蛋！我要去上学！"

迎着邱家龙如剑的目光，艾香心里直发怵。她怎会知晓：自己的无知和偏心，让心灵脆弱的孩子，受到更多创伤。

一贯平静的村小，突然喧闹起来，大家都在议论一个话题：邱家弟兄为了抢蚕，差点淹死一个。这个爆炸性事件，在孩子们眼里，既刺激又新奇，早自习变成闹哄哄的"新闻发布会"。

宋老师敲着黑板擦，大声喊道："都回位子上！"孩子们迅速回到座位上，不时有调皮的男孩，朝邱家龙做鬼脸。

邱家龙正襟危坐，没有搭理旁人。他那拖着两挂黄鼻涕的同桌马长安，揶揄着笑道："池塘里的水，有大粪味么？"

宋老师瞪了马长安一眼，他吸溜一下鼻子，趴在课桌上，装模作样读起来。邱家龙大声地朗读着课文，对一切置若罔闻。

课间休息时，被寒冷束缚一冬的孩子们，争相扑进春天的怀抱。操场成了喧闹的运动场：蹦田字、踢毽子、跳皮筋、追赶子……胆大的同学跑进果园，摘野花、采浆果，颜老师站在校舍后的斜坡上，扯开嗓门大喊："都注意安全！不要走远，马上要上课了！"

邱家龙端坐在位子上，认真地默写生字。他始终没有融入这里，无论是穿着还是口音，都和山乡孩子有很大区别。何况，他心里砌了无形的墙，排斥了所有恶意的、善意的心。

一个草稿纸折成的小纸盒，悄然摆在邱家龙面前，十来条白白胖胖的蚕，欢快地蠕动着，奋力吞噬着桑叶，发出沙沙沙的声响。

邱家龙抬起头，小怜瘦小的瓜子脸映入眼帘，清澈的眼睛里，盛满盈盈笑意。他正欲推开那个盒子。小怜歪着头，笑嘻嘻地说："你看，小蚕好开心呢。"看着小怜如星的双眸，他摸了摸头皮，也笑了。

第六章

淅淅沥沥的春雨，青翠了群山、滋润了万物、丰盈了溪涧……一朵朵蓝色的、黑色的、彩色的"蘑菇"，在秀水小学操场绽开。"铛""铛""铛"的铃声响起，"蘑菇"沿着茶场的石板路，飘成七彩长龙，慢慢地，分成三五个"蘑菇"堆，朝烟雨蒙蒙的村庄移去。

老樟树下徘徊着一朵粉色"蘑菇"，是满脸落寞的小怜。妈妈在下雨的日子出走，春雨落在山麓、落在河流、落在小怜心底，她无数次遥望远方，呼吸失望。

一个明黄色身影，缓缓走过来，是穿了雨衣的邱家龙。平时拒人千里的圆脸上，挂着浅浅的笑容。他从腋下掏出一本书，踌躇着递给小怜。

那是一本湖蓝色封皮的图书，小怜问道："真好看，么子书呀？"

邱家龙羞涩地应道："我爸买给我的，《一千零一夜》，送给你。"

小怜轻轻踢着小石子道："这书肯定好贵，我不能要。我妈妈说过，不能随便要别人东西。"

邱家龙眼底漾起一丝失望，他咬了咬嘴唇："我爸买了好多书给我，我都看过了，都很好看的。"

小怜翻开封皮，吃惊地问道："这么多字你都认识？"

邱家龙笑道："里面这些故事，我不用看都知道的，妈妈给我讲过。你要是不要，我就把它扔河里，省得邱家宝总惦记。"

小怜笑嘻嘻地接过书："艾香婶还会讲故事呀？"

邱家龙失神地望着远方："我爸爸妈妈坐的车子翻了，他们都没了……"说罢，转身朝村里走去，小怜亦步亦趋跟在他身后。春雨霏霏的村子，显得格外寂静，他们小小的身影好似两个音符，在泥汀的村道上弹跳，奏出沉重的曲调。

远远传来嘈杂声，邱家龙家门口的池塘边，站满戴斗笠的乡邻。小怜紧跟着邱家龙，朝他家跑去。

堂屋外的屋柱旁，摆着好几台机器，邱家龙兴奋地跳起来："是电视机，有电视看咯！"

邱家龙的堂婶喜娥，在人群中来回穿梭，嘴里啧啧有声："高山哥有本事，一下子把碾米机、揉茶机，都办齐了，不用再挑担子去金盆村加工了。"

邱家平从屋里窜出来，抱住喜娥滚圆的腰身撒娇："娘，今晚在家宝屋里看电视，好不好？"

喜娥拍了拍邱家平的屁股蛋，嗔骂道："把作业写完再讲。"

邱家平喜出望外，拔腿跑出院门，和提着航空袋子的陈老艘公撞了个满怀。

陈老艘公摸了摸邱家平的脑袋，乐呵呵地说："看么子西洋景呢？这么闹热。"

喜娥打趣道："哟，是陈爹爹，又去会颜家屋里老相好啊！"

倒回去两年，陈老艘公肯定会呛她："再乱嚼舌头，下次过河时，看我不把你的下水都晃出来。"几年前，由在省里当官的邱振庭出面，拨款给村里修了秀水桥，陈老艘公失业了。他打着哈哈回敬："我倒是想和你好，金山能答应？"

围观的乡邻都大笑起来，邱高山走出来，递给陈老艘公一支烟道："陈爹爹，又上城里啦？"

陈老艘公叼着烟，噘起嘴，让邱高山点火。他叭了一口，苦着脸抱怨："回来几日了。可别讲了，那个侄孙媳妇，狡诈得很，呷个饭还把锅上了锁，我待在那里，有么子味嘛？"

邱高山吹灭火柴，小声问道："不至于吧？我在机械厂上班时，去她家呷过几次饭，还蛮通情理的。"

陈老艘公吐了一口烟圈道："日头正当顶，他们就喊呷饭，我哪呷得进嘛。等我饿了，他们都上班去了。端起碗去揭锅盖，嘿！鼎锅都锁起了，费老劲都揭不开。"

邱高山忍住笑，问道："他们家的鼎锅，是不是一个小圆墩，带着长长的黑把手，顶上有个手指粗的铁坨坨？"

陈老艘公忙不迭点头："嗯咯嗯咯。"

邱高山笑得上气不接下气，说："陈爹爹……那是压力锅，煮出来……煮出来的饭，喷香的！揭的时候，和铁鼎锅不一样，要左右卡到位，才揭得开。您错怪伯母咧。"

陈老艘公恍然大悟，懊恼地拍着脑袋道："我这木脑壳，又办了糊涂事。"

陈老艘公看到小怜，急忙喊道："怜妹子，我正要去你家，我们搭伴走。"

陈老艘公是陈翠英的曾祖父，虽年过八旬，身板却很硬朗，村里的老人小孩，他如数家珍。话说回来，他也是大伙的开心果，好些陈年旧事，成了茶余饭后的笑谈。

新中国成立前，陈耀祖接陈艘公到城里小住，第二日吃早饭时，陈老夫人问他："你昨夜没睡好么？眼珠子都是红的。"

陈艘公边打哈欠边嘟囔："哎哟……别提了，屋里那盏灯，耀祖扯一下，就亮得晃眼，我怕再扯一下，把房子给点着。吹了半天又吹不熄，又怕睡太死，屋子燃起来，哪里敢眯眼咯。"逗得一桌人大笑不已，他却慢吞吞地说："那灯亮是亮，中看不中用，烟锅都点不燃。"一屋人笑得直不起腰来。

陈家落难后，陈老艘公挂念那些侄孙，往城里跑得更勤了，从牙缝里省出些粮食，给老嫂子送去。颜仙凤也托他捎些鸡蛋、糙米给婆婆。

陈耀祖的三儿子在东北工作，陈老艘公很挂念他，想让他尝尝家乡特产。有人提醒他："只要有地址，可以去邮电局邮给他。"

陈老艘公脑门一拍，心想：可不是嘛？村里刚竖好电线杆，拉了电进来，哪还用去邮电局？他装了满满一蛇皮袋特产，架起长梯子，爬上那根最高的电线杆。颜青山刚好放牛经过，吓得连声阻止，好不容易把他拉下来，他急吼吼地嚷着："拉我下来做么子，我给侄孙邮电东西呢。"颜青山好说歹说，才把他劝回家。

近几年，年景终于好起来，几个侄孙常领陈老艘公进城玩几天。每次回来，都会给他带些稀罕东西，也会捎些给颜仙凤。他和颜仙凤走动多年，又成了村里一大笑谈。

邱家热火朝天商议，如何安顿那些机器，最后决定，安在邱家龙睡的小耳房。如此一来，进了院门就是加工点，不会影响全家生活。

看着堆在廊边的被褥、藤箱，眼泪在邱家龙眼里直打转。电视机安在爷爷屋里，邱家宝把声音调得老大，不时冲邱家龙做鬼脸。

机器安置得差不多了，邱高山才看到一脸落寞的邱家龙，他拍了拍脑袋：怎么忘了安顿满崽？

正房左后屋，住着孤老的堂叔邱二狗，右后屋是自家灶屋。家里只有两间卧房，两个儿子水火不容，住一起肯定不行。

邱高山提着被褥进了屋，邱家龙站在廊边，就是不挪步。邱高山摸着他的头，温和地说："你和爹爹睡一头，好么？"

邱家龙低着头，倔强地说："我一个人习惯了，不想和你们住一屋。"

艾香笑骂道："就这么几间屋，你不和我们住，上哪去？壁上打个钩，挂起来？"

邱家龙瓮声瓮气应道："你不是不喜欢我么？和你住一屋，我睡不着。"

艾香气得直跳脚，邱高山一把拉住她："我来想办法。"

邱高山背着手，绕屋子走两圈，架起梯子爬上阁楼，左看看，右瞧瞧，自言自语嘀咕半晌，满意地点了点头。他伸长脖子对邱家龙说："儿子，先和爹挤几夜，保证给你一间屋。"

第二天放学后，家里多了一个木匠，带着徒弟在堂屋忙活，溜光的木板码在屋角。艾香正往竹筐内撮刨花，她喊住邱家龙："龙伢崽，去把猪潲水烧开，我要煮夜饭。"

邱家龙放下书包，来到大灶前，朝灶膛内塞了一把刨花，上面盖些碎干柴，再放几根劈柴，划燃火柴，点燃刨花，小小的火苗伸出舌头，舔舐着刨花，刨花引燃碎柴，碎柴助燃劈柴，黑漆漆的灶膛内，很快火红一片。劈柴都燃起来后，邱家龙搬来小板凳，开始剁猪草。艾香打开餐柜，拿出一个橘子递给他。母子俩都沉默着，眉眼却舒展不少。

几天后，阁楼上的小木屋修好了。是一间刚及成人高的小屋，邱家龙睡过的小木床、破书桌、从城里带来的藤衣箱，都堆在墙根。

邱家龙把物品摆放整齐，他容不得房间有半点不整洁，这得益于当过兵的养父。他仰卧在温暖的被子上，和煦的阳光透过屋顶的亮瓦，映亮他兴奋的小脸。

新晒的棉被，满是阳光的味道；崭新的木板墙壁，散发着木头的清香；对面阁楼上，刚揉成形的茶叶香将他轻轻包围起来，冰冻许久的心，在芳香中逐渐消融，生出柔软的翅膀，伴着窗外小鸟的脆鸣，飞向天际。

第七章

天气晴好的日子，陈老艘公常坐在老樟树下发呆。老伴去世后，他总会来河边走走，这里是老两口操劳大半生的地方，古老的大樟树，见证了他们的青春和生活点滴。

娃娃们放学时，是陈老艘公最开心的时刻。他拉住几个调皮蛋，闹着要猜谜语："脚踏黄河两岸，手拿机密文件。前头酒水哗哗，后头酒糟……"

陈老艘公还没讲完，孩子们大笑着跑开了，说："猜过好多次了，上茅厕呀……上茅厕……"

邱家宝嚷道："阿公，我出一个，您来猜：悉哩嗦啰响，嫂嫂屁眼痒，哥哥请进去……"

陈老艘公哈哈大笑："你这小屁股，晓得讲杂毛话啦？"

邱家宝得意地笑道："猜不出来了吧？"

陈老艘公吐着烟圈，说："这个还不简单？开锁嘛！"

马长安吸溜着鼻涕，伸长脖子说："我出一个，保准你们都猜不出。"大伙不屑地看着他，他拧了一把鼻涕，甩到泥地上，清了清嗓子，朗声说道："一条尾巴三个口，四脚朝天四脚走。"

娃娃们抓头挖耳，半天都想不出来，陈老艘公敲了敲烟锅："安娃子不简单呀！这个你都会？"马长安得意地笑了。

陈老艘公摸了摸刚剃的光脑壳："这个嘛，你们几个见都没见过。"他故意顿了顿，引得几个娃娃急得直瞪眼，才缓缓说道："是界上的人，抬着活猪去卖。"

娃娃们七嘴八舌说开了。

"真的假的？"

"哪来的四脚朝天，四脚走？"

"哈哈哈……"

陈老艘公背着手站起来，慢吞吞地边走边说："界上冇通马路，卖猪时要把猪抓起来，四脚朝天绑在竹架上，找两个男子汉抬下山。不就是四脚朝天四脚走嘛！"

娃娃们恍然大悟，跟在陈老艘公身后嬉闹："陈阿公，再讲个故事咯！"

陈老艘公挥了挥手，乐呵呵地说："都早点归屋，少让爹妈操心！"

陈老艘公坐在老樟树下，陪伴一茬又一茬的娃娃，走过纯真的童年，他们从村小毕业，前往镇上继续学业。那些欢声笑语，在他们心底扎了根，伴随越发矫健的脚步，走向更宽广的天地。

一个春末的傍晚，在镇中学读初一的邱家宝，踩着自行车，驮着邱家平，拼命往秀水桥赶。

老樟树下空荡荡的。邱家宝站在桥头四处张望，暗想道：周一清早才和陈阿公约定，周六好好比一比谜语，准备一个礼拜了，他上哪去了？

邱家宝嘀咕道："这个老头子，还有怕我们的时候啊？"两人正说着，小怜背着书包，沿着河畔的小路走过来。

邱家平捅了捅邱家宝："龙伢子的对象来了。"

邱家宝把自行车挡在路中间，嬉笑着问道："颜小怜，问你个事。你清早上学时，看到陈阿公了么？"

小怜绕过自行车，踩着老樟树巨大的根系，走到马路上，没好气地应道："冇听到陈家湾的炮仗声么？阿公前日过世了。"她转过身，迈开步子，朝村里走去，拖在脑后的长辫子，在细腰上晃呀晃。

邱家平捂住嘴，低喊道："陈阿公死了？太不可思议了吧？"

邱家宝答非所问地说："这颜小怜，真是越长越乖态。"

陈家的丧事，办得异常隆重，光炮仗就放了好几担，道场、法事都是最高规格。四天流水席，每餐至少有八个菜。上堂祭那天晚上，每桌都上了蒸盆、肘子、扣肉、牛肉、鲜鱼，来宾个个吃得肚皮溜圆，娃娃们比过年还欢喜。

周日是陈老艘公上山的日子，老人生前为人和善，受人敬重，加上陈家兄弟礼数周到，村里人都去送老人最后一程。

下山途中，陈家主事人拎着蛇皮袋，挨个给乡邻派发香烟、毛巾、香皂。这可是方圆几十里头一遭的稀罕事，大伙对陈家兄弟的大方赞不绝口。有人说，陈家大办喜丧，都是老艘公的小儿子陈运水出的钱，于是，有些人看陈运水的眼神，就多了些许恭维。好几个乡邻和他商议，要他领家人南下打工。

二十世纪九十年代初，改革开放近十年了。偏远山村的人们，生活却仅能维持温饱。陆续有人前往城市寻找生计。许多十二三岁的女孩南下广东、海南，开启前途未卜的打工生涯，学校女生失学率剧增。

张氏老母感叹道："陈老哥有福呢！我来日有这么风光，也值了。"

小怜陪着陈翠英朝山下走，张氏老母拉着小盼，小跑着追上来，对陈翠英说："英妹子，你满叔在广东发了财，真能干！你帮忙和他讲一下，等小怜村小毕业，带她一起下广东，要得不？"

陈翠英吃惊地问小怜："你成绩那么好？就不想读了？"

小怜轻声应道："哪个讲我不想读了？"

张氏老母絮叨起来："你爹能挣几个钱？哪有余钱供你去镇上读？又要出寄宿费，又冇能帮屋里做事。再讲，小盼过两年也要开蒙，我这把老骨头，帮得了你们几年……"

喜娥忍不住劝道："怜妹子年年考第一，不上学可惜了。"

张氏老母嚷道："考第一有么子用？能当饭呷？当衣穿？你钱多，借我点咯！"喜娥摇了摇头，扭着胖胖的腰身走开了。

颜仙凤独自走在最后头，她很少和村里人走动，陈老艘公过世，她却不能不来。这么多年来，陈家给予她亲人般的关怀，温暖了她孤苦的人生。

张氏老母和小怜的对话，让颜仙凤的心情越发沉重，看着眼泪汪汪的小怜，她的心揪成一团。

颜青石一瘸一拐走在前方，颜仙凤快步跟上去，轻轻拉了拉他的衣角。颜青石识趣地放慢脚步，待张氏老母和孩子们走远后，两人才慢慢走近，颜仙凤压低声音，把刚才的一幕告诉侄子。

颜青石搓了搓手，无奈地说："有么子办法？今年种子、化肥钱，都是找信用社贷的。"

颜仙凤停住脚步，望着颜青石，说："小怜是棵好苗子，培养出来了，对颜家冇坏处。难处只是眼前的，苦几年就过去了。小怜的学费，我可以出一部分。都是自家人，你冇要见外，只是冇要和你娘讲。"

颜青石感激地看着姑妈，一时说不出话来。这么多年来，他看着母亲对姑妈的欺凌；明白姑妈对他的付出；自己却夹在中间，无法做出感激之举。心中如打翻五味瓶，涌上各种滋味。

得知父亲坚持让她升学，小怜喜出望外，一口气割了一大篓猪草。天快擦黑时，才背着沉重的竹篓，慢慢朝家走去。塘边拐弯处，一个黑影挡住去路，她瞪睛一看，是邱家宝站在路中央，嬉皮笑脸朝她做鬼脸。

小怜把竹篓靠在塘坡上，喘了几口粗气，不悦地说："冇要挡我路。"

邱家宝叉开双脚，问道："听说，你奶奶不让你上学？"

小怜没好气地应道："你听哪个乱讲？我爹说了，我想上到哪，就上到哪，关你么子事？"

邱家宝望着小怜满是汗渍的脸，说："我就讲嘛，哪能不上学呢？等你到镇上念书了，我请你去录像厅，看录像！"

小怜背起竹篓，侧身闪过邱家宝，脆声应道："我才不去看么子破录像。"

邱家宝扬起嗓门，边走边唱："你问我爱你有多深，我爱你有几分，我的情不移，我的爱不变，月亮代表我的心……"唱到得意处，不小心踩到路边的水沟，"扑通"一声，摔了满身泥。

邱家宝爬起来，像鸭子一样抖了抖泥水，继续唱着往家走去："轻轻的一个吻，已经打动我的心……"

小怜又恼又羞，朝邱家宝远去的背影啐了一口唾沫。

初升的月光，洒下点点清辉，给小怜单薄的身影罩上朦胧的轻纱；微风轻拂，池塘泛起层层波光；禾场下的杨柳，随风轻轻摆着；年前抱来的小黑狗，欢喜地扭着腰肢，摇晃着尾巴，迎接小主人的归来。

第八章

　　乡村的初秋，铺开一年中最绚丽的画卷：廊前的芭蕉开得红艳；禾场边的桔树上，缀满鸡蛋大小的青桔；塘岸旁的柿树枝头，拳头大小的柿子泛起浅浅的黄色；鸡爪树挂满一串串诱人的鸡爪果；稻田里的晚稻，正在扬花抽穗；远山更加苍翠、河水愈发清澈、天空高远深邃……

　　明媚的晨光照在廊前，映红小怜甜美的脸。她正在整理行装：半新的塑料桶内，装着铝制饭盒、两升大米、装满辣子炒咸菜的广口玻璃瓶，这些都是寄宿必需品。

　　一抹愁云爬上小怜眉梢，她和陈翠英分到一个班。俩人早就商量好了，搭伴睡一铺，可是，家里没有多余的像样被褥。奶奶巴不得她不上学，也没为她准备。正一筹莫展时，颜仙凤拎着一床打好包的印花被，笑盈盈地走过来，小怜慌忙站起来，双手捏住衣角，低声说："我不能要。"

　　颜仙凤笑着说："听说小怜这次统考，是全镇第一名，这是姑奶奶的奖励。"

　　小怜紧张地望向堂屋，张氏老母在给小鸭崽喂饭，她瘪了瘪嘴，大声说："怜妹子，你姑奶奶心疼你，接下就是。自个屙屎冇怕臭，家穷冇怕脸皮厚。"

　　颜仙凤讪笑着走开了，张氏老母得了便宜还卖乖的本性，她领教了几十年。可不能和她搭腔，一不小心马蜂炸了窝，可不得了！

　　吃过早饭，小怜背起被子，挎上书包，提着水桶，大步朝镇上走去。

　　刚走过秀水桥，邱家龙骑着自行车撵上她，在不远处停下来，望着她笑。邱家龙到镇完小上学后，两人很少在一起玩耍，偶尔碰了面，也只是笑着打个招呼。

小怜问道："你也去报名呀？"

"嗯咯。"邱家龙扯住小怜被子上的绑带，"要走十几里路呢，我载你吧。"

小怜摇了摇头："光东西就这么多，还要载上我，你能驮得了？"她四下张望着，"等下那些人看到，又得乱讲。"

两人正说着，桥头传来邱家宝"嘎嘎"的笑声，邱家平坐在自行车后座，扯着嗓门唱道："老相好，老相好，摊开铺盖困觉觉……困觉觉咯！"

小怜扬起眉梢说："你不把我的铺盖绑好，我哪里好坐嘛！"

邱家龙支好自行车，把铺盖绑在前杠上。小怜一手拎水桶，一手扶座凳，笑着跳上后座："好啦，我坐稳了！"

邱家宝踩着踏板，和邱家平"哦呵……哦呵……"起哄。

月亮河和公路如影随形，欢唱着向前奔流。路边开满各色野花，几头黄牛悠闲地啃着青草。学生们背着行囊、迎着朝阳，或步行，或骑行，朝学校赶去。

小怜和邱家龙有说有笑，来到十六里外的伏龙镇。月亮河穿过伏龙镇腹地，镇南是一片开阔地，坑坑洼洼的街道两侧，林立着砖木结构的房屋。拐过街角的集市，走过伏龙桥，顺着铺了沥青的大马路往北走百来米，就是伏龙镇中心小学。

邱家龙在离校门十几米的地方停下，邱家宝的车紧跟过来，邱家平大笑道："送佛没送到西哟？"

小怜一边卸行李，一边应道："狗拿耗子，多管闲事！"

这时，一个身穿连衣裙的女孩朝他们跑来，欢快地喊着："龙哥，宝哥，你们都来报名啦？"

邱家宝脸上堆满笑容："佳敏，呷过饭了么？"

佳敏甩着长长的马尾辫，应道："真是冇话找话！你们都走了十几里地了，我能冇呷饭？"她转头问邱家龙，"龙哥，我托你带的蚕种呢？"

邱家龙拍了拍脑门，惊叫起来："唉哟，把这事给忘了。"

佳敏是艾香娘家堂侄女，她母亲邹红莲是伏龙中学副校长，父亲蔡柏生是县一中教导主任，两家经常走动，这不，开学第一天，就在校门外等邱家兄弟。

蔡佳敏是独生女，成绩一向很好，这次初小升高小考试，被秀水村的颜小怜夺了头名，让她很窝火。

得知眼前的女孩就是颜小怜，蔡佳敏脸上掠过一丝不易察觉的冷笑。她笑着迎上去道："你好，颜小怜，我是 37 班蔡佳敏，我领你去 39 班教室吧。"

看着这个高高瘦瘦的漂亮女孩，小怜红着脸说："我自己过去就好了。"

蔡佳敏拎起邱家龙的塑料桶道："那好吧，我帮龙哥拎行李。颜小怜，我们是竞争对手哦！"说完，大步朝校园走去。

全新的寄宿生活拉开帷幕，十岁出头的娃娃们，初到新学校的新鲜感过后，开始思念家的温暖。晚上熄灯后，好几个女生都哭了。陈翠英也坐在床头抹眼泪，小怜安慰道："哭么子嘛？一个星期可以回一次家。你哥就在初中，下课都可以去看他。"陈翠英抽抽搭搭点了点头。两人依偎着钻进被窝。

寄宿生统一用铝饭盒蒸米饭，家庭条件好的学生，在学校食堂订餐，吃的是有荤有素的新鲜菜；许多和小怜一样的孩子，只能吃自带的坛子菜。开饭的时候，这个吃的是辣子炒咸菜，那个饭盒里装着酸萝卜丝，还有榨菜丝、酸豆角、干炒豆子……要好的同学三五成群，你这里挑一筷子，他那里舀一勺，脸上洋溢着简单的快乐。

陈翠英也在食堂订餐，她找到小怜，正要扒点冬瓜炒肉片给她，小怜把饭盒移开了。陈翠英噘着嘴说："做么子嘛，人家想和你换菜吃！"

小怜扒了一口饭，边嚼边笑："要是你吃的是自家带的菜，我就和你换。你花钱买来的，和我换不划算。"陈翠英知道小怜的脾气，只好作罢。

中心小学汇集了全镇十几个村的学生，五年级开设三个班级，每班近四十个学生。最耀眼的孩子是单位职工子女，他们穿着得体、举止大方；个体户、邻近街边的孩子，多数活泼开朗、亲切淳朴；刚走出大山的孩子，对一切都充满好奇，透着莫名的拘谨。

开学没多久，一则谣言在月亮河流域流传：日本派出一队绝密特工，带着含有超强绝育功能的药水，乔装成预防接种医疗队，到各学校给学生打假疫苗，凡是打过药水的人，轻则丧失生育能力，重则丢掉性命。

虽然校长三令五申劝告大家，这是恶意散播的谣言，大家不要理会，但还是有不少家长来校强行接走孩子。有个家长带来更恐怖的消息：医疗队到了离伏龙镇三十里不到的晏家湾，因用药过猛，有个女娃打过针，当场吐血而亡。

老师不断安抚大家：这绝对是谣言，大家要保持镇静。但架不住家长们的横蛮，只能让他们领走孩子。校长只能一再强调，没有家长来接的学生，一律不许私自离校，以免发生意外。

教室里的同学越来越少，陈翠英哭着对小怜说："我们还是逃回家吧，留下来不是等死么？"

小怜也有点忐忑，但她相信老师，相信政府，怎么可能放任这些恶劣行为不管？她不断安慰陈翠英："他们说医疗队上午到了晏家湾，现在天都快黑了，不也没来么？肯定是骗人的。"

第二天凌晨，小怜迷迷糊糊翻身时，依稀感觉床侧空荡荡的，她摸索着坐起来，陈翠英没在床上。她麻着胆子爬起来，发现同寝室的同学，全都没在铺位上。原来，她们趁着月色，去离学校较近的同学家了。

第二天早自习时，教室里只有小怜和几名男生。班主任拍了拍小怜的头，向她竖起大拇指。

几天后，县公安局抓获几个造谣的村民，他们因山林问题上访，未及时得到回复，一气之下散布谣言，引起社会恐慌。真相大白后，学生们陆续回到学校。

陈翠英红着脸向小怜解释："宿舍的女生说，'老师那么喜欢小怜，逃跑的时候，千万不要告诉她。'"

看着陈翠英磕伤的手臂，小怜嗔骂道："你个傻英子。"

第九章

月亮河奔流不息,冬涸夏盈。淌长了时光,抚平了岁月,催高了娃娃们活泼的身影……

两年后,小怜升入伏龙中学。开学典礼前,蔡佳敏跑进小怜寝室,兴奋地牵着她的手说:"颜小怜,我们分到一个班!"

小怜正在劝解陈翠英:"不管分到哪个班,都可以在一起玩嘛。"

蔡佳敏笑着说:"对呀,天天都可以见面。有么子不开心,开学典礼快开始啦!"

她们挽着胳膊朝操场走去,十二三岁的少女,都出落得亭亭玉立。操场旁坐着几个高年级男生,正对新生品头论足,她们仨一出现,引来一片口哨声,小怜和陈翠英都羞红了脸。

蔡佳敏昂着头走过去,叉着腰大声说:"有本事再吹一个?"有人认出她是副校长女儿,一窝蜂跑开了。蔡佳敏不屑地说:"一群傻包,别搭理他们。"

少女的世界,单纯而又神奇,小怜和蔡佳敏明争暗斗两年,却成了无话不谈的好朋友。小怜褪去初来伏龙镇时的青涩,变得大方、自信起来。

秋收过后,邱高山、邱金山两家忙着翻修房子。邱高山回村后,大兴加工业,前几年承包了村委的茶场,赚了不少钱,又买了一辆大卡车,做起木材生意,成了村里的大红人;邱金山负责村里信用社,村民们存款、贷款都得找他。两人是不用出大力就能赚钱的能人。

邱家的楼房越砌越高,村里人羡慕的眼神越拉越长。颜氏一族不甘示弱,颜青山也请来工匠,拆掉老木屋,准备修砖瓦房。颜青石赶着马车帮颜青山拉红砖,卸货的空档,颜青山递给他一支烟说:

"惜菊走了，你日子越过越难，想不想搞出个名堂，再讨一堂亲？"

颜青石黝黑的脸上，泛起一丝红晕，他吧嗒着烟锅，低声说："能整出么子名堂？一屋人老的老、小的小、残的残，哪有人肯进门？"

颜青山压低嗓门："雁峰岭、伏龙山四处产杉木，我思量着，也搞搞木材生意，你看这路子如何？"

颜青石吐了一口烟圈说："现在搞建设的多，是个好门路。你路子广，可以搞。"

颜青山凑到颜青石耳边，说："搞那个要和林业站打交道，我当着这个村长，不太好出面。我是这样想的，我出钱、出车，你出面，赚了钱分你两成，要得么？"

颜青石思索片刻，点头道："只要你放心，我有意见。"

隆冬时分，邱家院子的两栋砖瓦房先后入伙了。

颜青山的新楼也即将完工，上梁那天晚上，足足放了八筒大烟花，几乎全村的人，都冒着严寒去看热闹。颜家院子的人个个笑得合不拢嘴，仿佛自家在办喜事，脸上有了光彩。

小怜和刚上小学的小盼来捡喜饼，颜青山老婆冬秀心疼姐弟俩，装了满满一网兜吃食，让他们坐在屋里烤火，顺便帮忙照看东西。小怜的肚子莫名地痛起来，是那种隐隐的说不上来的痛，痛一阵，缓一阵，她喝了半杯温水，还是不管用。实在抗不住了，她把小盼送到张氏老母身边，独自摸黑回家了。

这天晚上，小怜翻去覆去没睡好，张氏老母被吵醒了，恼怒地踢她一脚："死妹子炒豆子呢？被窝四处灌风，冻死人了。"小怜蜷紧身子强忍着。刚迷迷糊糊进入梦境，张氏老母的叫骂声响起来："都快呷早饭了，还不晓得起来，挺尸啊你！"

小怜掀开铺盖坐起来，张氏老母惊叫起来："死妹子，床上搞得这么脏，也不晓得讲！"小怜低头一看，床单上不知何时有一团暗红色污渍，棉毛秋裤也沾满污秽。她惊呆了，一股热流淌向大腿，裤子又沾上刺目的鲜红。

小怜惊恐地提起裤子，哭着跑向茅房。身后传来张氏老母的喊叫："找把草纸垫下裆，自己把床单洗干净！我要去青山家帮忙，真是前世造多了孽，养了一屋活祖宗……"

草草吃完早饭，小怜把床单撤下来，打来井水浸泡着。正要朝脚盆倒衣粉，颜仙凤走过来，笑眯眯地摸了摸她的头："裤子见红是好事，快成大姑娘了。"说完，转身走向灶屋，端来一碗滚热的红糖水。小怜紧紧咬住嘴唇，忍着不让泪水滑落。

颜仙凤抹去小怜眼角的泪花说："趁热喝，喝了肚子就不痛了。"小怜乖巧地接过来，吞着津甜的糖水，碗底现出两个荷包蛋，眼泪再也不听使唤，淌得满脸都是。

颜仙凤柔声说："吃吧，都吃下去。"

颜仙凤帮小怜洗了床单，领她到小商店买了私人用品，手把手教她如何护理、保护自己。天空飘起鹅毛大雪，小怜心里却暖烘烘的。

冬去春来，颜青石去山里看木材，他价格公道，为人诚信，谈拢了一些生意。夏天快到了，颜青石到伏龙镇赶集，去学校找小怜，陪她买了一套浅蓝色裙子。小怜长高不少，脸颊也圆润起来，有了少女特有的曲线。穿上新买的裙子，出水芙蓉般清新。

周六傍晚，陈翠英照常坐哥哥的自行车先走，小怜独自一人步行回家。

初夏的月亮河，逐渐丰盈起来，两岸青草葱郁，稻田新苗嫩绿……轻风轻拂，树叶沙沙作响，小怜裙袂飞扬。快到金盆村时，邱家宝骑着自行车来了，他甩了甩新剪的"郭富城"头，操着港腔说："嗨，靓女，帅哥载你一程啦！"

小怜被他的怪腔逗乐了，抿嘴忍住笑说："谢谢你的好意，我自己走走更健康！"

邱家宝趴在自行车把手上，眯着眼睛看着小怜说："唉哟哟，越长越靓啦。"小怜收起笑容，快步朝前走去。

邱家宝和邱家平一同考上了县一中，最初两人形影不离，成绩也不相上下。后来，邱家平看不惯邱家宝去录像厅、喜欢调戏女生。邱家宝不屑邱家平的迂腐、古板，两人关系一落千丈，最终形同陌路。

邱家宝讨了个没趣，骑着自行车走了。小怜迈着轻快的脚步，哼着新学的歌曲，很快走过金盆村，前方弯道处，是秀水、金盆交界之地，方圆几百米都没有房舍，路边是一大片幼杉林。

一个身影闪到小怜身后，一手捂住她的嘴，一手搂着她的腰，往杉树林拖去。小怜拼命挣扎，还是被拖进林子，待那人把她按倒在地，她才看清那张扭曲的脸——竟是邱家宝。

邱家宝用力按住小怜，一边撩她的新裙子，一边噘嘴亲她。此紧此刻，他满脑子全是录像里的画面。趁他眼神迷离之际，小怜曲肘猛击他的胸口，他顺势把她压在身下。

小怜终于哭喊出来："邱家宝，王八蛋！你要干什么？"

邱家宝喘着粗气说："我一直喜欢你，你跟了我吧。"

小怜使劲挣扎："你混蛋，快放开我！"

邱家宝丝毫没有松手："我把我的钱都给你，自行车也给你……我就是喜欢你。"

邱家龙骑车从山下经过，他的作业本落在学校，急着往伏龙镇赶，恍惚听见小怜的哭喊声，细听时，又没了声响，正准备继续赶路，瞥见路边草丛旁，停着邱家宝的自行车。

邱家龙心头一紧，仔细聆听了一会，隐约听到了打斗声，他扔下自行车，寻声跑上山。

一个背阳的土坑里，邱家宝正拼命撕扯小怜的底裤。

邱家龙操起一根干柴棍，狠狠打向邱家宝！邱家宝哀号着爬起来，挥拳打向邱家龙："你敢打我？"

邱家龙不甘示弱，扑上去扭打在一起。

两人越打越凶，小怜捡起树枝拼命抽打邱家宝，大声叫道："叫你耍流氓！"两人携手追击，打得邱家宝落荒而逃。

小怜闪到小树林整理裙子，邱家龙背过身子，轻声问道："你，没事吧？"

小怜哽咽道："幸好你来了。"

邱家龙忿忿地说："我早说让你搭我的车，你偏不听。"

两人一前一后下了山，邱家宝早就没了踪影。邱家龙的自行车被扔在河道里。

邱家龙怒骂道："真是个畜生！"

待邱家龙把自行车扛上马路，天都擦黑了。

两人并肩走在朦胧的夜色里，什么话都没有说，却胜过千言万语。

第十章

村庄卧在群山的怀抱，安静地酣睡着；木格窗棂映出淡淡的灯光，温暖了夜归者的心；偶尔传来几声犬吠，唤醒田间的生灵，此起彼伏的蛙鸣和虫啼，撕破夏夜的静谧……

小怜被一个接一个噩梦纠缠着，各色妖魔鬼怪追赶着她。她时而蜷在床角，时而翻身蹬腿……

张氏老母忍不住踹她一脚说："困个觉都不安分！"

小怜突然坐了起来，喊道："妈妈……"

张氏老母吓了一跳，她撑起身子，摸索着去扯电灯开关，"叭"的一声，开关线断了，她更恼火了，又踹了小怜一脚："以后自个去偏屋睡，冇要磨死我！"即使夜色满屋，小怜也能看到奶奶眼里的熊熊怒焰。她搂着衣服起床，摸黑走出房间，来到东耳房。

颜青石的姐姐们未出阁时，都住在东耳房。屋内有两张架子床，墙角立着做工粗糙的三门柜，窗户下摆着一张简易方桌，都灰头土脸蒙在薄尘下。

小怜扫去家什上的浮尘，找出旧被褥铺好床，一只蝴蝶寻着灯光飞进屋，绕着灯泡飞呀飞，美丽的翅膀扑扇着，仿佛扇在小怜心间，拂光她的睡意，拂出点点泪光。

妈妈——太久没有出现的形象和称谓，冷不丁撕裂梦境、刺痛假装坚强的心。小怜上三年级那年，她珍藏的妈妈的笔记本，被奶奶拿去当了引火纸，她大哭一场后，从此将妈妈珍藏在心底。

多年来，小怜从最初的惶恐，到后来的逃避，慢慢变得麻木。脑海里仅存的妈妈的形象，只有齐眉刘海和乌黑发辫，这个形象在记忆深处模糊着，一起模糊的，还有"四川……德阳……"几个字。

傍晚发生的一幕，让小怜迫切想寻找一个安全的怀抱，记忆深处的妈妈来了，却是那么虚无；奶奶、爹爹、弟弟、姑婆的面孔依次闪过，冰冷、担忧、和善……唯独没有她期盼的依靠。一个俊朗、年轻的笑脸闪过脑际——一抹微笑在小怜唇角绽开，心倏地柔软了，她搂着充满霉味的被子，进入梦乡……

周日的清晨，小怜和弟弟在菜园摘菜。邱家宝哼着小曲沿着塘坡溜上来，站在篱笆外，斜睨着小怜略见曲线的腰身。小怜黑着脸躲到黄瓜架后。邱家宝推开园门走进来，扯了一根拇指粗的小黄瓜，边啃边往小怜身边靠，说道："颜家屋场的妹子，就数小怜最招人喜欢，又乖态又勤快。"

小怜拎着菜篮闪到一边，小声骂道："臭不要脸！"

邱家宝跟在小怜身后，嬉笑着："怎么不要脸？同你钻过被窝？和你生过崽？"

小怜捡了一坨泥块，扔向邱家宝："你再乱讲，我砸死你！"

邱家宝边躲边卖着他的油腔："打是亲，骂是爱，不打不骂不相爱……"随即，扬起嗓子唱起来，"你就像那一把火，熊熊火焰温暖了我……"邱家宝一时兴起，在黄瓜架前边唱边舞，他不时靠近小怜，时而拉一下她的发尾，时而揪一下她的衣角……

小怜又羞又恼，拎起篮子准备回家。

歌声突然变成哀号，小盼抄起一根大竹杆，使劲敲打邱家宝的脑袋，不断喊道："叫你欺负我姐！看我不打死你！打死你……"

远处传来张氏老母的叫骂声："砍脑壳，断脚筋的咧……砍了树我都有讲话，现在又挖界限咧……"

小怜让小盼先回家，她跑到屋后菜地旁，只见奶奶坐在菜地坎畔上，一把鼻涕一把泪，扒拉着地头的石块。

菜地旁有一块橘园，是邱家院子邱国安家的，他是村里有名的小气鬼，恨不得一个橘子掰成两个卖。他仗着生了四个又高又壮的儿子，在村里横行霸道，从没把孤寡的张氏老母放在眼里。在尚未摆脱贫困的农村，欺善怕恶的小人无处不在。他们自私狭隘，对强者阿谀奉承，对弱者穷尽其能欺凌，恨不得人家穷死、饿死而后快。

小怜曾目睹邱国安砍断她家的南瓜藤，她上前理论，他黑着脸说："南瓜藤把我家橘树都缠死了，还没找让你们赔！"

看着匍匐在地的藤蔓，小怜气愤不已道："橘树把我家菜园荫掉一大片，你怎么不说？"

邱国安哈哈大笑："有本事把你家菜园搬走嘛。"

遮了阴的地头种不了菜，经常荒芜着。邱国安得寸进尺，在空地栽上桔苗。张氏老母几乎每年都会和他们家吵架，每次要村干部调解才罢休。几年前，在颜青山的主持下，两家在地头砌了一排石块为界，界限尽头种了一棵杉木。后来杉树长高了，邱国安以荫了橘树为由，把它砍回家，做了新屋窗料。真是一物降一物，在家趾高气扬的张氏老母，硬是被他家拿捏住了。

这天早上，张氏老母来施肥，发现做界限的石块往自家菜地移了三四尺。橘园和界限中间的草地，修葺成平整的菜地，新扦的红薯藤蔓，迎着朝阳舒展着嫩绿的枝叶，一副生机勃勃的模样。

张氏老母嘶哑着嗓门扒石块，戴艳群扛着锄头、抄着砍刀从坡上下来了。她大声骂道："哪个挖界限啊？长了眼睛的，都看到你在挖！你们快来看啦，红薯秧子都砸死一片咧！"

两人吵得不可开交，小怜捡起戴艳群丢在一旁的砍刀，用力砍开茂盛的杂草，大声说："界限不在这儿么？"

张氏老母和戴艳群寻声望去，小怜踩在碗口大的杉树兜上，对戴艳群说："树可以砍掉，石头可以移开，树兜可不会长腿！您说是吧，婶娘？"

戴艳群恼羞成怒道："你个死妹子，谁讲那是界限？"

小怜不甘示弱道："您讲我讲都没用，证据讲了才有用！"

张氏老母搬起一块石头，扔到树兜下，说："对对，就是这个位置！小怜快下来搬石头。"

戴艳群坐在地头，边哭边撒泼："快来人啦，颜家人拿石头打人啦！"

小怜举起砍刀，大声说："你再胡搅蛮缠，试试看！"

戴艳群慌忙站起来，直往橘园躲，喊道："不得了啦，怜妹子要杀人咧！"

小怜把刀口对准自己的胳膊，冷笑道："犯法的事我可不会做，但我会砍我自己，再告诉村干部是你砍的，这刀是您的，又没外人看到，你说他们会信哪个？"

戴艳群尖叫着朝家跑去："不得了咧，几代人欺负我一个！"

在颜青山和邱振轩的调解下，邱国安极不情愿地把界限重新埋好。小怜拿出一卷皮尺，对大伙说："麻烦叔叔伯伯，把两家的地丈量一下，记在本子上，我们两家签字画押。下次再有人挑事，用不着看石头、找树兜，量一下就清楚了。"

众人对小怜的谋略和胆识暗暗叫好，邱国安心服口服，戴艳群更是点头称是，她领教过小怜的"特别"手段，不敢再生枝节。

"夺地事件"以颜家完胜收场。张氏老母出了多年的恶气，一时心情大好，破天荒煮了两个荷包蛋犒赏小怜，还炒了酸萝卜腊猪肠，装进玻璃菜罐，让小怜带到学校吃。

在地头闹腾一番，小怜傍晚才出发去学校。刚走上秀水桥，一阵脚步声从身后传来，她悄悄掏出裁纸刀，猛然转过身，怒视着身后的尾随者，却是满脸笑容的邱家龙。

小怜嘘了一口气："你不是礼拜一才去学校么？偷偷摸摸跟在人家身后，想吓死人啊！"

邱家龙推着自行车，和她并肩而行，说道："你怎么才来？我等你好久了。以后上下学，我们一起走，路上野兽太多，你一个人不安全。"

小怜"扑哧"一声乐了，她踮起脚尖，轻轻跳上自行车后座。邱家龙使劲朝前踩去，飞扬的衣角划过小怜的脸颊，一股电流从头顶直通脚底，整个人都晕眩。两抹红霞不自觉爬上脸颊，嘴角的笑意更深了。

落日的余晖斜照着，把两人的身影拉得老长老长，小怜的心思也飘得老长老长……

第十一章

自行车载着年少的身影，走过盛夏，蹚过金秋，迈过隆冬，迎来万象更新的春天。

邱家龙快要初中毕业了，个头一年间蹿到一米七多。他毫不费劲地载着小怜，在万物吐翠的村道上飞驰，车轮"嘎吱嘎吱"响着，奔流的河水欢唱着，小怜"咯咯咯"笑着……

小怜出落得越发清秀，她掏出手帕，拭去邱家龙额角细密的汗珠，轻声说："离村子不远了，你骑慢一点。"

邱家龙歪过头，笑嘻嘻地对小怜说："起云了，再不骑快点，要成落汤鸡咯。"

话音刚落，天空飘起细雨，还没到秀水桥，大雨就来了。邱家龙大声说："我们去村小学躲一下吧？"

小怜伸长脖子应道："别着急，先骑过桥，我带你找地方躲雨。"

越发破旧的窑内，能见日光的地方杂草丛生。

邱家龙猫着腰走进去，惊呼起来："哇哦！不会有蛇吧？"

小怜兀自往里走去，说："这是春天，又不是热天，蛇不会轻易出洞。"

邱家龙踮起脚尖，缩着脖子说："我们已经进洞了，还是个大大大大的洞。这么可怕的地方，你怎么找到的？"

小怜找了一块干燥的土坎坐下："你可能不记得了，我们第一次见面那天，我就坐在窑门外。小时候，我经常来这里坐坐，盼望我妈妈早点回家。不过，我好多年没来了。"

适应窑内的光线后，邱家龙饶有兴趣地东瞧瞧、西望望，他指着窑壁，惊喜地说："喂，有文字和图腾咧，莫非是古代遗址？"

小怜寻声望去，掩着嘴笑了："都是我瞎写的。"

邱家龙走到窑壁底部，注视着黑红的壁体，掏出小刀一笔一画刻起来。

小怜悄悄走到他身后，他正反复加深一排字：邱家龙 LOVE 颜小怜。

小怜的心狂跳起来！从两小无猜到情窦初开，她一直对邱家龙有好感，但没有表现出来，甚至刻意压抑对他的眷恋。几个简单的字，在她心底掀起巨澜。

小怜满脸通红，轻声问道："瞎写么子呢？"

没料到小怜在身后，邱家龙脸瞬间红了，他搓了搓手，语无伦次地说："我……我就是……想刻出自己的心里话。"

见邱家龙比自己还紧张，小怜乐了，她接过小刀，绕着那些字，画了个心形："瞧你这小样，还想早恋呢。好好复习功课，等我们都考上大学，才能在一起！要是哪个没出息……"小怜拿刀作势在"心"形内劈了一下，"就只能'咔嚓'了！"

邱家龙捡起一块小尖石，继续加深线条："好的，一言为定！再刻深一些，更经得起风雨的洗礼。"

两个小傻瓜沉浸在小小的天地内，忘我地刻画着。要刻出永不磨灭的契约，重若泰山的誓言，天荒地老的心灵相连。窑外的大雨、乍暖还寒的冷风，一切的一切，统统抛在脑后。

此时，邱家院子乱成一团，戴艳群叉腿坐在塘边的马路上，一边拍腿一边号哭："我可怜的崽咧……你们命好苦咧……我的心肝肺财娃宝娃咧……"

邱金山对扎灵堂的人说："在桥头搭棚子就好了，扎在院门口不合适。都是少年亡，煞气太重。"

戴艳群一骨碌爬起来，哑着嗓子喊道："没把灵堂扎到他堂屋里算客气了！你少管闲事，再多嘴，扎到你家禾场去！"

艾香带着家燕躲在屋里不敢出门，她反复低咽着："那么大一卡车木头倒下来，那么多人都跑开了，这俩傻大个，偏要往车下跑？不是作死吗？"

家燕搂住母亲，乖巧地安慰道："妈，莫哭了，幸好我家人没事呢。"

艾香拧了一把鼻涕，呜咽着不敢出大气："妹子咧，哪个出事都是我家出事。要花多少钱才摆得平啊……日子还怎么过呀？"

村口传来鞭炮声，远远看到马车朝村子驶来。戴艳群扶住苦楝树放声大哭："崽呀……娘在这里等你们咧……我的崽啊……你们心怎么这么狠咧……"

马车尚未靠近，戴艳群扑过去哭道："崽咧，让娘看一眼我造孽的崽咧……"车上只有零散几根谷草。她揪住驾车的大儿子文招，质问道："招宝，你二弟四弟呢？"

文招低着头，吭哧吭哧应道："在老樟树底下。"

戴艳群抓住文招的头发，边胡乱拉扯边号哭："你个猪脑壳，叫你听他们咳。"

文招仰起头，抽抽噎噎说道："进娃回来了，是他讲的。"

戴艳群的手僵在空中，哀号声低了下去："那就听进娃的。"

如果说戴艳群最大的荣耀是生了四个儿子，老三邱文进就是她的瑰宝。娃娃们都还小时，村里挨家挨户给村民上户口，邱国安这才想起，没给孩子们取大名，他大腿一拍，说道："就叫招财进宝！"

负责登记的颜青山笑着说："意思都蛮好，再文雅一点，就更好了。"

邱国安的三儿子把脑袋伸过来，吸溜着鼻涕说："那就文招财进宝！"

颜青山摸着他的小光头，夸道："好小子！文招、文财、文进、文宝。不错！"

四个娃娃长得高高大大、一表人才。可惜老大、老二、老四脑袋都不灵光，徒有使不尽的蛮力，挑担、扛活下得起功夫。每当父母和别人吵架，他们一听指令就冲上去干架，倒也树下不少威风。

唯独邱文进是个例外，按老人的话讲，长了颗空心脑壳，肚才、主意在同辈中都很出挑，是村里第一个正牌大学生，毕业后分到县一中任教，给家里挣足了面子。

邱文进大学毕业后，交过一个女朋友，还带回家过了年，回城后没多久，女方就提出分手，邱文进消沉了一段时间后，不太愿意回村。新来的英语老师蔡小娥，对他热情有加，他本能地逃避着。

蔡父是县教委一把手，自己哪里高攀得起？蔡小娥却热情不减，她打听到邱文进和堂姑蔡艾香同村，非缠着让他带路，要来秀水村走亲戚不可。

邱文进骑着蔡小娥的嘉陵摩托车，远远看到一行悲惨的村人。走近后，才知道自家遭了大难，他守着血肉模糊的弟兄放声大哭。虽然上高中后，他独守在自己的世界里，鲜少和兄弟们有精神交际，但十指连心的血脉亲情，还是令他悲痛不已。

得知要把灵屋搭在邱高山家门口，邱文进断然反对，劝父亲道："出了事，该怎么处理，听政府的，不能伤了和气。大家一个祖宗下来的，低头不见抬头见。"邱国安仔细思量一番，决定依了他。

邱文进心里自有打算：蔡艾香娘家来头不小，堂哥蔡树生是教委一把手，堂弟蔡柏生是县一中教导主任，亲哥蔡槐生任伏龙镇学区主任，他们都和自己的命运息息相关；更重要的是，自己喜欢上了蔡小娥，不能让姑娘见到自家的蛮横。

邱家龙和小怜走出窑门，乡邻正在老樟树下搭灵堂，马路边的破门板上，摆着邱家兄弟盖住脸部的尸体。小怜吓得不轻，捂着脸尖叫起来。

邱高山忙得焦头烂额，厉声问道："你们去那破窑做么子？"

邱家龙吓得脸都绿了，支支吾吾答道："回家路上下大雨，进去躲下雨。"

邱高山把木桩锤得"砰砰"响吼道："雨都停多久了？躲个狗屁！还不快回家去。"

秀水村炸开了窝，争相议论接二连三的特大新闻：不可一世的邱国安家，丢了"财"折了"宝"；邱文进又领回一个如花似玉的对象，没进屋就撞上丧事，准没戏了；邱高山倒了血霉，不知要赔多少钱才能了事；邱家龙还未成年，就勾搭颜家小妹子钻旧窑，莫要初中没毕业，就搞大肚子……

这是一个无法宁静的夜晚：邱国安家的悲泣声、邱高山家的叹息声、张氏老母的谩骂声、村口断断续续的爆竹声……各种悲伤、无奈和狭隘的气息，在空气中弥漫，挥之不去。

第十二章

不期而至的灾难，颠覆了两家人的生活，改变了他们的人生。人们无力抗争时，只能选择承受，还要无奈地安慰自己："冇办法，都是命中注定的。"没有其他托词，更能说服深渊中的人们。

邱高山变卖了几乎所有产业，才勉强付清赔款。一想到那大把的钞票，艾香的心就撕裂般疼痛。她不止一次骂邱高山："不能人家说多少，就给多少吧？自家还要过日子呢。"

邱高山闷着头抽烟，任她吵闹，就是不接腔。这天，他实在忍不住了，应道："那是人命钱！钱能抵得了命？我都想好了，把屋里的事处理好，就去广东找运水。只要有人在，总能找到活路。"

艾香想了想，低声说："龙娃子快毕业了，把他也带去，反正也没余钱供他们三个上学。"

邱高山踩熄烟头，一字一顿说道："就算要孩子赚钱养家，也要从老大开始！龙娃子成绩比老大好得多。你冇要再偏心。"

邱高山和老师几番商议，决定让邱家龙报考师范学校，学费压力不大，毕业就能分配工作，可谓一举两得。邱高山主意已定，艾香只好妥协。

命运之神再次缚住邱家龙的手脚，他多想升高中，考大学。他的理想远不是当老师，况且他和小怜约定过，考上大学才能在一起。

邱家龙恨不得马上见到小怜，向她倾诉心中的委屈。可是张氏老母下了死规矩：以后他俩还在一起，打断小怜的腿！

邱家龙终日郁郁寡欢，春意盎然的校园在他眼里灰暗着；操场上的欢声笑语，可恶地嘈杂着；同学们的笑脸，好像都带着无尽的讥讽……他想奋起反抗，可仅凭自己的力量，如何反抗？何况家里出了那么大的事，父亲的决定无可挑剔。谁又理解他的无助？他被县一中提前录取后，感觉整个人都要爆炸了。

这天晚饭后，邱家龙在走廊上徘徊，一个身影闪到他面前，蔡佳敏双手背在身后，狡黠地冲他微笑道："龙哥！"

邱家龙低下头，转身朝寝室走去。蔡佳敏紧跑几步，挡住他的去路，递给他一摞资料，说："我妈让我拿给你的。她说男子汉大丈夫，要有担当。我妈还说，师范也挺好，每条路都有巅峰，就看你怎么走。"

邱家龙接过资料，低头朝教室走去。身后传来蔡佳敏的声音："要好好把资料看完！"

邱家龙把资料扔在课桌上，越想越烦躁，一把抓起来，用力扔在地上，心里狠狠嚷着："考！考！考个鬼！"

杂乱的资料内，露出一角灰黄色信封，邱家龙恼怒地抽出来，嘴上骂出了声："什么狗屁东西？"

信封上有几个陌生的娟秀小楷——"家龙亲启"。邱家龙胡乱撕开封口，滑出一枚折成心形的粉色信纸。他满心狐疑。小心地拆开，信上简单的几行字，瞬间给他阴晦的心中注入万束阳光。

家龙：

　　你好。

　　你的事我听说了，我理解你的烦恼，你也要明白我的难处。上师范也没什么不好，如果你愿意，我们明年师范见！一起加油哦！

小怜
1995 年 4 月 10 日

邱家龙把信紧紧攥在手心，心中生出无限柔情，溢满万千温暖！英俊帅气的小伙子曾经收到不少女孩的字条，他每次看过后，立马就地撕毁。他眼里满含泪花，轻轻抹平信纸的褶皱，沿着折痕折回心形，小心地塞进信封，夹进笔记本封皮内。

邱家龙一口气跑到小怜教室外面，小怜正和蔡佳敏头对头讨论难题。蔡佳敏看到他站在门外，冲他做了个"V"形手势。小怜转过头，朝他笑了笑，又转过头去，不再看他。

邱家龙带着些许惆怅回到教室，静坐片刻后，他把杂乱的课桌收拾整齐，拿起书本，认真学习起来。小怜那一抹笑，他全懂了。

如果说邱家龙考上师范学校是众望所归，翌年小怜坚持报考师范，就让大家很不理解。邹红莲亲自找她谈话，帮她分析大学和中专的利弊，小怜还是不为所动。

邹副校长向老公蔡柏生诉苦："去年丢了一中免试生邱家龙，今年又莫名其妙丢掉颜小怜。那么好的苗子，不肯上高中考大学，中了哪门子邪？"

蔡佳敏正在吃饭，听到父母的对话，偷偷低头笑了。邹红莲突然问道："佳敏，你和颜小怜玩得那么好，知道么子回事不？"蔡佳敏边往嘴里扒米饭，边拼命摇头。

小怜兴高采烈取回师范学校录取通知书，和她一样欢喜的，还有张氏老母：熬了这么多年，家里终于出了个端公家饭碗的人。面对乡邻的惋惜，张氏老母振振有词："先栽树，先遮阴！大学有那么容易考？多少钱才堆得出来咧。"

塘对面的邱家院子，响起了喜庆的爆竹声，游手好闲的邱家宝，考上了华南科技大学。邱家上下一片欢欣，邱高山特请假回家，为儿子摆酒庆贺。

一向成绩优异的邱家平，却名落孙山，他几番思量，总感觉不得劲。独自坐车去学校查询，班主任把他带到家里长谈，劝他务必要复读。

邱家平阴着脸回到秀水村，刚走上秀水桥，突然号哭起来。好心的乡邻前去询问，他却一言不发，大步朝村里跑去，他一口气跑到塘边，朝邱家院子大吼几声，转身跳进池塘。待人们反应过来，水面早已不见他的踪影。几个水性好的后生，急忙跳进水里救人，众人把他抬上岸，人已陷入昏迷。几番折腾后，人总算醒了过来，大伙都松了一口气。喜娥搀扶着儿子回屋，又忙着出来招呼。

没过多久，邱家平房间里冒出滚滚浓烟，喜娥冲进屋内，只见邱家平把所有课本都点了火，坐在地上又哭又笑。喜娥心底"咯噔"一下，心想："完了，孩子怕是魔怔了！"

写有"突发性精神障碍"的诊断书摆在邱金山面前时，这个生活安逸的汉子蒙了，他无法接受这个现实，前些日子还信心满满的儿子，被绑在病床上，受着非人的折磨。邱金山的天塌了！

临近开学时，邱家平才出院。别家孩子在整理行装，为入学做准备，邱金山很不是滋味。他左思右想，决定去邱国安家会会邱家老三，打听一下孩子在学校的表现。

邱金山还未进院门，听到邱国安家传来笑声，这是自邱国安家老二、老四离世后，从来没有过的情形。蔡小娥见有人进来，端起西瓜盘迎出来，两颊飞满幸福的红霞。邱文进通过了蔡家的审查，即将成为蔡家准女婿。两人回乡通知邱家父母，正商量国庆节订婚呢。

见邱国安家有生客，邱金山硬生生把满腹疑问哽在喉中，悻悻然坐了片刻，起身离去。

邱文进送邱金山到门外，问道："叔，家平好点了么？"

紧随其后的蔡小娥轻叹一声："您是邱家平的爸爸？"邱金山木然地点了点头。

蔡小娥真诚地说："家平的事我听说了，老师们都深感惋惜。之前也有学生成绩特别好，到了考场却发挥失常。还有学生高考时忘记写名字……孩子的承受能力各有不同，没想到家平会成这样。您一定要坚强，等孩子康复了，帮他重新树立信心，一定要劝他复读，以他的表现和底子，还是有把握的。"

邱金山摇了摇头：自古考场如战场，谁有必胜的把握？命运给家平一点小挫折，他怎么就迈不过去呢？

他拖着沉重的脚步，走出院门。丝毫没有察觉到两双内容复杂的眼睛，久久注视着自己蹒跚的背影。

第十三章

　　秋天是个美好的季节：农人收获满仓喜悦；学子开启新的征程；热恋中的人们，等待采撷甜蜜的爱情之果……

　　邱家龙和小怜肩并肩，漫步在尚文师范校园内，脸上洋溢着激动和欢欣。一年多的分别，丝毫没令两人疏远，反而因思念拉近彼此的心。小怜鲜少踏足县城，感觉一切都很新奇：高高的楼房，整齐的街道，铺了方砖的人行道……

　　邱家龙当起了导游，领着小怜熟悉环境。

　　夜幕降临了，两人路过一家小食店。邱家龙说："我们进去吃点东西。"

　　小怜摇了摇头，说："外面的东西贵，回学校吃吧。"

　　邱家龙牵起小怜的手："好不容易见面，得庆祝一下。我没能力请你下馆子，吃碗粉吧。老人常说，吃粉条长长久久，希望我俩长长久久、一生一世。不，是永生永世。"

　　小怜的心"扑通扑通"狂跳着，两腮火灼般烧起来。她抽回渗满汗水的手，一声不吭坐在小桌旁，嘴角溢出一抹甜笑。见小怜默许了，邱家龙点了两碗木耳肉丝米粉、一份卤香干。米粉很快端上桌，小怜挑了一筷子，细细咀嚼着，惊喜地说："蛮好吃。"

　　"来，尝一下尚文特产。"邱家龙夹了一块卤香干，放到小怜碗内，眼里满是期待。

　　小怜认真品尝着，竖起大拇指称赞："味道真的太好了。"她也夹起一块卤香干，递往邱家龙碗里，"你自己也吃。"

　　邱家龙顺势侧过头，张嘴咬住香干，边嚼边笑："嗯，香，真香。"

　　小怜晒得黑红的脸上，飞上两抹红霞。她低头扒了几口米粉，猛地抬起头，噘嘴瞪着邱家龙说："你什么时候变得这么痞？"

邱家龙深情地说："好不容易和你相聚，我是情不自禁。"小怜还是黑着脸，很不开心。他挠了挠她的胳膊，"我错了还不行么？"

小怜没有吭声，埋着头吃米粉。邱家龙琢磨不透她的心思，粉条、卤香干都失去了滋味。

小怜吃完米粉，抹了抹嘴巴，找老板娘买了单。

邱家龙急得脖子都红了："说好我请客的。"

小怜抿了抿嘴，说："你今天的表现，没有达到我的预期，表现合格再说。"小怜靠在收银柜前，问道，"要不要等你吃完？"

邱家龙没好气地应道："你不等我，找得到路？"

两人默默朝学校走去，快到学校大门时，小怜忽然轻呼起来。邱家龙紧张地转过身，顺着她的眼神望去，两名高年级学生，正在围墙角落拥抱亲吻。

邱家龙忍不住笑说："知道你有多老土了吧？还不快走，现场直播倒看得蛮带劲。"

小怜紧走两步，赶上邱家龙，吐了吐舌头，轻声问道："他们这样，学校也不管？"

"只要没在床上被抓就好。"邱家龙坏笑着在她耳边低语道。小怜抡起拳头捶向他，却被他一把捉住，握在掌心。

邱家龙牵着小怜，朝后墙根的月亮河走去。

河堤上，有一片绿茵茵的草地，他们并肩坐在石头上。邱家龙指着略有豁缺的月亮，说："这么美的月色，这么好的夜景，难怪他们不愿辜负。"

如水的月色、淙淙的流水、幽香的野花、错落的楼宇。相互依偎的一双身影，在朦胧的月影下，构成一副曼妙的剪影。

小怜很快适应了中专生活。摆脱了奶奶的责骂，少了升学的压力，有了邱家龙的陪伴，小怜感到前所未有的幸福。校园图书馆，留下他们勤奋的身影；周末放假时，两人携手走遍大街小巷：登尚文塔，采西山菊，赏月亮河，游金凤寺……

美好的时光，总是太匆匆。

邱家龙升入中三后，很快要去实习了。小怜虽然早已熟悉这里的生活，可一想到邱家龙要离开，心里还是空落落的。

实习分配表下来后，邱家龙回了一趟秀水村。回校后，他托人送纸条给小怜，约定在河边见一面。

小怜如约来到月亮河畔，坐在一块僻静的石头上，摩挲着新织的围巾，眼睛不知不觉蒙上一层薄雾。

远远响起了脚步声，小怜把头埋进胳膊弯。不用回头，她知道是邱家龙。脚步声在她身边停下，她抬起头，一双深邃的眼睛凝望着她。小怜努力笑了笑，泪水却不争气地滑过脸颊。邱家龙弓着背，轻轻为她拭去泪水，嘴里的"傻丫头"还没说出口，她搂住他的脖子啜泣起来。

邱家龙轻柔地抚着小怜的乌发，她忽然在他唇上轻啄一下，他的心疼痛起来：不给他半点越界机会的小女子，到底还是爱他的。

邱家龙顺势把她搂在胸前，轻轻吻干她的泪痕。夜色越发浓重，小怜把围巾塞到邱家龙手中，轻声说："以后，让它先陪伴你。"

邱家龙挤出一抹笑容，他欲言又止的神情，让小怜心生疑虑。她坐稳身子，朦胧的月色模糊了双方的容貌，小怜还是感觉到了他的心神不宁。她握住他的手，问道："你有心事？"

邱家龙小声说："你先答应我，不能着急，好么？"小怜紧握他的手，点了点头。

邱家龙抿了一下嘴唇，艰难地说："昨天夜里，你爹押运的木材车队，被林业派出所扣押。那些木材多数都没有砍伐证，全部要没收，还得罚款。"

小怜紧张地问道："啊？我爹没事吧？"

邱家龙艰难地说："青石叔在派出所待了一夜，上午被送到镇医院。听说是突发脑溢血。"

小怜惊呆了，她紧紧拽着邱家龙手，哭喊道："怎么会这样？我爹不会死吧？"

邱家龙拼命摇头道："不会的。小怜你放心，没那么严重。"

小怜一把抱住邱家龙，号啕大哭："我该怎么办？家龙，你带我去看我爹吧！"

邱家龙揽住她一耸一耸的肩头，轻声安抚着说："你别太着急，我明天陪你回去。"

婆娑的树影、淙淙的江水、朦胧的月色、闪烁的群星，都失去了往日的风姿，蒙上暗淡的愁云。

生活是一条奔流的大河，冷不丁扑来的巨浪，瞬间冲毁人们的平静。

医生尽力救治后，颜青石还是偏瘫了，木材成本、罚款、医疗费等开支一出，家里背上一大笔外债。

小怜在院子里忙进忙出；刚上四年级的小盼不知所措地坐在屋角；张氏老母佝偻着腰背，在井边搓洗一家人的衣服；颜青石歪着身子，躺在廊前的凉椅上，看着眼前的场景，不由放声痛哭，鼻涕、眼泪沿着歪斜的嘴角淌向衣襟。

小怜放下汏水桶，给颜青石拭净嘴角，拉了拉他的衣襟，轻声问道："爹爹，您哪里不舒服？"

颜青石抓住小怜的衣角，结结巴巴说："妹娃，爹爹……不中用，以后，以后……怎么过呀？"

小怜安慰道："您好好养身体，冇要想太多。都会好起来的。"看着父亲欲言又止的窘态，小怜蹲下身子，"我办好退学手续了。您为我们付出那么多，以后我来接替您，照顾这个家。"

颜青石颤颤地伸出手，使劲揪自己的头发，哽咽道："是我……我……没用，害……害……害苦你了！"

小怜捉住他的手，柔声说道："爹爹，您冇要这样，全家人都平平安安，比么子都强。"

张氏老母提着洗好的衣服，蹒跚着走到廊下，抹着眼泪叹气："有么子办法？眼瞅着过两年，怜妹子就有工作了，这都是命。要怪就怪祖宗冇保佑。"

小怜接过张氏老母手里的桶，应道："奶奶，您冇要丧气。路都是人走出来的，我就不信老天不给我们活路。等爹爹稳定了，我就出去找事做。"

晾晒好衣服，小怜来到灶屋劈柴。张氏老母扶着门框，低声对小怜说："我上午到街上抓药，碰到你大姑，说是接艳红回家，我托艳红领你出去找工，她答应了。"

　　小怜举砍刀的手，无力地垂落下来，她捋了捋额角的头发，举起刀，砍向面前的枯枝，声音仿佛被水打湿了，随着枯枝跌落，沉闷又无助："艳红姐见识多，她领我出去，蛮好的。"

　　小盼跑过去抱住小怜，大声哭道："姐姐，你不是要当老师的么？我不让你去打工！"小怜摸了摸他的头，半晌不说话。小盼望着她泛红的眼睛，怯怯地问道："姐姐，你怎么啦？"

　　小怜揉了揉眼角道："奶奶真是的，烧个火搞得满屋子都是烟，呛死人了。"

　　张氏老母张了张嘴，想说点什么，却又什么都说不出来。她拧了一把鼻涕，揩在鞋底上，往灶膛内塞了一把干杉叶，很快，哔哔剥剥伸出几条橘色火舌，舔着漆黑的锅底，映亮藏在眼角褶痕内的眼泪。

第十四章

小怜计划把稻谷收割完，就随艳红南下广东。老天仿佛也有无尽的忧伤，淅淅沥沥下了近半个月雨。艳红知道外婆家的难处，写信到公司延长假期。

天好不容易放晴，小怜和奶奶急忙张罗收晚稻。颜仙凤忙完自己的活，一刻也没停歇，就过来帮忙。家里遭遇一连串波折，张氏老母早已没了拒绝的勇气。一天辛苦下来，三个人收了两丘田，她们拼尽全力，把装满麻袋的板车拉回家。颜青石生病后，家里没人会赶马车，索性连马带车都卖了。

把谷子搬下板车，几人都筋疲力尽，张氏老母喘着粗气对颜仙凤说："搭帮你帮忙，明天加把劲，收完松树凹底下那丘大田，后天就能收尾了。"

颜仙凤擦了一把额头的汗水，说："都是一家人，有要见外。"

"听说国安家杀了猪，你去割点肉回来。"张氏老母在贴身衣袋摸索半天，摸出几张钞票，递给小怜。

走过屋后的松树凹，坡下稻田的尽头就是邱国安家。

眼看天快黑了，小怜边揉肩膀边赶路。远远看到自家田里有个人影在闪动，心头不由"咯噔"一下：莫不是有人偷谷子？她大声喊道："哪个？"

邱家龙从稻穗下探出头，额角的汗水晶莹透亮，他拿毛巾揩了揩："这么夜了，去哪？"

望着满身泥泞的邱家龙，小怜掩嘴乐了："你什么时候回来了？偷偷摸摸的，不怕你妈揪掉耳朵！"

邱家龙压低声音说："能不能小点声，我去学校拿资料，听说你退学了，回村来看看。你一家老小收稻谷的速度，可不是一般的慢，天气预报说，过两天又要下雨，就过来帮把手。"

小怜深深呼了一口气，说："谢谢你。本想抽空去你单位找你，正好你回来，我省得跑一趟。"她低下头，揉着一根稗草，"我要随表姐下广东，你把地址告诉我，以后只能写信联系了。"

笑容在邱家龙脸上凝结了，他扔掉镰刀，抓住小怜的双手，急切地说："就不能想想办法？不能先休学一段时间，家里宽裕了再上？"

小怜望向无边的天际，无助地说："我家的情况，你都看到了，没有其他路可走了。"

邱家龙踢开蹦到脚边的泥蛙，懊恼地说："怎么会这样？我们做错了什么？我们的梦想呢？我们的未来呢？"

小怜站起来，忧伤地望着邱家龙说："家龙，对不起。我也不想这样。也许我们已经没有共同的未来。以后的日子，你要好好保重。"

邱家龙拉住小怜的手说："你误会我了，我不是那个意思。"

小怜抽回手，咬了咬嘴唇说："我想，我们是该好好考虑将来了。"

邱家龙握紧拳头，低声吼道："颜小怜，你讲这话，是什么意思？你疯了吗？啊？"

小怜眼中泛起泪光，哽咽道："不要争论了，别人看到影响不好。你先回去吧，都好好考虑清楚。"说完，朝邱国安家走去。邱家龙立在原地，突然就地躺下，困兽般朝空中挥舞着拳头。没过多久，他站了起来，疯狂地割着稻秆。

邱国安家聚集了不少村民，陈翠英买了两只猪脚，正准备回家，她看到小怜，兴奋地迎了上来。陈翠英没考上高中，她小叔陈运水前几年在广东开了工厂，出钱让她学了会计，将来帮忙管理厂里财务。

陈翠英把小怜拉到屋角，低声问道："听说你退学了？"小怜微笑着点了点头，陈翠英急切地说，"要不我写信给我叔，让他先资助……"

小怜打断她："英子，我知道你是为我好，我决定去广东了。谢谢你。"

陈翠英耸了耸肩，无奈地摊开双手说："好吧，我知道你不会同意。要不这样，我把我叔的联系方式给你，你在外面碰到困难，可以去找他。"

小怜捏了捏陈翠英的脸，笑着说："不用担心我。我最想要的是你学校的地址，以后不能去看你，只能写信了。"

两人正聊着，蔡小娥挺着大肚子走过来。她和邱文进"五一"结婚，看样子孩子就快出生了，她比之前胖了许多，圆润的脸上洋溢着幸福的微笑，她说："听说佳敏和你们是初中同学，你们哪位是颜小怜？"

小怜站正身子，应着："蔡老师好。"

蔡小娥点了点头道："你的事情我听说了，真的很惋惜。佳敏妈妈托我带了自考资料给你，我列了个学习大纲。希望你不论走到哪儿，都能坚持学习。"小怜鼻头一酸，低下头去。

小怜拎着猪肉和学习资料，快步走过自家田埂，田里又多了几排整齐码放的稻穗。她拔腿跑开了，身后"霍霍"的割稻声，如同剐在心头，教她痛到不能自已。

第二天清晨，颜仙凤叫小怜下地。一亩多田的稻穗，整齐地排列在她们眼前。邱家龙缩着身子，蜷在一堆稻穗旁，露水在他的短发上，结成晶莹的水珠。

小怜眼眶一热，大步走过去，拍了拍邱家龙的肩膀，唤道："你怎么睡这儿？小心着凉，快起来！"

邱家龙撑着身子坐起来，定定地看着小怜道："小怜，如果你要和我分开，我不去实习了，跟你去广东。"

小怜掏出汗巾，抹着邱家龙头上的露水，小声应道："说什么胡话？快回去洗个热水澡！"

邱家龙哀怨地说："只要不和我分手，我么子都听你的。"

颜仙凤挑着扁担走来，笑着说："我说谁那么好，原来是龙伢仔辛苦一夜，可帮了我们大忙。快去找个地方，烧堆火，祛祛寒。"

颜仙凤悄声对小怜说："你要出远门了，两个人好好谈一下。"

农忙接近尾声，村庄在晨雾中酣睡着。

邱家龙和小怜来到松林里，各捡了一小捆干树枝，穿过收获后的稻田，绕过零散的房舍，来到老樟树下。旧砖窑前杂草丛生，几乎看不到窑门。邱家龙拨开齐腰高的茅草，猫腰闪进窑内，小怜紧随其后，指着窑腹的空地，轻呼道："哇，好美！"

一丛嫩黄的雏菊，在晨风中摇曳起舞，散发着淡淡的馨香。小怜欣喜地捻起一朵雏菊，放在鼻下嗅着，轻吟道："秋丛绕舍似陶家，遍绕篱边日渐斜。不是花中偏爱菊，此花开尽更无花。"

邱家龙扔开枯枝，说，轻揽小怜入怀："美人美景醉人心，生堆篝火煞风景。给我一点温暖，好么？"

小怜把雏菊插在邱家龙耳后，掏出手帕，轻拭他的额角说："昨天我不是说气话，你马上就有正式工作了。我们的人生，已经走向不同的岔道。就算现在不分手，以后也会很艰难。"

邱家龙望着窑口那方小小的蓝天，迸出震耳的哀吼："我不！"

几滴热泪落在小怜脸上，她惊恐地抚着邱家龙的脸，连声说："家龙，家龙……你别这样。"

邱家龙疯狂地亲吻小怜："我不要和你分开！我们说好的，要永远在一起。"

小怜一边后退，一边默默落泪。

邱家龙突然推开小怜，拼命用脑袋撞击窑壁，哀号道："你没有真心爱过我，才会这样对我！是不是？"

小怜紧紧拉住邱家龙，哭着说："家龙，你不要乱想。"她扶着他靠着窑壁坐下，抚去他额角的尘土，"你这样子，叫我怎么放心？"

邱家龙哀哀地啜泣道："你要抛弃我了，我一个人还有么子意思！"

小怜吸了一口气，突然扯开衣服扣子，把邱家龙的头按在自己胸前，悲泣道："我懂，我都懂……我爱你……"

一股热浪冲上邱家龙脑门，他忘我地吮着那对粉嫩的白鸽，旋即惊愕地坐起来，替小怜拉好衣襟，不断说："对不起！小怜，我……"

小怜牵着邱家龙的手，放在自己胸前，低语道："你听，我的心在告诉你——我爱你！既然都不愿意分开，就要坚守我们的爱，到永远。"

邱家龙背起小怜，绕着窑底跑了起来。欢快的脚步声，惊飞菊花丛的几只彩蝶，小怜想捉住飞的最低的那只粉蝶，邱家龙仰着头，正色道："你出去后，可不能这样招蜂引蝶。"小怜伸手探向邱家龙的腋窝，两人嬉笑着闹作一团。

早饭时间快到了，两人走出窑门，老樟树后跳出一个身影，冲着他们大叫："你们晓得么？Knowledgechangedestiny？"

邱家龙把小怜护在身后，厉声问道："谁？"

小怜扯了扯邱家龙的衣角，小声说："是邱家平。他前些日子又去住院了，听说还是没好转，天天到处游荡，讲英文、背化学公式。"

邱家平顶着一头乱发，往村小方向走去。邱家龙感慨道："家平哥真是造孽。看到他这副模样，我们的经历又算什么？"

收割后的田野一片静寂，麻雀在禾茬间蹦跳着觅食；秋日的朝霞退去夏日的热烈，温柔地洒在他们身上，竟也溢出几丝燥热；月亮河的流水，失去了往日的欢快，安静地流向远方，偶尔泛起几个浪花，带着浓浓的离愁……

第二卷

Volume II

窑

第一章

卧铺大巴驶离尚文汽车站，熟悉的街道、河流、山川，不断从车窗外掠过。

"再见了，家乡！再见了，亲爱的亲人……"小怜侧卧在狭窄的铺位上，对沾满污渍的车窗默念着。

上铺的艳红探下头，大声问道："嗨，怜妹子，你晕不晕车?"

小怜揩了一下眼角，应道："身体不舒服时，就会有一点。"

艳红扔来几个橘子，说："刚才忘记买点晕车药。不舒服时就闻一下橘子皮。"

艳红比小怜大五岁，初中毕业后，就南下广东了。她母亲颜青莲每次回娘家，总会在邻居面前炫耀。这年中秋节，颜青莲又告诉张氏老母，艳红寄了几千块钱回来。张氏老母没好气地说："你总讲这些，又没多给我一分，也没帮青石一把。红妹子二十多岁了，还不找婆家，你当她是摇钱树呢?"

颜青莲急忙把女儿叫回来，艳红在外打拼多年，衣着很时尚，细长的丹凤眼，淡淡的柳叶眉，小小的雀斑随着笑容在鼻梁上跳跃，薄薄的嘴唇抹了淡淡的唇膏，甚是娇俏。颜青莲托人选好的十来个相亲对象，都对艳红很满意，她一个也没看上。

颜青莲急了："都是镇上出挑的伢仔，有些还端着铁饭碗，个个都不合你意?"

艳红不屑地撇了撇嘴说："你是没见过优秀男士。"

颜青莲骂道："砍脑壳的，乱讲么子? 眼睛长到脑壳顶上了? 么子'优秀男士'，能当饭呷? 当钱用?"母女俩谁也不肯示弱。艳红跑去买了两张车票，小怜谷子都没晒完，就被她拉上南下的长途汽车。

　　国道年久失修，柏油路到处是凹坑，汽车刚驶出县城，就颠簸起来。小怜的思绪随着汽车起伏着：没来得及去学校和弟弟告别，他该哭鼻子了；奶奶要照顾父亲，又要做农活，是否吃得消；还有邱家龙……

　　汽车在崇山峻岭间蜿蜒前行，车厢内充斥着零食的气味、鞋袜的臭气，随着气温越升越高，空气越发污浊。小怜心里空落落的，莫名的沮丧爬满心间，她蜷成一团，感觉前路一片迷茫。

　　一个声音在耳边炸响："下车，下车！下车吃饭！"

　　小怜迷迷糊糊睁开双眼，汽车停在一排铁皮房前，艳红边穿鞋边叫她："快穿鞋，拿上背包，我们下去吃点东西。"

　　小怜揉了揉眼睛说道："我上个茅厕就好，奶奶煮了好多鸡蛋，不要浪费钱了。"

　　艳红从上铺一跃而下说："由不得你呢。你跟上我，不要乱讲话，晓得了不？"

　　乘客们上完茅厕，店员喊大家排队。有人准备离开，几个高大威猛的汉子围过来，凶神恶煞地说："你，你，还有你！去排队！"

　　有个小伙子说："我不饿……"

　　话音未落，就被打了一拳，顿时鼻血直流。打人的叫嚣道："现在饿了么？"

　　同行的老乡拉开小伙子，说："饿，都饿了，我们去排队。"

　　艳红买来两桶方便面。小怜说："好香呀。宿舍经常有人吃，我舍不得买。"

　　艳红不由乐道："瞧你这没出息的样子，东莞有大把好吃的。以后你出远门就吃泡面，那些菜比猪食还难吃，还超级贵。"

　　店外又来了几辆卧铺车。店员迎上去，把司机请到楼上包间，小跑着端茶、敬烟。艳红小声说："司机白吃白喝不说，还有红包拿。就是一群周扒皮！"

　　车子开动没多久，小怜感觉心里憋得慌，她打开车窗，清凉的风扑面而来，整个人轻松不少。

　　汽车驶上盘山公路，车身愈发颠簸，小怜趴在窗口不停呕吐，食物吐得一干二净，连黄胆水都吐出来了。她硬撑着喝了几口水，靠在铺位上昏昏欲睡。

经过二十多小时跋涉，终于到达东莞。小怜跟在艳红身后，晕乎乎地下了车，背着行囊穿过街头，走进小巷，拐进一家旅馆。

安顿好床铺，艳红郑重地说："我先回厂里报到，你休息一下，不要乱跑。"她把没吃完的食物都拎出来，摆在床头，"饿了就吃点，我晚上再过来。"

艳红背着行李下楼了，快到楼下拐角处时，又停下来大声嘱咐小怜："那个车票要留着，千万不能弄丢。门要闩好，听到了么？"

小怜打开一条门缝，有气无力地应道："晓得了。"艳红高跟鞋的"嗑、嗑"声消失在楼下，小怜反锁房门，和衣躺下。房顶的大片污渍，仿佛在无限扩大，将她笼罩在一片未知的混沌中，她带着莫名的惆怅陷入梦境。

半梦半醒间，一阵敲门声把小怜惊醒，睁眼一看，屋内一片漆黑，不知不觉间，竟睡了大半天。她打开房门，艳红身着浅蓝色短袖衬衫，推门进来了，身后跟着一个同样衣着的女孩。

艳红埋怨道："不问一声就开门，不怕有坏人？"她用普通话招呼女孩，"巧玲，这是我表妹小怜，请多关照。"

小怜挠了挠满头乱发，用生硬的普通话打着招呼："巧玲姐好！"

巧玲对小怜笑了笑说："你们长得有点像呢。"

艳红说："我舅家的，亲得很呢。"她转过头，对小怜说，"麻利点洗把脸，等下去吃夜宵。"

三人来到楼下，艳红指着马路对面的厂房说："那就是我们厂。"

小怜抬眼望去：高墙、铁网围住的大楼内灯火通明，不少忙碌的身影在窗前闪动，楼顶的"福洋鞋厂"几个招牌字，在路灯下发出淡淡的金光。小怜的心头，冒出莫名的恐慌。

南方的深秋酷暑未消，一顿饭下来，小怜大汗淋漓。路过街边服装店时，艳红挑了两套裙子给小怜，她执意不要，艳红有点恼火："看你这土包子样！别讲是我妹妹！"小怜只好收下。

送小怜到旅馆后，艳红和巧玲要回厂了，艳红叮嘱道："明早八点准时到厂，我领你办入职手续。"走下一层楼，她又大声重复了一遍。

小怜打开门，笑着应道："我都记下了。和奶奶一样啰唆。"

艳红撇了撇嘴，笑着骂道："没良心的白眼狼。"

小怜整晚都没睡好，天刚蒙蒙亮就起床了。她换上新买的浅紫色连衣裙，对着镜中的自己笑了：她长着和艳红一样的细长丹凤眼，只是眉毛更浓黑、修长，挺拔的鼻梁，丰润的嘴唇，两个浅浅的酒窝溢满笑意。"皮肤再白一点，就更好了。"小怜自言自语道。

小怜吃了两个鸡蛋就出了门，大街上空无一人，偶尔有汽车飞驰而过，扬起大片尘土。她来到福洋鞋厂门口，员工通道大门紧闭，门卫室露出保安睡眼惺忪的脸，他不耐烦地说："走开走开，不招人了！"

小怜红着脸说："我找人。"

保安探头看了一眼小怜，眯缝的眼睛顿时睁开了，说："你找谁？"

小怜退后两步，轻声应道："我找廖艳红。"

保安脸上堆满笑容，伸长脖子说："还没上班呢，进来坐坐吧。"

小怜摇了摇头，走开了。整条街都是厂房和出租屋，几乎没有绿色植物。初升的太阳懒洋洋地照射着，水泥地面、建筑物都披上浅浅的金辉，小怜站在门卫室的暗影下，满怀忐忑。

福洋鞋厂的空地上，慢慢聚集起三三两两的工人，一个身穿白衬衫的中年男子，登上空地尽头的水泥台，他身材魁梧，不怒自威。人们迅速排成整齐的队列，身着黄色 T 恤的人最多。其次是浅蓝短袖衬衫的人员。最右侧的队伍仅十余人，都身着浅蓝色短袖衬衫。艳红站在队列最后面，她伸长脖子朝门外张望，看到小怜后，笑着朝她挥了挥手。

中年男子威严的声音响起，刚才还窃窃私语的队伍，顿时没了声响，早会持续了近半个小时。

队伍散去后，艳红走出来，问道："来这么早？不是叫你八点过来么？"

小怜吐了吐舌头，小声应道："睡不着就起来了，这会开得有点吓人哦。"

"每周一次的例会，哪个厂都差不多。你分到面部做品检，工作轻松，环境也干净。巧玲是品检组长，不懂就多问她。"艳红上下打量着小怜，"穿上裙子漂亮多了。你不要随便和男仔讲话，没几个好货色。懂了么？"

两人来到工厂办公室，这是一间比教室还宽的大房间，被格成十几个小格间。艳红的位置在进门第一格，挡板上写着"人事部主管：廖艳红"。

旁边一个娇小的女孩说："廖小姐，这靓女长得和你蛮像呢，是你亲戚吧？"

艳红不置可否，笑着说："戴春花，你领她去宿舍吧。"戴春花拿来工作服、蚊帐、临时工作证，抱着朝办公大楼后面走去，小怜连忙跟上去。

戴春花看了一眼小怜的工作证，问道："你是廖小姐的表妹吧？怎么分到车间？你的字写得很漂亮，进写字楼多好。"小怜笑了笑，没有作声。戴春花接着说，"今天你可以自由活动，用临时厂牌进出大门。对了，下午记得交三张一寸照片给我。"

宿舍阿姨见戴春花替女工抱着行李，慌忙站起来接在手上，说："我领靓妹上去吧。"

宿舍楼是两栋八层高楼，小怜的宿舍位于三楼走廊尽头，格局和学校宿舍差不多，都是上、下铺的铁架床，床头有可放衣物的铁柜。小怜数了数，一共十二个铺位。房间尽头是阳台和洗手间。宿管阿姨讲解道："左边是冷水，右边是热水，有不懂就下楼问我。"

小怜挑了靠窗的上铺，把行李安顿好，坐在床头望向窗外：被房顶划成不规则形状的天空，灰蒙蒙一片，不见一丝云彩；对面车间内，传来各种机器的声音；空气中飘着淡淡的橡胶味……

第二章

　　小怜照了相片，买了些日常用品。回厂时，恰逢中午下班，宿舍前的空地上挤满了人，一窝蜂地去取碗筷。小怜这才发现，宿舍底楼是食堂，取菜窗口前排着长长的队伍，几名保安在维持秩序。

　　小怜站在遮阳棚下，素雅的装扮格外醒目，不时有路过的男工朝她吹口哨。一个高个子男孩搭讪道："靓女，要不要帮忙提行李？"

　　小怜退后几步，差点撞到正朝她走来的艳红，艳红板着脸问："你认识她么？"男孩做了个鬼脸，快步朝食堂走去。艳红对小怜说："把东西放到办公室，我们去呷饭。"

　　小怜随艳红走进小食堂，厅内摆着几张圆餐台和靠椅，就餐人员大多是浅蓝短袖的职员，也有几个白衬衫，一看就是高层领导。菜品很丰盛：炸海鱼、胡萝卜肉丝、排骨炖冬瓜和蒜茸空心菜。

　　艳红说："上午忘记给你饭票，你先在这吃一餐。要好好工作，争取进入管理层，就能吃职员餐。"

　　小怜低声嘀咕："没有辣椒菜？"

　　艳红瞪了小怜一眼："你以为在老家？这里天气热，吃辣椒容易上火。"

　　吃过饭，艳红送小怜回宿舍，室友们正准备午休。艳红笑着和大家打招呼："大家好，这是我表妹颜小怜，大家多多照顾。"

　　小怜铺位对面的上铺，坐着一个皮肤黝黑的大眼睛女孩，剪着齐耳短发，圆圆的脸上洋溢着温暖的笑容："你好，颜小怜。我叫姜满妹。"

　　小怜拘谨地应道："你好。大家好。"

　　姜满妹的下铺，是个三十出头的妇女，梳着齐腰大辫子，皮肤凝脂般白皙温润，细眉细眼的模样让人如沐春风，她笑眯眯地站起来说："廖主管好，我是308宿舍长张秋霞。"

小怜下铺的床帘后，探出一张瘦长的脸，瞪着一对露白大眼珠子，她揉着扁塌的鼻头，薄薄的嘴唇吐出尖细的声音："大中午的，吵啥吵？还让不让人休息？"她边拉帘子边小声嘟囔，"马屁精！"

艳红尴尬地说："不好意思，打扰大家了。小怜，我先走了，要和室友和睦相处哦。"

小怜把东西放到铺位上，准备上床休息，下铺尖叫道："我说新来的，不要总是晃来晃去，人家下午还要上班呢！"

张秋霞说："陈秀丽，你少说两句，就安静多了。"

陈秀丽骂道："丢你老母！"

张秋霞也提高了嗓门："做人不要太过分。"

陈秀丽"呼"地拉开床帘说道："我过分？我偷过你的钱？睡过你老公？都没有吧？"

小怜站在过道上，不知如何是好。门外传来悦耳的歌声："情难自禁，我却其实属于极度容易受伤的女人，不要、不要、不要骤来骤去，请珍惜我的心……"两个女孩一阵风似的冲进宿舍，门"砰"的一声撞在墙上，又反弹到门框上，关严实了。

两个女孩都留着时髦的碎发，高瘦一点的长着瓜子脸，稍矮一点的是鹅蛋脸。"瓜子脸"皱了皱眉说："我靠！火药味十足，又爆发战争啦？"

陈秀丽哼了一声："关你屁事！"

"瓜子脸"乜了陈秀丽一眼说："是不关我的事，影响我休息，就关我大事。他妈的都给我闭嘴，老娘晚上还有约会。"

"鹅蛋脸"爬上最里面左上铺，嗲笑道："阿花，你一回来就这么大火，超哥知道了，都不敢认你啦。"

阿花立即"阴转晴"，爬上紧邻小怜的上铺："好啦好啦，大家都消消火。生气容易长皱纹。"她伸长脖子看了看小怜，"我靠！什么时候来的大美女？阿娇，是不是有点眼熟？"

阿娇也探出头说道："哎哟，又是一个黑美人。也是海南的吧？"

小怜轻声应道："你们好，我是湖南的。"

阿花打了个响指说："嗯，湖南出美女。不过姐姐告诉你，长得太靓，不一定是好事哦，要学会防狼！"说完，朝小怜抛了个媚眼。

陈秀丽闷在被子里，小声嘀咕着："狐狸精！"

阿花扶住床栏杆，用力掀开陈秀丽的床帘说："有种就大声点！少在被窝里放闷屁！"

陈秀丽不甘示弱地说："我说什么关你屁事！说话还要向你报告。你算哪个领导……"

阿花跳下床骂道："你个尖嘴巴疯狗，整天逮谁咬谁，看我不撕烂你的嘴。"

张秋霞光着脚跑下床，拉住阿花，劝道："都退一步。小心把宿管员吵上来，都得记警告。"

阿花使劲挣扎着吼道："不就是警告吗？罚点钱算什么！老娘今天不收拾她，就不姓袁！"

阿娇也从上铺下来了，陈秀丽吓得脸色发青，蜷在床角不再吭声。阿娇拉起阿花的手说："亲爱的，和这种人计较，不怕掉价？我们出去透透气。有些人呀，吃不着葡萄，偏说葡萄酸。见不得别人漂亮，见不得别人好。"

姜满妹溜下床，冲小怜眨了眨眼，小声说："没事了，不要往心里去。反正也睡不着，也出去走走吧？"

小怜正想躲开这尴尬的场面，和姜满妹来到宿舍楼下。

穿过宿舍楼中间的过道，尽头是一块空地，长着几棵高大的榕树。两人席地而坐，不由相视大笑。姜满妹止住笑，说："颜小怜，你知道吗？你还没回屋，我就想和你交朋友。"见小怜好奇地瞪着自己，她歪着脑袋笑了，"就凭你床头那些书，热爱学习的人，素质一般都很好。果然不出我所料。"

小怜伸出手，接住叶间漏下的阳光，苦笑道："热爱学习又如何，还不是要出来打工。"

姜满妹挺直腰背道："此言差矣！只要心中有梦想，到哪儿都能发出光芒。我们无法改变生活，就要努力创造更好的生活。我看到你有自考书，说明你梦想远大。我不准备考文凭，只想学一门好技术。我在学习办公自动化，你有兴趣么？"

小怜听得入了神，半晌才应道："我要帮家里还债，自考可能更适合我。"

"唉……又是被家庭所累的好学生。"姜满妹叹了一口气。

小怜笑着说："没那么夸张。对了，宿舍那些人，经常那样么？"

姜满妹压低声音说："是的，我只和秋霞姐有话讲，其他人简直无法沟通。隔壁玩具厂有很多男工，晚上下班后，就来我们厂门外转悠，阿花和阿娇，每天有人请看电影、吃夜宵。陈秀丽之前也和她们一起玩，不知跟哪个争风吃醋，整个人变成刺猬，见谁都不顺眼。"

小怜好奇地问："白花人家钱？怎么好意思？对了，宿舍其他人都去哪了？"

"工厂女孩多，男仔少。不过你不用愁，靓女到哪儿都是抢手货。"姜满妹狡黠地笑道，"食堂的林姐、蔡姐和我们同宿舍，她们老公在建筑工地做事，她们常去工棚度蜜月。底部的女孩下班比我们晚一个钟，中午就算碰到，也没空聊天。"

小怜叹了一口气，看来工厂的人际关系，比在学校时要复杂得多。不由暗暗捏了一把汗，心里不甘地喊着：哪怕生活只给我一滴水，也要努力开出满树花。

聊着聊着，上班铃响了，姜满妹朝小怜挥了挥手，大步朝车间走去。小怜去办公室领了饭卡，去小店买了信纸和笔，快步走回宿舍。宿舍内空无一人，小怜趴在床上，给邱家龙写信，细述离家后的见闻。信的末尾，她认真地写道：家龙，这里的一切都很陌生，我很彷徨，很想家，更想你。不知我的未来会如何，但我决不能变成她们的模样，令人害怕的模样。

写完信，小怜趴在床头睡着了。各种梦境纠缠着她。恍惚间有人拉她的手，她惊叫出声："家龙！"

耳畔传来姜满妹的笑声："谁是家龙？男朋友吗？睡的那么香，我不来叫你，晚饭都不知道吃了吧？"

小怜红着脸辩道："哪有？"

两人下楼排队打菜，一个壮实的男孩，拼命朝这边挥手，说道："阿妹，排我前面来。"

姜满妹摆了摆手了，小怜拼命朝她眨眼睛，她嘟起嘴说："想什么呢？培训班认识的工友而已。"

轮到她们打菜时，姜满妹笑着说："蔡姐，不要只打你的菜，也要加点肉哦，你看我都瘦了！"

玻璃窗后面，露出一张笑眯眯的圆脸："肉都打给你，后面的人吃啥子嘛？"

姜满妹指着小怜说："这是新室友颜小怜。"

蔡姐朝菜盆底挖了挖，一勺胡萝卜肉丝，飞快地落入小怜饭盒。两人端着饭盒去盛饭，后面的人说："我说打菜的，她们怎么那么多，我们这么少？"

蔡姐"哐当""哐当"敲着盆说："快，快！下一位。"

姜满妹和小怜找到空位坐下，小怜尝了一口菜，小声抱怨道："真难吃。"

姜满妹夹了一块瘦肉，边嚼边说："之前和蔡姐不熟时，我几天都吃不到一块肉。就算周末加餐，鸡腿也是最小的。这就是生活，靓女。"

小怜扒拉着饭菜，久久无法下咽，上学时抱怨食堂师傅手艺不佳，和同学们联名抗议。哪知工厂的食堂，才让人领教了什么叫味同嚼蜡。食堂里人声鼎沸，嬉笑声、打闹声不绝于耳，小怜感觉陷入前所未有的孤独。她仿佛置身茫茫林海，四周是密不透风的苍茫，是无边无际的迷雾，找不到出路。

第三章

小怜一大早就醒了，她蹑手蹑脚下床，用尽量小的声音洗漱，上完洗手间出来，姜满妹正在刷牙，对她说："第一天上班，用不着这么兴奋吧？"

小怜边洗手边应道："人家都紧张死了。"

姜满妹"噗"地吐掉一大口水说："又不是上考场，紧张什么？"

这天的早餐是炒米粉、馒头任选一种。几大桶稀饭倒是可以随意喝，却稀得够彻底，估计是昨夜的剩饭加水勾兑而成，喝到嘴里寡淡的。

吃过早餐，姜满妹领着小怜去车间。时间尚早，姜满妹当起了向导，"一楼是裁剪部、板房和原料仓；二楼是我们面部；三楼是底部；四楼是手缝部；五楼是包装部和成品仓。"

小怜打趣道："面部？还有脸部么？"

车间门口有一排铁制储物柜，柜门上都有一把小锁，姜满妹指着靠墙的铁柜说："那边是品检组，和你工号对应的那格是你的。有没有买锁？先把鞋子放我这吧，小心被人顺走。"

两人换好工鞋，走进车间，排列整齐的缝纫机，在最前面，往后依次是手工工作台、品检台，尽头是通往各部门的电梯，旁边分别是主管办公室和科长、组长办公室。

工友们陆续到了，车间渐渐嘈杂起来，阿花和阿娇快步跑进来。阿娇笑着和她们招呼："靓女们早！都这么积极？早到又没奖金拿！"

陈秀丽黑着脸从她们身边走过，在品检区助理办公桌前坐下。阿花冲阿娇眨眨眼说道："你看人家当了领导，姿态都不一样。"

阿娇打了个哈欠说："缝纫组，有钱途；品检科，靠山多；累死累活手工妹!"

姜满妹麻利地掏出工具说:"我不信会永远待在手工台,路都是人走出来的。"

阿花打了个响指说:"听你的意思,找到靠山啦?"

姜满妹双手撑住下巴,应道:"靠山山倒,靠人人跑,靠自己才是正道。"

阿花指着电梯口,笑着说:"莫非你搞定了薛老大?"

小怜转头望去,一个身穿白衬衫的瘦高男子走出电梯,掏出钥匙,打开主管办公室门。姜满妹小声对小怜说:"主管来了,快到工位上去。"

看着小怜离去的背影,阿花瘪嘴道:"切,又是有靠山的。"

陈巧玲叫住小怜,指着陈秀丽办公桌前的台面说:"颜小怜,你坐这个位置。不懂的就问旁边的同事。"

小怜正要坐下,车间的人都涌向办公室前的空地。陈秀丽小声说:"要开早会了,过去集合。"小怜连忙跟她去排队。

薛主管背着双手,站在办公室门口,两道浓眉拧成一团,两颊凹陷,狭长的双眼射出凌厉的光芒,略带鹰钩的鼻尖下,薄薄的嘴唇紧紧抿在一起,威严中透出精明,叫人望而生畏。他干咳一声,车间里顿时鸦雀无声。薛主管扬着手中的鞋面,说:"都睁开眼睛看看!这样的货都放行到底部,幸好马主管及时发现,不然出了大货,都吃不了兜着走!"

薛主管瞪大眼睛,对品检组吼道:"你们这些品检,都干什么吃的?天天悠哉悠哉,光吃饭不干活!请你们来,不是当祖宗!"因过度激动,额角渗出细密的汗珠,他从西裤口袋掏出手帕,一个小塑料袋和一张彩色照片滑落在地。人群顿时骚动起来,有人窃笑,有人低语。

薛主管扯着嗓门喊道:"安静,安静!都吃错药啦?还有脸笑!"

陈巧玲快走几步,想拾起地上的东西,薛主管怒吼道:"你站好!"

胆大的员工指着地面,笑着说:"主管,您掉东西了。"

薛主管低头一看,脸色瞬间变了,捡起来塞进裤袋,声音低下去不少：“你们，你们说说看，我们部门，哪个科最重要？”

大家七嘴八舌回答“缝纫”“机修”……

有人高喊道：“当然是品检科。”

姜满妹举起手来，大声说：“我认为每个科室，每个环节都很重要，我们把品质做到最好，最完美的时候，品检科反而可有可无。如果能够做到不需要品检，说明我们部门已经很棒了。”

薛主管连连点头道：“这个员工说得太好了，质量把握在每个人手里。只有大家都加强责任感，用心做事，才能做出完美的产品。”

薛主管训完话，各位科长、组长对所辖员工进行工作安排和训示。

陈巧玲板着脸说：“任何从我们手中经过的次品，都要零容忍。虽然手工组同事替我们说话，但都不是借口。我们要把好面一部最后关口，把质量做到最好！”她指了指窗外，嗓门稍稍提高了一些，“不要叫面二部小瞧。”

陈巧玲穿着坡跟皮鞋，比一般员工还要稍矮一些，淡淡的眉毛、圆圆的眼睛、肉肉的鼻头、圆润的嘴唇、厚实的耳廓，加上圆胖的身材，显得敦实憨厚。她糯软的训话，让人没有反感，很快就能虚心接受。旁边缝纫科科长郭碧莲，声音像机车一样“嘎吱嘎吱”，带着冰冷的金属味，后排员工小声抗议，她提高嗓门辱骂，不堪入耳的脏话，在车间内回荡。

开完早会，大家迅速归位。陈巧玲走到小怜身旁，轻声说：“听说你上过中专，二组助理要请产假，你先跟陈秀丽学习做助理。”

陈秀丽有些为难：“陈科长，我做助理时间也不长，不是特别熟悉。”

陈巧玲说：“不懂就问我，我相信你们。”

小怜跟在陈秀丽后面，看她抽检品检们验过的货：鞋面是否有划痕和胶水印迹，缝合线有没有到位，线头有没有剪干净……

下班前，陈秀丽回到办公台写报表，忽然对小怜说：“昨天的事，不好意思哦。”

小怜笑着说：“没关系，都过去了。”

陈秀丽把文件夹收好，摸着鼻头笑道：“我们还挺有缘，在宿舍睡上下铺，在车间搭伙工作。"

突然，主管办公室传来激烈的争吵声，郭碧莲冲出来，咆哮道："好，你让我滚，我就滚给你看!"

薛主管追出来，黑着脸说："你有完没完？这是上班时间!"

两人一前一后上了电梯，电梯下行后，车间顿时炸开了花。

陈秀丽对小怜说："别看了，快干活，万一他们上来，火全撒我们身上。"

小怜小声说："缝纫科长真厉害，主管都敢骂?"

陈秀丽低声说："郭碧莲是薛主管老婆，是有名的泼妇。你没看到么？薛主管口袋里，装了安全套和美女相片，她不发飙才怪!"

小怜疑惑地问道："一张相片就吵成这样？还有，安全套是什么?"

陈秀丽翻着大眼珠子，笑出了声："哈哈哈……妹妹真是太单纯了!"她四下张望了一下，和小怜耳语道，"和情人幽会用的避孕套。"

小怜嘴巴张成大大的"O"字，惊讶道："不会吧?"

陈秀丽把声音压到最低："厂里的大小领导，基本上都有相好，台湾来的高协理，有好几个情人。"她上下打量着小怜，"你长得这么靓，可要小心，说不定哪天就被俘虏了。"

小怜皱着眉头抗议道："我才不会呢。别瞎说。"

下班铃声响了，大家一窝蜂排队下楼。小怜和陈秀丽并肩走出车间，姜满妹跑过来，挽住小怜的胳膊，问道："第一天上班，感觉怎么样?"

小怜望了一眼陈秀丽，笑着说："挺好的，有秀丽姐带我呢。"

姜满妹不置可否地笑了，她利落地打开鞋柜门，帮小怜拿出便鞋。换好鞋后，大家快步朝食堂走去。

三个人一起排队打饭，陈秀丽和小怜找位置坐下，姜满妹端着饭盆往前走了，小怜正要跟着去，陈秀丽叹了一口气道："个个都装清高。有什么好装的?"小怜尴尬地站了一会儿，退回原位坐下来。

下午上班没多久，薛主管和郭碧莲来了。薛主管脸上隐约多了几道抓痕，郭碧莲双眼红肿，沉着脸坐在办公台后面。整个下午，车间除了机器的"嘎吱嘎吱"声，几乎没有多余声响，大家大气都不敢出，上厕所也轻手轻脚的，生怕弄出什么响动。

好不容易挨到晚上下班，回到宿舍已近十一点，小怜几次想和姜满妹说点什么，又不知道说什么好，只好上床休息。阿花和阿娇对着镜子描眉画眼，确实俏丽了几分。

阿花喷着香水，说："你们猜，薛主管相片上的美女是谁?"

阿娇提着超短裙走过来，急切地说："快帮我拉拉链。管她是谁? 反正郭碧莲气疯了，瞧她平时那得意劲，有她好受了吧!"

底部同事下班了，她们好奇地问："郭碧莲也有受气的时候? 你们扯淡吧!"

宿舍热闹起来，大伙七嘴八舌谈论着。小怜躺在床上，感觉周边的一切都离自己远远的，摸不着边际。正胡思乱想间，一个纸团跃过床帘，落在被子上。她打开一看，几行俊秀的小楷映入眼帘:

小怜:

　　希望你在这纷杂的世界里，能保持一颗单纯、向上的心，远离是非、肮脏，出淤泥而不染。

　　　　　　　　　　　　　　　　　　　　你的朋友: 姜满妹
　　　　　　　　　　　　　　　　　　　　1997 年 10 月 18 日

小怜掀开床帘，对面床铺上，姜满妹也掀起床帘一角，向她露出甜甜的笑容。这笑容仿佛一束灿烂的阳光，注入她灰暗的心底。小怜也咧嘴笑了，她们就这样对望着、傻笑着，满室的嘈杂声，在这笑容里消失了，她俩就这样笑着，进入未知的梦境。

第四章

　　南国的夏季特别漫长，进厂快两个礼拜了，天气还很炎热，家乡早已进入深秋。邱家龙的来信中，对小怜的思念越发浓烈。

　　每天上班时间都很长，食堂伙食也差强人意。小怜适应了快节奏的生活，工作进步显著，甚至比陈秀丽更能理清各项环节。

　　面部机修员阿钟，高大帅气，整天笑嘻嘻的，很讨人喜欢。陈秀丽见到他，总要没话找话聊几句。这些天，阿钟趁薛主管没在，经常来品检科。

　　陈秀丽偷偷带了几瓶汽水，藏在办公台下，见到阿钟走近了，递给他一瓶，说道："阿钟，喝水。"

　　阿钟也不含糊，笑着接过来，说："还是阿丽美女对我好，下次我回请你！"可把陈秀丽乐坏了，晚上做梦都乐出了声。

　　周日晚上不用加班，小怜和姜满妹吃完晚饭，相约去逛超市。阿钟走过来，对小怜说："颜小怜，一起去看电影，怎样？"

　　小怜牵着姜满妹的手，说："不好意思，我不喜欢看电影。"

　　阿钟说："那等下一起去吃夜宵！"

　　小怜头也不回地说："我没有吃夜宵的习惯。"

　　陈秀丽独自走出厂门，她看到阿钟，眼神瞬间亮了，开心地问道："阿钟，晚上有没有活动？"

　　阿钟指着身旁几个男孩，说："我们正要去打台球。"

　　陈秀丽兴奋地说："带上我吧，我也想学。"

　　阿钟为难地搔了搔头皮，迟疑说："这个……"他转头冲伙伴们挤了挤眼睛，"王叶斌，你不是说肚子痛么？要不要陪你去看厂医？"

　　王叶斌捂着肚子跑进大门说："不用了，不用了！你忙你的，我自己去。"

阿钟暗暗咬了咬牙，对陈秀丽说："我去看看他，万一出啥事，我姑妈非骂死我不可。"说完，大步追上王叶斌。

陈秀丽左等右等，没见他们出来，急忙前往医务室。见她急匆匆跑进来，厂医谢海艳问道："秀丽，哪儿不舒服？"

陈秀丽左右张望着，问："钟国华和王叶斌来没来？"

谢海艳摇了摇头，应道："他们跟牛一样壮，感冒药都没拿过。"

陈秀丽的脸倏地沉下来，回道："你先忙，我回宿舍了。"

阿钟和王叶斌躲在宿舍楼梯间，见陈秀丽上了楼，急忙朝厂外跑去。

王叶斌抱怨道："她有那么可怕吗？"

阿钟按着王叶斌的颈根，气呼呼地说："兔崽子，给你那么多暗示，怎么不配合？就她？有资格当你嫂子？你倒是自己上呀！"

王叶斌连连求饶："好哥哥手下留情，手下留情！自打颜小怜进厂，你的魂就掉了一半。就凭你潘安再世的模样，何愁追不到她？真是的，甩不掉丑八怪陈秀丽，拿我撒什么……"

"你们太过分了！太欺负人了！都不得好死！"身后传来陈秀丽的怒吼声。

阿钟和王叶斌都怔住了，打闹的手僵在半空，无处安放。

这天晚上，陈秀丽一直黑着脸。姜满妹趴在小怜耳边，低声说："阿钟追你的事，可能被她知道了。"

小怜皱着眉头说："什么事都没发生，她至于吗？"

姜满妹笑道："全车间的人都知道她喜欢阿钟，她是有名的火药桶，你最好离她远一点。"

第二天上班后，陈秀丽处处为难小怜，原本不是小怜抽查的货出了问题，她偏说看见小怜复检过。小怜趁午休时，把负责的面料复核一遍。谁知晚上上班没多久，拉到底部的面料，又被送下楼。

底部马主管对陈巧玲说："陈科长，我不想给你出难题，才绕过薛经理来找你，以后还出现这种情况，我就没办法了。"

陈巧玲把组长和助理叫进办公室："不到一个月，出了两次重大问题！上次只有主要责任人记警告，看来起不到警示作用。这次不用通报主管，我查出来立马记大过，如果次品超过8%，开除处理！"

陈秀丽尖着嗓子说："还用查吗？这次的黑山羊皮，不是颜小怜负责的吗？"

小怜拿起鞋面反复察看，前端有黑色油漆笔印迹，后跟有细微的针眼，胶筐内的鞋面，都有类似瑕疵。一股怒火在心中燃烧起来，她定了定神，努力抑制自己的情绪，说道："最近我们科室经常出些小状况，所以这批货从缝纫科一过来，我没让任何人经手，全部自己加班检查。这么明显的残次，任何有职业道德的品检，都不会放行。"

陈巧玲皱着眉头，反问道："既然都是你经手的，现在怎么解释？"

小怜挺直身板，大声说道："两位领导，我申请封存这批货，明天请突查本批次原料是否有瑕疵，彻查缝纫组有没有加工出类似成品，如果都没有，那么恳请领导报警处理，查证此批货物上的指纹，一切就水落石出了。"

马主管若有所思地点了点头，问道："你怀疑有人故意破坏公司财物？"

小怜颔首应道："我刚上班不久，不敢妄加猜测。从这些半成品来看，不排除有人制造混乱、发泄私愤的可能。"

马主管和陈巧玲走出办公室，商议片刻后又返回来，告诫大家都不许声张，让他们回去继续工作。两人找来几个大纸箱，把鞋面连筐带货装箱，用透明胶封了个严严实实。临近下班时，小怜坐在位置上写报表，马主管走到她面前，小声说："你跟我来一下。"

小怜随马主管走进电梯，来到厂房后侧的凉亭下，微风拂去她的满怀忐忑。

这是一方和厂区截然不同的小天地，有水池、假山、花圃、凉亭等。凉亭四周拥簇着各种树木，不远处的铁笼内，养着几只美丽的孔雀。另一端的铁笼内，则是五头高大威猛的大狼狗，正虎视眈眈瞪着他们。

马主管示意小怜在石凳上坐下，和蔼地问道："听说你是尚文人？"

小怜吃惊地答道："是的，您怎么知道的？"

马主管笑了笑，说："估计你不认识我，我可知道你，女状元颜小怜，秀水村哪个不知道？你应该认识我家老三马长安，我是他大哥，马长荣。我出来打工时，你们还在上小学呢。"

小怜不安地说："我认识马长安，他比我高一届。没想到在这里碰到老乡大哥，还给您惹来麻烦。"

马主管点燃一支香烟，吸了一口，说："我找你下来，是想了解一下鞋面的事，你分析的有些道理，能不能告诉我，和谁有过矛盾？"

小怜低下头，沉思了片刻，答道："我才进厂二十来天，没和人有过节。不过，我相信事情会水落石出的。"

马主管语重心长地说："你要是把我当同乡大哥，就和我讲实话，也方便我们开展调查，不然查不出结果，你至少要记大过。"

小怜望着高墙旁一棵怒放的黄花槐，咬了咬嘴唇，应道："实在查不出来，我也认了。我相信马大哥和陈科长能还我清白。"

马主管意味深长地说："你先回车间吧。女孩子在外面，首先要学会保护自己。过分退让和宽容，未必是美德。"

小怜感激地朝马主管笑笑，快步朝厂房走去。

一轮圆月斜悬在天际，微弱的光线穿透灰白的云层，在地面投下无数暗影，斑斓的树影在小怜身上跳跃着，两束炙热的目光，在她身后跳跃着。

小怜朝车间赶去，晚班下班铃声响了，潮水般的工人从楼梯上涌下来，年轻的男孩女孩你推我搡、追追打打。小怜成了逆流而上的小鱼，寸步难行，她紧贴着墙壁站稳，生怕被人挤倒。窗外的月光，照在小怜盛满忧郁的眼中，怎么也照不散她的满腹惆怅。她紧紧捏着下午才收到的信，多想飞到心上人身边，告诉他自己的困境。告诉他，她多么思念他，思念千里之外的家乡……

第五章

如潮的人流涌向一楼，向生活区和厂外漫延，寂静的夜晚沸腾了。小怜换好鞋，快步走向办公楼。

办公楼二楼以上，是管理层公寓。艳红的宿舍在五楼拐角处，小怜去过一次，宽敞的房间内，生活家具一应俱全，窗帘和被褥都是淡雅的紫色，浪漫中透着温馨，叫人心旷神怡。小怜轻轻敲了敲房门，房内悄无声息，写字楼六点就下班了，怎么会没在呢？

小怜不由小声嘀咕起来："这么晚了，去哪儿了？"

一个男声在身后响起："谁呀？这么晚了，来这儿做什么？"

小怜惊了一跳，应道："我来找我姐。"

来者是马主管，他看到小怜的窘态，笑着问道："廖主管是你姐？"

小怜低头答道："是我表姐。"

马主管踮起脚尖，透过玻璃窗往屋内张望着："这么晚了，应该快回来了。我就住楼下，要不去我屋坐坐，她回来正好看得到。"

"谢谢马主管，也没什么要紧事。我先回宿舍了。"小怜说完，转身朝楼下走去。

刚踏上宿舍走廊，小怜听到室友们嘈杂的争论声。"莫非又爆发战争了？"小怜不满地嘀咕着。

走到宿舍门口，阿娇呼地冲出宿舍，推开正要进门的小怜："快让开！"张秋霞背着阿花，紧随其后。小怜瞥见阿花惨白的脸，手脚无力地耷拉着。

一行触目的鲜血，从阿花床底延伸到宿舍门外。"出什么事了？"小怜惊叫道。

陈秀丽说："做好事哦，肚子里的野种是谁的，自己都不知道。

还想去讹超哥？超哥有那么好骗？这下好了，胎都不用打，直接踹掉省事。"

姜满妹边拖地边说："陈秀丽，你好歹也是女孩，有点同情心好不好？"

阿娇哭丧着脸跑进宿舍说："厂医说她搞不定，要送医院，现在取钱来不及了。你们谁有现金？帮我凑点。"

姜满妹爬上床，翻出一包卫生巾，抽出一沓钞票："本来准备寄回家的，你先拿去吧。"

阿娇也从内衣夹层掏出才发没多久的工资，拿在手里飞快地数了数，说："应该差不多了，谢谢阿妹！"

姜满妹拉上小怜，紧跟着阿娇跑下楼，几人扶着阿花走出厂门，厂医叫来的救护车刚好抵达。看着救护车消失在夜幕中，姜满妹和小怜感慨万千。

小怜拍了拍胸口说："希望一切平安。"

"阿怜，我们都要洁身自好，避免这种痛苦磨难。阿花的私生活确实乱。刚才秋霞姐问她，孩子到底是谁的，她竟然不敢确定。你说……你说这叫什么事？"姜满妹跺了跺脚，小声骂道，"真是没脑子。"

小怜轻声说："别气啦，明天还要上班呢，回去休息吧。"

姜满妹叹了一口气说："我和阿娇、阿花、阿丽是同时进的厂，当时我们多要好、多单纯。这才一年时间，大家都变了样，我真的好难过。"两人早已了无睡意，来到宿舍后面的空地，背靠背坐在榕树下。天空阴沉沉的，一如她们沉重的心。

两人回宿舍时，室友们都睡着了。小怜睡下没多久，浓浓的倦意将她裹住，噩梦乘势袭来，怎么也睡不踏实。

半梦半醒间，一个声音划破夜空："来人啦！起火啦！"

小怜一个激灵，翻身坐起来，抹了一把额角的汗，正准备躺下，一股焦臭味直往鼻孔钻。她扒住窗户朝外看，厂房内冒出滚滚黑烟，几名保安朝厂门口跑去。小怜披起外衣，边跳下床边大喊："着火了！大家快起来！"

室友手忙脚乱起床了，小怜拉起姜满妹的手朝门外飞奔，边跑边敲隔壁宿舍的门："起床，起床！起火了！"

两人三步并作两步跑到楼下，紧邻厂房的男宿舍还没人跑出来。小怜灵机一动，跑到碗柜前，拿出几个大搪瓷碗，边敲边喊："大家快起来！着火了！"一个保安跑过来，现学现喊。两栋宿舍楼瞬间炸开了锅。走廊上、楼梯间很快挤满人，大家你推我搡，争相下楼，尖叫声、惊呼声、叫骂声响彻夜空……

小怜和姜满妹跑到厂区空地上，保安队长走过来，大声对她们说："消防车快到了，大家都疏散到围墙外面去，一定要注意安全，不能走远，不要在马路上逗留打闹！"

两人率先跑到安全地带，如潮的人流很快汹涌而至。厂外的人行道上，站满黑压压的人群。黑烟愈发浓黑，五楼窗口开始冒出暗红色火舌，肆意舔向顶楼。厂房后的大狗拼命吠叫，孔雀也发出"嗷嗷"长鸣，听得人毛骨悚然。

空中突然传来凄厉的呼救声，众人寻声望去，顶楼套间的玻璃窗内，露出两张惊恐的脸，人群骚动起来。"那不是高协理的房间吗？"

"快想办法救人吧！"

"今晚又是哪位靓女侍寝？"

……

安保人员乱作一团，有人扛来长梯，可是楼层太高，梯子只能够到二楼窗户，奔腾的火舌攀过屋顶，吞噬着顶楼的绿植，高协理精心打造的空中花园，逐渐陷入火海。

高协理的房间危在旦夕！

远远响起消防车和救护车的警笛声，人群自动让出大片空地，有人激动地哭出了声："菩萨保佑！菩萨显灵了！"

消防车很快就位，消防战士迅速下车，拉起警戒线，麻利地铺就消防水管、架设云梯，几名队员登上云梯，冒着令人窒息的浓烟和灼人的烈焰，手握消防管，对准熊熊大火喷射，如注的流水扑向火焰，火势很快得到有效控制。趁着火势减弱，一架云梯升向顶楼，消防队员奋力打开防盗网，救出仅穿裤衩的高协理和一名妙龄女子。两人被抬上救护车时，都已奄奄一息。

人们向救护车涌去，保安队长大声说："退后，都退后！"

有眼尖的人悄声说："那个女人好像是人事部主管。"

这个消息，很快在人群中传开了，小怜小声啜泣着："不可能的，不可能是我姐。"

姜满妹安慰道："阿怜，别着急。晚点我们去找你姐。"

消防战士奋战几个小时，大火终于扑灭了。安保人员忙着清理火场，天亮时才解除警戒。人们都松了一口气，紧绷的神经松弛下来，人群中传来阵阵哄笑：大家只顾逃命，来不及顾及形象，有人只穿了上衣，下身套着三角短裤；有人裹着被子；有人光着一只脚丫；还有人拖着大皮箱……部门领导开始整理队列，清点人数。

厂长拿起高音喇叭大声说："员工都回宿舍休息，因车间受损，暂时不用上班。组长级以上干部全部到写字楼集合。大家都听好，没出台通知前，不可随意出工厂大门！不许编造、散布谣言。"

回到宿舍后，大家都无心休息，宿舍楼成了"嗡嗡"作响的马蜂窝。小怜急成热锅上的蚂蚁。

陈秀丽阴阳怪气地说："颜小怜，你这坐也不是，站也不是，做什么呢？"

小怜紧咬嘴唇，看了她一眼，爬上床蒙头躺下。

阿花在阿娇和秋霞的搀扶下，慢慢走回宿舍。

姜满妹关切地问道："没事了吧？清点人数时，我还好担心，生怕领导查出你们没在。"

秋霞疲惫地坐在床头说："回来时正在集合，我们就站在队尾。我让她在医院休养两天，这姑娘性子拧得呀！唉……"

阿花哑着嗓子说："不能耽误你们上班，幸好我们回来了，不然还以为我们烧死了呢。"

写字楼的大会一直开到中午。午饭过后，公告栏张贴出一则通告：

通知

各位同仁：

因厂区线路老化，成品仓、包装部不幸发生火灾，烧毁原材料、成品鞋若干。全厂需消防整顿，重新修葺厂房。全厂放假十六天（11 月 15 日—11 月 30 日）。想回家探亲的员工到组长处填表，愿意留守的员工到科长处填表。

特此通知。

1997 年 11 月 15 日
福洋鞋厂人事行政部

大部分员工都选择回乡探亲，小怜进厂没多久，回家的路费都不够，艳红也没有音讯，更叫她心急如焚。姜满妹也没有回家，难得的假期，正好可以去培训班系统学习；阿花需要静养，倒也省去请假的手续；阿娇虽然想家，又舍不下好姐妹，也选择留下。喧闹的厂区空荡荡的，除了车间修复墙体的敲击声，整个厂区几乎没有声息。

小怜去艳红宿舍看了几趟，都没看到她的踪影。传言无声地证实了，可是没有亲眼所见，始终不愿相信她会出事，更不愿相信，她是高协理的情人之一。

晚饭开餐时，食堂里空荡荡的，姜满妹端着饭盆对小怜说："我晚上要去上课，要不要去看看？"

小怜搅着饭菜，心不在焉地应道："我就不去了，反正我也不想学。"

入夜时分，下起瓢泼大雨，弥漫在厂区的焦臭味慢慢消散，天气也凉爽起来。

小怜蜷着薄被靠在墙上给邱家龙写信，沉重的笔尖下，流出太多无奈："我的人生观、价值观，被某些肮脏的东西冲击着。外面的生活有太多辛酸，很多事情的发生，让我无所适从。可是一想到家乡，一想到你——家龙，我就有了无形的力量。我想，我会在这片独特的土地上，找到属于自己的那方蓝天。"

第六章

放假好几天了，还是没有艳红的消息，小怜不敢写信告诉家里。从繁忙的工作中解脱出来，感受不到丝毫轻松，惶恐和担忧困扰着她，她整日窝在床上看自考资料，却总是心神不宁。

这天晚饭后，送姜满妹到厂门口后，小怜慢慢朝宿舍走去。抬头间，看到陈巧玲坐在职员宿舍走廊上，她飞快地跑上楼，语无伦次地说："陈科长，您没有休假吗？有没有我姐的消息？您没回家呀？"

陈巧玲领小怜走进房间，倒了一杯水给她，轻声说："我去看过你姐了，你放心，她没有生命危险。只是医院治疗水平有限，总部把她和高协理都转去香港治疗。短时间内都看不到她。"

小怜杵在那儿，半晌说不出话来，她垂头问道："那，那我姐……不会有事吧？"

陈巧玲安慰道："你放心，会没事的。"

小怜鼻子一酸，眼泪在眼眶里打转，问道："不会有人为难她吧？"

陈巧玲沉吟片刻，笑着说："当然不会了。艳红工作认真敬业，厂里肯定会对她负责。"

艳红没有生命危险，已经是最好的结果。小怜沿着厂区旁的堤岸漫步，堤岸下方的河床内，淌着乌黑的流水——哪里是河，分明是臭水沟。旁边的人行道上，种了两排芒果树，墨绿色叶片在路灯的照耀下，泛着翡翠般的光泽。人行道对面是一排铁皮房，各色店铺一字排开，有大排档、电话亭、士多店、投影室……

一个男孩从大排档走出来，跑到小怜面前，笑着问道："颜小怜，你怎么在这？没回老家？"

　　小怜紧张地退后两步，定睛一看，原来是阿钟。她稳了稳神，应道："你也没回去？"

　　阿钟擦了擦满是油渍的手，说："我家在对面开店，放假就回来帮忙，去店里坐坐吧？请你吃炒田螺。"

　　小怜摇了摇头："谢谢你的好意，我要去接阿妹下课。"

　　"别急着走，好吗？我是真心喜欢你。你不用马上答应我，可以试着先了解我，对吧？"阿钟紧走两步，挡住小怜的去路。

　　小怜踢着地上的小石子，小声说："对不起，我有对象了。"

　　阿钟急了："拜托，别找借口好不好？没见你和男生接触过，哪来的对象？"

　　小怜笑着说："他在老家，很快就要成为一名教师了。"说完，绕开他朝前走去。

　　望着小怜离去的背景，阿钟大声说："颜小怜，两地分居的爱情，可靠吗？我真的很喜欢你。你可以拒绝我，但阻止不了我追求你的决心！"

　　陆续有工厂下晚班，街上的行人渐渐多起来，三五成群的帅哥靓妹，相邀走向夜宵档、投影室、培训班……

　　小怜来到"弘智电脑培训中心"楼下，教室和办公室，都设在出租房二楼。正值下班高峰期，教室内灯火通明，求知若渴的外来工，陆续走进教室，一天的辛勤工作过后，还要打起精神学习，确实很难得。大部分来自乡村的年轻人，迫于生计在异乡漂泊，为了寻求更好的出路，要付出更多努力。当然，他们也会收获丰硕的果实。

　　小怜站在一棵芒果树下，呆呆地望着前方，教室玻璃窗内，老师在和学员们互动，他们身上散发的，是普通学校师生无法呈现的热情和活力。小怜心底泛起一阵酸楚：学校，久别的学校……正沉思间，姜满妹和一个男孩手牵手走下楼。小怜认出来了，是初入厂时，在饭堂和姜满妹打招呼的男孩。她笑着迎上去说："阿妹，有喜糖吃咯？"

　　姜满妹松开男孩的手，满脸羞红道："阿怜，这是阿远。"

　　阿远大方地说："面一部大美女阿怜，我认识你。"

姜满妹噘着嘴说："小子不错呀，厂里有多少美女，你都了如指掌？"

阿远红着脸辩解道："你们部门两大黑美人，福洋厂哪个不知道？"

姜满妹看了看小怜，瞪着阿远追问："黑美人？小怜那么白嫩，哪里黑了？对了，黑又怎么样？我黑我健康！"长时间不下地干活，小怜出落得越发白净可人，和刚进厂时判若两人。

阿远尴尬地说："她刚进厂时，大家议论的嘛。"

小怜解围道："阿妹，别得理不饶人。你俩这地下工作，做得可以呀，我一点都没觉察到。"

阿远避开了话题："一直想请阿妹吃夜宵，每次都说要陪阿怜。今晚正好都在，满足一下小心愿吧？"

姜满妹笑着问小怜："要不要满足他的小心愿？"

看着眼前这对幸福的人儿，小怜高兴地说："这个是当然的啦！"

阿远激动得满脸红光，说："去阿钟家吧，他家的炒田螺，是沿河街一绝！"

小怜放慢脚步，踌躇道："我还是不去了，免得当电灯泡。"

知道小怜不愿和阿钟走太近，姜满妹给阿远递了个眼色："沿河街那条沟臭气熏天，再好吃的美味，都倒人胃口。"

几人来到一间大排档，临街的人行道上，摆着简陋的桌椅，坐着零零散散的年轻人，大多只点炒河粉、炒米粉之类。也有人点盘炒田螺，就着啤酒小酌。一对情侣点了卤猪肉、西红柿蛋汤，斟两杯小烧，卿卿我我的模样，令人不敢直视。

阿远问道："你们喜欢吃什么？"

姜满妹笑着说："你请客，你看着办呗！"

阿远对老板喊道："老板，来一大盘炒田螺，要加辣！再来三瓶啤酒。"

小怜连忙说："不能加辣，阿妹不吃辣椒的。啤酒也不要那么多，我俩不喝酒。"

阿远靠在椅子上，跷着二郎腿说："要嫁到湖北去的，不吃辣，就要学嘛。"

姜满妹连忙打圆场："阿怜，你也喜欢吃辣。合你们口味就行，我没问题。"

店老板说："靓妹不喝啤酒，可以来两瓶菠萝啤，炒螺配冰镇酒，才够劲爽。"

炒田螺确实又辣又香，几人吃得满头大汗，姜满妹辣得鼻头泛红、嘴唇微肿。阿远直呼过瘾，见姜满妹吃得为难，小怜没了多少兴致。

回到宿舍，阿娇和阿花居然都没在。姜满妹问小怜对阿远的印象，小怜心直口快地说："我可不好说，要看你自己。从吃夜宵来看，他有大男子主义。"

姜满妹抿了抿嘴，说："我以为他会点卤肉，毕竟厂里伙食不好，想来点荤的。"

小怜其实也是这么想的。她搂住姜满妹，笑着说："我不好评价，不过你们交往，你要多个心眼，小心他拿烧酒灌晕你。对了，他怎么把你俘虏的？"

姜满妹思索了片刻，应道："他工作认真、肯学习、能吃苦、有上进心，和我一样不甘做普工。"她看了一眼小怜的床铺，"你还垫凉席，盖薄被子？小心着凉。"

小怜苦笑道："本来我表姐都准备好了，谁知道……"

姜满妹说："我的钱借给阿娇了，不然借钱你买一套。我们睡一铺吧，天凉了，睡一块还暖和。"

躺在狭窄的铺位上，两人东拉西扯，聊到后半夜才入睡。

第二天醒来，居然快中午了，两人洗漱后才发现，阿娇和阿花彻夜未归。直到工厂开工，她俩都没有回来。

工厂恢复了往日的生机，车间内焕然一新，领导们的脸上，却泛着些许凝重，员工捕捉到异样的气氛，行事都分外小心。周日傍晚，破例举行了员工大会，台湾调来的严协理，发表了讲话。最后宣布一条决策：因工厂订单锐减，各部门落实减组并科制，1997 年 7 月 1 日后进厂的员工，都作辞退处理，周一领取工资和放行条。

人群顿时炸开了锅，好几个女孩抹起了眼泪：正值招工淡季，上哪儿找工作去？离过年还有近两个月，如果马上回家，攒下的钱只够回来车费，怎么和家里交代？

　　散会后，小怜双唇紧抿，呆呆地站在原地，陈秀丽脸上满是胜利者的得意。姜满妹跑过来，轻声问道："阿怜，你没事吧？"

　　小怜咬了咬嘴唇，努力挤出一丝笑意说："我没事，车到山前自有路。"

　　秋意已深，秋风渐凉，舞乱她们的秀发，扰乱小怜的心。小怜怎会表露内心的焦灼？那样只会让关心的人更担忧，让看笑话的人更开心。

　　万能的命运之神，颜家已近穷途末路，缘何还要再添危机？

第七章

散会后，大伙迫不及待地散开了，享受难得的悠闲时刻，三五成群走进茫茫夜色。

姜满妹说："我们先去吃饭吧。"

刚走到办公楼前，马主管从办公室跑出来，对小怜说："颜小怜，你等一下。"马主管递过来一张表格，"我刚向厂长申请，调你做我的助理，先填表，明早到我办公室报到。"

小怜一时没缓过神来。姜满妹摇着她的手，开心地说："小怜，还不快谢谢马主管。"

马主管一扫往日的威严，和蔼地笑说："我的助理放假回去，突然辞职嫁人了，搞得我束手无策。我听陈科长说过，你的综合能力不错，正好解了我的燃眉之急。"

小怜躬身说："谢谢马主管。"

人生往往就是这样：永远不知道弯道后，是暴风骤雨，还是鲜花满蹊。

小怜不仅不用离职，还升了官，舍友们都替她开心。唯独陈秀丽阴着脸说："有没有天理？"

姜满妹笑着说："小怜，我听底部的人说，起火前一天，他们傍晚下班时，看到我们部门有人没走，在品检科鬼鬼祟祟的，不知在搞什么。要不要上报主管？"

小怜应道："不会吧？"

陈秀丽坐在床头，脸上红一阵白一阵，没再吭声。

在阳台上洗衣服时，小怜低声问姜满妹："你听哪个讲的？"

姜满妹眨巴着眼睛，说："临时编的，我想了很久，除了她，没人干得出来。估计她不敢再说你了。"

底部的工作和面部有很大不同，胶味特别重，组装鞋面、鞋底采用流水线作业。小怜努力适应新环境，以最快的速度理清工作。

马主管在晨会上不止一次说："工作态度要向颜小怜看齐，做到眼到、心到、手到，才会忙中不出乱，效率和质量兼并。"

南方的冬天总算来了，小怜的心情降到冰点：工厂出事后，再也没收到家龙的信，他变心了吗？家出事了吗？她疯狂地写信，每周日晚上，雷打不动去邮局寄信，还是没有音讯。

元旦节放假两天，姜满妹和阿远邀小怜去虎门炮台玩，她没有兴致。调到底部后，上下班时间和面部不同，两人在一起的时间越来越少，不知何时起，有了莫名的生分。早饭后，小怜在宿舍看书。底部组长秦小华敲门进来，说马主管请底部管理层去松山湖玩。小怜本来不想去，想起马主管对自己的关照，又不好推辞。

公交车人满为患，费了好大劲，才全部挤上车。小怜不小心踩了一个男人一下，那人破口大骂："丢你老母，没长眼睛啊！"

马主管把小怜护在身侧，说："人太多了，不好意思。"

看他们人多势众，男人嘟囔了一句，便不再吱声。

公交车一路走走停停，站着的乘客难免站不稳，马主管总会及时护住小怜，虽然感觉别扭，却有了久违的踏实。

马主管带了一部相机，大家玩得很尽兴，小怜也露出了久违的笑容，和同事留下不少合影。

晚上回厂后，马主管提议去吃夜宵，好不容易放松一下，大家都积极响应。有男人的地方就有酒局，几箱啤酒扛过来，气氛瞬间点爆，女同事经不住大家的盛情，都端起酒杯。

几杯啤酒下肚，小怜脸上飞上两抹红霞。二科科长覃小勇要和她喝交杯酒，她吓得满脸通红。

马主管伸长胳膊，说："小颜和我一个村的，不许欺负她。"

覃小勇起哄道："颜小怜，还不快敬邻家哥哥？"大家都跟着起哄。

小怜只好端起酒杯，马主管碰了下她的酒杯，低声说："意思一下，别让他们太嘚瑟。"

虽然马主管极力保护，小怜还是喝醉了。马主管搀着她，来到宿舍楼下，覃小勇在马主管耳边低语一番，他一脚踢过去，骂道："你小子尽出馊主意，滚一边去！"说完，叫秦小华扶小怜上楼。

邱家龙一直杳无音讯，小怜愈发魂不守舍，职员们对她越来越好，疏忽的工作，会有人默默处理好。一向谨慎细密的她，竟然没有察觉。春节渐渐临近，很多员工准备请假回家。

这天下午，小怜正在办公室填报表，马主管突然问道："你春节回家么？"

小怜答道："我才出来没多久，今年不回了。"她顿了片刻，笑着说，"主管您要是回家，帮我带点东西呗？"

马主管斜靠在椅子上，说："我也不打算回家。准备邀几个老乡吃团年饭，要不要一起？"

小怜应道："嗯，到时再看。"

新年如期而至，因才放长假没多久，留厂的人员特别多。宿舍除了姜满妹，其他室友都没回家。大年三十那天，秋霞邀小怜去她老公那边玩，小怜婉言拒绝了。室友们都有聚会，宿舍内空荡荡的。

中午食堂加餐，一个炸鸡腿、一勺红烧肉，小怜却食之无味。忆起全家团年的场景，泪水在眼眶内直打转。

小怜低着头走出食堂，马主管迎面走来，叫住她："小怜，晚上一起团年啊！"

小怜低头说："谢谢马主管，我就不去了。"

马主管由衷地说："初次出远门，想家了吧？一个人待着，只会更难过。镇上好几个老乡都来，一起热闹热闹。"

看着小怜红肿的眼眶，马主管抢过她的饭盆说："过年要开开心心的。我菜都买好了，准备煮火锅。差一个打下手的，别磨叽了，走吧。"

马主管的房间在职员公寓四楼，格局和艳红房间一模一样，打理得简洁舒适。老乡都还没来，两人配合默契，把菜洗净，切好，分门别类装盘。马主管在阳台上插上小电炉，架上炒锅，开始做锅底。他熟练地往锅内倒油，放入姜、蒜、香料翻炒，香味四溢时，把鸡块倒入锅内，煸炒至金黄。

小怜不由暗暗叫好：没想到马主管这么好厨艺！

小怜坐着无聊，想下楼走走，马主管对她说："小颜，书桌上有你一封信，刚才一忙，忘记了。"

是邱家龙的信！小怜激动得双手发抖，好不容易撕开信封。薄薄的一张信纸，简短的几句话，叫她痛彻心扉：

小怜：

　　都说人有两面性，我从来没想过会是你我。再多的山盟海誓，都掩饰不了现实的残酷。我不希望我们互相欺瞒、互相谴责、互相侮辱。或许，分手才是最好的解脱、最好的祝福和最好的新生！

　　祝你永远抱紧现有的幸福！

　　切勿妄想左拥右抱的美好！

邱家龙

1998 年 1 月 20 日

泪水倾眶而下，信纸从指尖滑落，小怜瘫坐在椅子上，掩面而泣。

马主管放下菜盘，小跑过来，扶住她的肩，关切地问道："小颜，你怎么啦？"

小怜呜咽道："为什么？这是为什么？到底发生了什么？我做错了什么？"

马主管轻声安慰道："别着急，有什么问题，都能解决的。别哭坏身体。"说完，拿来湿毛巾递给她，"他们应该快到了，大过年的，高兴点儿！"

小怜擦了一把脸，把毛巾晾好，低声对马主管说："我不吃饭了，先回宿舍休息。"

马主管坚定地说："不行，你这个状态，我怎么放心？"

老乡们陆续来了，都是周边工厂的伏龙镇人，小怜一个也不认识，那熟悉的乡音，让人备感亲切。

大家相聚甚欢，都带了炒好的拿手菜。

晚餐很丰盛，火锅、红烧鱼、扣肉、焖猪蹄、肉丸汤……大伙有说有笑，找来酒杯倒酒，马主管一拍脑门说："光顾着弄菜，没给小怜买饮料。"

小怜端起酒杯，给自己满上一杯，说："我陪各位大哥一醉方休！"

马主管正要劝阻，小怜拉他坐下说："今天是除夕，我们痛痛快快迎新年！"

大家喝得尽兴，聊得开心。小怜一反常态，大口吃肉、大杯喝酒，好不豪爽！

食堂的电视机内，传来春节联欢晚会的节目声，工友们的欢笑声，此起彼伏的爆竹声，划拳斗酒的嬉闹声，都融化在酒杯中，叫人沉醉、令人神伤……

第八章

　　一会儿被猛兽追咬，痛得万箭穿心；一会儿跌入万丈深渊，吓得魂飞魄散……小怜感觉身体被掏空了，酸软无力；眼皮被铅坠住了般，怎么都睁不开。过了许久许久，仿佛飘在云端，又好像浮在水中……冷不丁一个激灵，她惊醒了，缓缓舒了一口气，伸展着酸痛的腰肢，指尖碰到一个温软的物体，侧目望去，马主管赤裸着身子躺在床侧！小怜"啊……"的一声从床上蹦起来，发现自己也一丝不挂。她脑子里一片空白，手忙脚乱翻找自己的衣服。

　　马主管也起来了，他显然也被吓蒙了，一把拉住小怜，不停地道歉："对不起，小怜……是我糊涂……对不起……昨晚我们都喝多了。"

　　小怜胡乱往身上套着衣服，哭着骂道："马长荣，你个王八蛋……"

　　马主管从床上跳下来，拉住小怜，哀求道："你打我骂我都行，别气坏自己。"

　　小怜一把推开他，吼道："滚开！别碰我！"

　　马主管颓然地坐着，低语道："说什么都晚了。我只想告诉你，我是真心喜欢你。我喝多了，没办法控制自己，我混蛋……我该死……如果你不想和我交往，现在不能出去，万一给人看到，会毁了你的名声。"

　　小怜边朝门口跑边说："名声？我已经让你毁了！我现在就去告发你！"

　　马主管拼命拉住小怜："我求求你！千万别冲动，好不好？你不想看到我，我走！是我错了，该承担的我不会逃避。为了你自己，真不能这样子出去。"

视贞洁如生命的偏远乡村女孩，确实无法直面这般遭遇。小怜踌躇了、犹豫了，跌坐在地板上泪如泉涌，她抄起一把塑料凳，用力砸向马主管，大声号啕："你给我滚！"马主管没有躲闪，穿好衣服快步离去。

小怜呆呆地坐在地板上，世界静止了，空气凝固了，桌上的残羹冷炙和横七竖八的凳子，都沉睡了……

可是，时间不会停下脚步，更无法倒退。

冬阳透过玻璃窗，斜斜地照进室内，微尘在晨光中飘浮，阳光在房间内游走，轻舔小怜忧伤的脸颊，抚过她冰冷的指尖、麻木的双腿……她屈起胳膊，挡住刺目的光线。

新的一天开始了，新的一年开始了，该怎么面对荒唐的生活？

小怜扶着桌子，慢慢站起来，捡起地上的罩衣，一团信纸从口袋滑落，她木然地捡起来，是邱家龙的信。

"左拥右抱的爱情？"小怜念叨着这句话，感到莫大的讽刺，她心里狠狠地说，"不就是想说脚踏两只船吗？真如你所愿了。"被冷落两个多月的小怜，等来的却是莫须有的指责！怎能让人不伤心、不愤怒？小怜突然有了报复后的快感，脑际闪过马主管的笑脸，想起他对自己的帮助，恨意略微动摇了。

"该怎么办？"小怜陷入无尽的痛苦。能忘却邱家龙吗？怎么可能？可是，即使挽回那段感情，自己已经不复完美，将来如何面对他？

小怜拧开水龙头，拼命往脸上泼水，前方的圆镜内，映着她黯淡的双眼、灰白的脸色、蓬松的乱发。她胡乱梳理着头发，怒骂道："臭男人们，都见鬼去吧！"她打开房门，快步朝楼下走去。

厂区空荡荡的，见不到一个人影，门卫坐在保安室，望着街巷发呆。小怜在楼梯口踌躇着：回宿舍？还是去告发马主管？她脑子里一团乱麻，没有丝毫头绪。

浅薄的生活阅历、闭塞的家庭教育，无法给予小怜正确的判断。她拐了个弯，朝宿舍楼走去。

马主管从楼梯后走出来，递给小怜一个袋子，说："我一直在等你，吃点东西吧。"

小怜厌恶地说："走开，我不想见你。"

马主管低声说："别这样，我们怎么可能不见面？"

小怜凌厉的目光射向马主管，说："等厂里开工，我就辞职！"

马主管的声音也提高了："别赌气好不好？现在经济不景气，好多工厂在裁员。你喝西北风去？"

小怜没再理会，转身朝宿舍跑去。马主管站在原地，望着小怜远去的背影发呆。

小怜下楼时的愤恨和踌躇，他全看在眼里，心痛、懊恼、害怕、自责……在脑海里纠缠着，他对自己说："总有一天，你会真正拥有她。"

小怜整整睡了两天两夜，大年初三上午，她迷迷糊糊听到敲门声，强撑着下床开门，是宿管阿姨。她递来一个塑料袋说："你老乡说，几天没见你下楼，让我来看看，敲了半天，还以为没人呢。大过年的，饭都不用吃啦？"

小怜木然地接过袋子，转身把门关上，宿管阿姨小声嘀咕道："这姑娘，莫不是中了邪？"

袋子里有一盒肠粉、一杯豆浆，温热的香味直往小怜鼻孔窜，她捧着餐盒狼吞虎咽吃起来。准备丢垃圾时，发现袋子里有一张纸条，一行遒劲的字映入眼帘：小怜，千错万错，都是我的错，好好爱惜自己。

把袋子扔进垃圾篓，小怜知道自己要的是什么了。她拿起纸和笔，趴在床头认真地写起来：

亲爱的家龙：

新年好！

新的一年来临了，我越发思念你。我不知道我们之间发生了什么。如果有误会，请明确告诉我。我真的很想你，你是我唯一的爱……

写完信，小怜一丝不苟洗漱更衣。迎着初春的阳光，向厂外走去。信封落入信箱的那一刻，冗重已久的心，豁然轻松了。是的，不管未来如何，都要好好爱自己。

假期快结束了，回乡的工友们，带着大包小包返厂了。姜满妹给小怜带了特产，有芝麻糖，还有糯米糕。两人分别数日，站在走廊上相谈甚欢。楼下传来阿远的喊叫声："阿妹，快下来，我给你带了好吃的！"

姜满妹趴在栏杆上，应道："我有点累了，改天吧。"说完，径自走进宿舍。

小怜追进去，问道："阿妹，你怎么啦？阿远好失望呢。"

姜满妹低下头，脸色凝重起来，说："我一回家，村里有好几拨人来介绍对象。我妈说了，不许找外地的。我哪敢跟家人提他。"

小怜叹了一口气，不知如何安慰姜满妹。工厂如期开工，因受火灾影响，加上金融风暴重创全球，厂里订单锐减，客户对质量的要求越发严苛，加班时间比以往稍有缩减，工作氛围却异常紧张。

为了避免和马主管独处，小怜尽可能待在车间。元宵节下午，小怜正在写报表，马主管递给她一封信。小怜兴奋地拆开，是陈翠英写来的。

翠英在来信中写道，元宵节过后，她准备南下广东，进叔叔的工厂做事；如果和小怜工厂相距不远，到时可以一起玩。

看着看着，刚才的满心欢喜，浇了半瓢冷水般，瞬间凉透了，信中写道：小怜，春节前我碰到邱家龙，感觉他精神很不好。我问起你，他没搭理我。前几天，我去他家问你的地址，他妈告诉我，他申请了支边教学，春节刚过完，去西藏了。听他妈说，他要在那边待好几年。我不知道你们发生了什么，只感觉很不对劲。

小怜的脑袋"嗡"的一声炸开了。眼泪不自觉地淌满两颊。

一旁的秦小华关切地问道："小怜，你怎么了？哪儿不舒服？"

小怜惊觉自己的失态，边擦眼泪边说："谢谢小华姐，我没事。"

小怜一整天都心神不宁，去面部取鞋面，一脚踏空，连人带筐滚下楼梯，额角摔破一道口子，身上四处都是擦痕，脚脖子钻心的痛。马主管闻讯赶来，火速送她到医务室。厂医给她包扎了一下，对马主管说："送医院吧，头上的伤有点大，得缝针，脚踝可能骨折了。"

正如厂医所言，小怜的脚踝骨折了。

小怜住院期间，马主管每天下班就去探望，不是煲骨头汤，就是买水果。她从未搭理他，同病房住着一个叫吴梅香的女孩，她对小怜说："你男朋友真体贴，长得又帅气，换作我，啥气都消了。"

小怜只是笑笑，没有搭腔。

吴梅香右手被机器压伤，手掌血肉模糊，就算治好伤口，也失去了大半劳动力。她对小怜说："以前我总嫌男朋友脾气臭，不懂浪漫，真正出了事，还是他心疼我。患难才能见真情。"

小怜出院那天，马主管请了半天假，捧了一大束玫瑰来接她。

吴梅香翘着伤残的拇指，笑着说："人生苦短，好好珍惜眼前人。"

小怜接过花束，把行李递给马主管，笑着和吴梅香挥手告别。甜美的笑容后面，藏着几多无奈、几许心酸，只有她自己懂。

第九章

小盼来信了，他写道：姐，汇款收到了，爹爹说，够交学费和买农药、化肥，你要对自己好一点，该用的还是要用，不要太节省。

小怜走进办公室，问马主管："你给我家汇款了？"

马主管应道："马上就开春了，学校也要交费，你爹肯定等钱开支呢。"

小怜说："我发了工资就会寄。不用你管。"

马主管笑着说："你那时不是还没出院吗？"

小怜心底翻腾开了：相比邱家龙的决绝，马主管如一帖良药，熨抚着她的伤痕，情感的天秤不由倾斜了。马长荣做得一手好菜，每到休息日，总会在宿舍做好饭菜，邀小怜一起享用。在距家千里之遥的异乡，两人抱团取暖，日子过得简单、平实。这个周末，马长荣照例叫小怜去吃饭。

收拾碗筷时，马长荣说："我们租个房子吧？"小怜愣住了，眼前闪过邱家龙的笑脸，心底抽搐起来。

马长荣笑着说："我们一起住，晚上下班回家，随时可以做夜宵。看你瘦成这样，不补补身子，怎么给我生娃？"

小怜小声说："我还小呢。"

马长荣搂住她，在她耳边低语道："我老大不小了，家里来信了，再不谈个对象，要抓我回家相亲了。"见小怜没有作答，他的手游蛇般在她身上穿梭起来，"忙完这段时间，我们请假回家，把婚事办了，好么？"

小怜抓住他的手，低声说："我还没到法定年龄呢。"

马长荣喘着粗气说："这个不用担心，找找关系。"

马长荣利用下班时间找房，在厂对面的村子里，租了间一居室

103

的套房,有独立厨卫、阳台。他独自收拾好后,兴高采烈地领小怜去验收。房间虽然有些破旧,打扫得很干净,家具、厨具都买好了。

两人仰躺在床上,马长荣对小怜说:"结婚后,你什么事都不用操心,天塌下来,我顶着。"

小怜眼眶一热,泪水汹涌而出。马长荣不知所措地说:"亲爱的,怎么哭了?我说错话了?"小怜没有吭声,转身紧紧搂住他。

周末休假时,小怜在宿舍收拾行李,姜满妹幽幽地说:"你真想好了?"

小怜抿了抿嘴唇,点了点头。

姜满妹摸着她厚厚的自考资料,问道:"你的大学梦呢?还会继续么?"

小怜怔了怔,应道:"我不会放弃的。"

姜满妹眼角泛红,声音也哽咽了:"我和阿远分手了。"

小怜惊呆了,问:"什么时候?"

姜满妹吸了吸鼻头,说:"你出院前两天。"

见宿舍没有旁人,小怜压低声音问道:"怎么回事?谁提出来的?"

姜满妹挤出一丝笑容说:"我说家里反对。他说,干脆生米煮成熟饭,生了孩子再回去。我当然不能答应。谁知道,他和培训班一个女孩好上了。"

小怜问道:"你确定?不会是误会吧?"

眼泪溢满姜满妹的眼眶,她说:"我哥来看我,我带他去沿河街找旅馆,看到他俩从房间出来。"

小怜骂出了声:"什么玩意!"

姜满妹抹了一把眼泪,苦笑道:"早点看清他的面目,也不是坏事。快结业考试了,争取考个高分,换一份满意的工作。"

小怜欣慰地说:"你能这么想,我就放心了。"

姜满妹感叹道:"这个社会太现实、太浮躁,你一定要擦亮眼睛,学会保护自己。"

小怜眼眶一热,忙不迭点头。

姜满妹拉着小怜的手,说:"你搬出宿舍住,见面的机会就更少了，一起吃个饭吧。"

小怜一边绑被褥，一边应道："好呢，我请客！"

姜满妹笑着说："我为你饯行，怎么能你请？"

小怜从铺上一跃而下，攀住姜满妹的肩膀，说："我们之间不用客气，下次你再请我嘛。"

两人来到厂区旁的大排档，点了一份蒜苗炒卤猪脸，此肉肥而不腻，正适合久不见油荤的工厂妹。姜满妹点了两瓶啤酒，小怜倒了两杯酒，举着杯子说："我陪你一醉解千愁！"

姜满妹也举起酒杯说："我们都在告别，你告别拥挤的宿舍，我告别不堪的过去。为美好的明天，干杯！"

回厂途中，两人都醉眼朦胧，小怜问姜满妹："你说，爱情到底是什么？"

姜满妹嚼着泡泡糖，含糊不清地答道："爱情？爱情就是一群鬼！谁都听说过，有人装模作样说见过，其实谁都没见过。"

小怜咯咯咯笑开了，说："真是满嘴谬论！怎么可以玷污神圣的爱情。"

姜满妹吹出的泡泡"叭"的爆开了，她伸出舌头舔回糖丝，嬉笑着问道："你以为是什么？"

小怜若有所思地说："应该像梁山伯、祝英台那样生死相随，像牛郎、织女那样千古相恋。"

姜满妹"嗤"地又吹出一个泡泡，说："切，都是传说，骗眼泪而已的。明白吗？都是传说，传说……"

两人拥在一起，又哭又笑，且行且歌。

回到厂区时，天快擦黑了，马长荣焦急地迎上来说："我的姑奶奶！我找你半天，你倒好，出去潇洒了。"

姜满妹笑嘻嘻地说："还没嫁给你呢，就管这么严？"

马长荣讪笑道："说好天黑前搬过去，四处找不着人，能不担心么。"

小怜嘟着嘴说："好啦，你去忙你的，我去拿行李，搬下楼再叫你。"

两人回到宿舍，刚拎起行李，陈秀丽突然说："唉哟，这就走？

大伙还没检查呢!"

小怜愣住了。姜满妹炸毛了:"胡说什么呢?同事这么久,还不了解谁是什么样的人吗?"

陈秀丽说:"知人知面还不知心呢!以前宿舍丢的东西还少么?"

姜满妹应道:"那是没搬宿舍前,衣服都晾在大走廊上,一层楼几百号人。搬来新宿舍后,你丢过什么?"

陈秀丽冷笑道:"我新买的牛仔裤,一次都没穿过,就不见了!"

小怜放下行李,冷冷地说:"既然你想查,就查个明白。"

陈秀丽嘴角扬起一丝冷笑,说:"你的行李箱,我可打不开,还要麻烦你亲手打开。"

小怜赌气打开箱子,陈秀丽毫不客气地翻捡着,却一无所获。她指着被褥说:"这个打开看看。"

姜满妹不满地说:"陈秀丽,不要得寸进尺!"

陈秀丽笑道:"没做亏心事,不怕鬼敲门,我就看看,心虚什么?"

小怜索性解开绑带,陈秀丽拎起被子,一条藏青色牛仔裤滑落在地,一屋人都惊呆了,目光齐刷刷聚焦在小怜身上。小怜眼前一黑,脑袋一片空白,喃喃道:"怎么可能?怎么会这样?你什么时候买的裤子,我也没见过。"

"人赃俱获了,你还在装!"陈秀丽大声喊道,"宿管阿姨!阿姨!保安,保安!"

小怜瞬间吓哭了,语无伦次说道:"这是怎么回事?我下午才打的包……真没拿你裤子……"

"难道裤子长了腿,自己爬进去了?"陈秀丽阴阳怪气地说,"要不要叫你主管男朋友来瞧瞧,他找了个啥货色!"

小怜跌坐在被褥上,欲哭无泪。

"不关小怜的事,是我放进去的。"姜满妹的声音在头顶响起。

小怜哭喊道:"阿妹,你疯啦?我们一块出去的,我自己的行李我还不清楚?"

姜满妹微笑着说:"陈秀丽,你看谁都不顺眼,我也早看你不顺眼,我就看中你这条裤子了,准备借小怜的手带出去,再找机会带回老家。"

小怜涕泪横流道:"阿妹,你疯啦!"

姜满妹没有理会小怜,继续说:"你想怎么办?我都能满足你,反正就一条裤子,不至于坐牢吧?"

陈秀丽撒腿朝楼下跑去,说:"我这就去找保卫科。"

姜满妹对小怜说:"把东西收拾好,下楼!过了今晚,放行条就过期了。"

见小怜不肯挪步,姜满妹小声说:"你想让马主管误会吗?"

小怜低声应道:"你不能背这个黑锅呀!"

姜满妹撇了撇嘴,说:"她想陷害你,想搅黄你和马主管。不能让她得逞!大不了给我记个大过,再说,我对这儿没什么留恋了。"

张秋霞站起来,说:"阿妹,你这是何苦呢?她明显是栽赃,我们可以作证的。"

姜满妹摆了摆手,说:"秋霞姐,谢谢你!这种事有理也说不清的。大伙都放心,我哥上个礼拜天从深圳来看我,他们厂在招懂电脑的人。我本来打了报告,准备交到办公室,申请做仓管,看来不走不行了。深圳工资比这边高不少,她这样一闹,帮我下了决心,因祸得福呢!"

小怜握着姜满妹的手,止不住流泪,姜满妹安慰她:"一定要记得,保护好自己。"

保安和宿管上楼了,姜满妹对小怜说:"你下楼吧,别让马主管等久了。"她拉好箱子拉链,递到小怜手上,"今天就不送你了。我走之前,再好好聚一下,到时不醉不归!"

第十章

第二天中午，厂区公告栏贴出告示：鉴于面部员工姜满妹偷窃他人财物，计大过一次。

半个月后，姜满妹辞职离厂。小怜在大排档为她饯行。小怜掏出一个信封，递给姜满妹，里面装了一个月工资。

姜满妹懊恼地塞回给小怜道："你什么意思？不把我当朋友了？"

小怜为难地说："你损失的何止这一点？阿花借你的钱，也一直没还。"

姜满妹边倒酒边说："这是两码事！深圳离东莞不远，你留着过去找我玩，可以吧？"

送别姜满妹后，小怜满怀沮丧地朝租房走去，身后传来一个女孩的声音："听说你前女友偷别人的裤子，被开除了？"

"可不是嘛！幸好我和她分手，不然脸丢大了！"阿远的声音随后响起。

小怜转过身，快步朝他们走去，抽了阿远一巴掌，骂道："他妈的也算个男人！"

女孩推开小怜，骂道："你个死八婆，干嘛打人！？"

阿远拉住女孩，说："算了，不和她一般见识。"

小怜啐了一口唾沫，吼道："什么玩意！"她蹲在地上失声痛哭，"真他妈的，哪里都不缺王八蛋！"

小怜回到租房，马长荣坐在客厅抽烟，桌上的烟灰缸内，挤满密密麻麻的烟头，小怜吃惊地问他："你怎么啦？熏腊肺呢？"

马长荣摁熄香烟，低着头说："厂里刚开了紧急会议，要研发一批新鞋，我被抽调到深圳总部，主持研发工作。这次事发太突然，我们的请假条都退回来了，一时半会走不成了。"

"我以为多大点事呢。"小怜如释重负般，轻声说，"既然你要去深圳上班，不如把房子退了，能省一点算一点。往后花钱的地方多着呢。"

马长荣说："房就不退了，我放假就过来看你。再想办法把你调过去，单独留你在这边，我舍不得。"

第二天上班时，马长荣照常主持底部晨会，他紧紧捏着文书，面色凝重地说："今天是我在东莞福洋上班的最后一天，感谢各位同仁对我的支持，明天我就要去深圳总公司了。讲实话啊，我这心里，十二分舍不得，但调令如山，不得不执行。接下来我的工作，暂时由我的助理颜小怜接管。"

车间瞬间骚动起来，上百双眼睛齐刷刷望向小怜，她不知所措地说："主管，是不是搞错了？我才来底部不久，不能胜任这个职位。"

"我刚才说了，是暂时接管。厂部会根据实际情况安排。不要紧张，你的能力大家有目共睹。"马长荣笑着说，"下面有请颜代主管讲话。"

小怜直冒冷汗，声音也颤抖起来："真是太突然了，我一点思想准备也没有。请大家多多指教，有做得不好的，多多包涵。"说完，逃也似的站回原位。

覃小勇边鼓掌边说："颜主管，我们相信你能行！"

散会后，马长荣把小怜叫到办公室，将手上的工作一并交代给她，他的神情无比凝重，仿佛比小怜还要紧张，说："我到了那边，就给你打电话，有不懂的地方，随时电话里问我。覃小勇、秦小华都会尽力帮你，不用太担心。"

小怜不满地说："不是说想调我去总部的么？"

马荣长无奈地说："人事安排不归我管，我也是早上才知道。好好干，说不定很快就把'代'字去掉。"

小怜一整天都神经紧绷，精神高度紧张。

临下班时，感觉肚子胀得厉害，急忙跑去洗手间，刚走到门口，里面有人在小声议论："这提拔速度，都快赶上火箭了。我没猜错的话，八成是高协理看中她了，不然能提这么快？"

另一个人附和道："估计是。不过，高协理还要养伤呀。她不正和马主管谈着么？"

秦小华的声音传来："我上周看到高协理回厂了。和马主管谈又怎样？他抢得过高协理？"

几个声音同时响起：

"啊？"

"他没有残废？"

"廖艳红回来没？"

"就算她回来，也不敢继续了吧？高夫人不剥她的皮，算仁慈了……"

……

小怜捂着肚子跑回办公室，她心乱如麻，又不敢直接问马长荣，只能不断安慰自己："别怕，车到山前必有路。"

马长荣离开东莞后，并没有如他所言，放假就回来，偶尔打来电话，也是寥寥数语，小怜写了几封信给他，也没有回信，仿佛无形中印证了那些闲言碎语。

小怜愈发忐忑起来，管理人员开会时，她坐在远离高协理的角落，尽量不和他接触。

小怜虽然心神不宁，工作却毫不放松，半个月不到，就理清了头绪，大家对她的质疑声渐渐弱了。工作走上正轨，精神却一天比一天差，时常头昏脑涨，浑身酸软无力，胃口也一天天差起来。

马上就要五一节了，工厂加班逐渐多了起来。这天晚班下班后，车间员工都走光了，小怜独自在办公室整理报表，门外传来一阵脚步声。

小怜抬头一看，是高协理。她的心狂跳起来：他果然来了！高协理径自走进办公室，小怜慌忙站起来，拘谨地说："高协理，晚上好。"

高协理脸上堆满笑容，额角的疤痕被笑容挤作一团："听说，你是廖主管的表妹？"

小怜点了点头。

高协理拉过一张椅子坐下，温和地说："别紧张，坐下谈。"

小怜这才发现，他的双手也布满狰狞的伤疤。她的心哆嗦了一下，连忙坐下来，小声问道："我姐……她还好吧？"

高协理跷起二郎腿说："你放心，她伤势比我轻，公司安排她在总部上班。她特别拜托我，让我多关照你。怎么样？工作上有没有困难？"

小怜暗自舒了一口气："我调来底部时间不长，业务还不太熟悉。"

高协理轻轻摩挲着下巴："经验都是磨炼出来的，好好干，会有大好前途的。"

小怜挺直身子，应道："高协理，我认为，这个职位不适合我，我还太年轻了，根本服不了众。最近压力过大，身体有点扛不住。"

高协理往前探了探身子："据我观察，你的表现可圈可点，能力得到了大家的认可。学着让助理多分担。五一放假时，出去放松几天。"

小怜颔首应道："多谢大家的认可，我还是……"

"时间不早了，下班休息吧。"高协理站起来，揽着小怜的肩膀，说，"工作明天再做。"

一阵香味扑鼻而来，小怜的胃部痉挛起来，酸水直往喉头涌，翻江倒海般呕吐起来。高协理吓了一跳，不停拍着她的后背说："吃坏肠胃了？去医院看看吧？"

小怜连连摆手道："不好意思。您不用管我，我回去休息一下，就没事了。"

高协理扶着小怜，坚持送她去医院，她只好遵从。

来到医院急诊室，看着跑前跑后的高协理，小怜既懊恼又无奈：艳红姐明知高协理的德行，为何还拜托他关照自己？她跳进火坑还不够，还得拉上我？

小怜暗暗对自己说：实在逃不出他的掌心，就辞职走人。

诊断结果出来了，小怜没有生病，只是怀孕了。

高协理皱了皱眉头，说："年纪轻轻的，怎么不懂保护自己？"

小怜被人剥光了衣服般无地自容，低着头没有吱声。

高协理冷冷地说："先回去吧。"

111

小怜刚坐进汽车，高协理说："你的身体状况，确实不适合管理整个部门。先休息一段时间，调理好身体，再回来上班吧。"

小怜如释重负道："怎么安排都行。"

回到租房，小怜哑然失笑：孩子来得真是时候，成功帮她化解了一场危机。马长荣这段时间的态度，让人摸不着头脑，要不要去深圳找他？

思来想去，小怜决定先拍电报，看能否尽快请到婚假，总不能大着肚子办婚礼。马长荣的回复，就三个字：打掉吧。

小怜犹如被浇了一盆冰水，从头凉到脚，捏着电报彻夜未眠。

小怜咬了咬牙：去深圳！去总部找马长荣，当面锣对面鼓说清楚。顺道探望一下艳红姐，实在不行，让她帮忙主持公道。

福洋总厂位于深圳市宝岗镇，从东莞厂过去，约两小时车程，小怜却感觉特别漫长，她有晕车的毛病，加上孕吐愈发频繁。下车时，整个人差点虚脱了，半天缓不过劲来。好不容易找到公司门口，保安却不让进门，她虽然有分厂工牌，却没有接洽函，自然没人搭理她。

她去小商店买来一包烟，保安拨通马长荣的内线。担心马长荣找不着她，小怜捡来一张硬纸皮，坐在墙角下等候。

春末的午后，阳光炙热难耐，街上尘土飞扬，工厂机器轰鸣，搅得人愈发心神不宁。

第十一章

　　傍晚下班时，马长荣慢悠悠走出厂门，小怜迎上去，艳红远远朝她跑来，小怜激动地喊道："姐，我正要找你呢！你恢复得怎么样了？"

　　艳红笑嘻嘻地拉起小怜的手，问："你怎么来了？"说完，拎着裙摆，转了个圈，"你看，四肢完好，头脑清醒，伤痕都在裙子能挡到的地方，捡回一条命。"

　　小怜激动得热泪盈眶道："没事就好，没事就好！"

　　马长荣双手插在西裤口袋，若无其事地说："既然来了，一起去吃饭吧。"

　　艳红挽着小怜的胳膊说："小怜是来找我的，你请客吃饭，什么意思？"

　　小怜眼泪汪汪地说："姐，他来深圳前，和我说得好好的，五一前回家结婚，现在我怀孕了，他却让我打掉，结婚的事也不提了。我一着急，才过来找他。"

　　艳红瞪大眼睛，戳了戳小怜的额头说："你没长脑子啊？我当初怎么和你讲的，不要随便搭理男孩子，吃亏的是你自己，现在晓得了！"她转身质问马长荣，"你什么意思？撒完种就想撒？太欺负人了吧！"

　　马长荣支支吾吾应道："我没说不管，只是家里不同意，得缓一缓。"

　　小怜哭着说："你说家里急着要你找女朋友，又说家里不同意，到底哪句是真？我告诉你，我不会打掉孩子的！"

　　马长荣急得满脸通红："不就一个孩子嘛，打掉又不会要你的命！"

小怜扑上去又打又踢："你讲的是人话？我告诉你马长荣，孩子比我的命重要，不信你试试看！"

艳红拉住小怜，劝道："有话好好说，打人能解决问题吗？让人看笑话。"

在艳红的劝解下，他们来到一家饭馆。两人都不肯妥协，艳红恼了，大声问道："你们两个，到底是想谈恋爱，还是奔着结婚去的？"

小怜抽抽噎噎说："说好要结婚的。"

艳红倒了一杯水，递给小怜，说："既然决定结婚，只是家里暂时反对，依我看，先把孩子生下来，生米煮成熟饭，爷爷奶奶欢喜还来不及，能不让你们进门？"

马长荣苦着脸说："不愿意打掉，只能先这样了。"

小怜想了想，抹着眼泪说："我先回厂上班吧。"

艳红瞟了她一眼说："你这样子怎么上班？到时肚子大了，不怕人笑话死？"她乜了一眼马长荣，"你这个爹，可不能白当！明天就去租间屋，好好照顾我妹！她每月寄多少钱回家，你一分不少给寄回去！否则饶不了你！"

几天后，马长荣带小怜去新租的房子。那是一栋四层半的民房，房间在楼顶，靠里面半层，是一间逼仄的单间，有狭小的厨房和卫生间。屋外是宽阔的平台，几个花盆散乱地堆在墙角，其中一个盆里长着一丛仙人掌。

马长荣去买生活用品，小怜把屋子整理好，把平台打扫干净。给花盆松土时，马长荣和艳红从马路对面走来，艳红一上楼，就开始抱怨："顶楼多不方便，夏天热死个人！这屋也太小了吧？多两个人就转不开身。"

马长荣说："这里离公司近，一去一来最多半个小时。"

小怜笑嘻嘻地说："姐，我们就两个人，够住了，空地这么大，我种点菜，栽点花，挺好的。"

艳红递给小怜一张厂牌说："这个你拿着，派出所经常查暂住证，有厂牌就不怕被抓。"她摸了摸小怜的肚子，"将来肚子大了，就不要下楼了，小心叫计生部门抓去！"

马长荣拎着东西进屋了，艳红跟了进去，说："今天我来炒菜，都尝尝我的手艺。"厨房小得可怜，根本挤不下三个人。小怜插不上手，切了芹菜、香菜、香葱的根须，拎着水桶来到平台上，一一埋进花盆。还有几个空盆，她拿来两个蒜头掰开，把蒜瓣整齐地插进去。

在小怜的拾掇下，杂乱的平台焕然一新。

吃晚饭时，艳红对马长荣说："业务部小王前夜被派出所抓了，你听说没？"

一块鸡肉哽在马长荣喉中，他伸长脖子吞下去，问道："没听说呀？怪不得昨天没见他，犯什么事了？"

艳红压低嗓门说："他和对象出去开房，派出所突击检查，他们没有结婚证，全给抓起来了。我去派出所领人，花了不少钱。"

马长荣倒吸一口冷气，咂吧着嘴，说："那他这半年，白干了。"

艳红对小怜说："看这情形，你只能暂时一个人住了，如果晚上害怕，我过来陪你。"

小怜摇了摇头，说："我自己能行，不用担心。"

艳红回厂前，对小怜说："东莞那边的事，我都帮你办妥了。"

这天晚上，小怜独自躺在陌生的房间，楼下大排档的喧闹声、路上汽车的疾驰声、路边小摊的吆喝声，搅得她心烦意乱，既惶恐又迷茫。

马长荣对她的态度，明显带着敷衍和逃避。她内心十分纠结：不如打掉孩子，继续回东莞上班，好歹能学到管理经验，就算离开福洋厂，也能找到好工作。转头想起自己从小被母亲抛弃，不由黯然神伤。她轻轻摸着肚皮，小声念道："宝贝，就算再苦再难，妈妈也不会放弃你。"

马长荣每天傍晚来租房一趟，生活用品、菜蔬水果、柴米油盐，都由他一手操办。

小怜想留他过夜，他总是推辞："现在是特殊时期，万一被抓了，怎么办？都先忍一忍，等领了证，就能每天在一起。"

马长荣每次来去匆匆，小怜想和他聊点心事，都找不到机会，在外打拼的人，确实都太忙了。苦闷之余，小怜把心思都放在学习上，每天自学自考课程。阳台上的菜根发芽了，看着那些葱翠的幼苗，阴郁的心绪映进几缕阳光，灿烂起来了。

深圳的酷夏，说来就来，没有一丁点缓冲，白天黑夜都开着风扇，也无济于事。

入夜后，室内酷热难耐，平台上却很凉爽。小怜时常坐在菜盆前纳凉，万家灯火在眼前亮了又灭，灭了又亮，却没有她心灵的安放之所。

马长荣再来送生活用品时，小怜问他："你帮我打听打听，附近有自学考试报名点没？"

马长荣搂着她，轻声应道："你马上要显怀了，不要四处乱走，等孩子大些再讲。"

平台的风越来越凉，自考书越翻越薄，盆里的菜换了一茬又一茬，小怜的肚子越来越大了。

临近生产前，马长荣和艳红把她送到一间黑诊所。

经过一天一夜的折腾，小怜生下一个健康女婴。

艳红下班后，过来探望母女俩。她笑嘻嘻地问道："孩子名字想好了么？"

小怜疲惫地说："恋恋，你们觉得怎么样？"

马长荣说："名字是不错，马恋恋？感觉好别扭。"

看着女儿粉嘟嘟的小脸，小怜笑道："小名叫恋恋，大名把恋字拆开，亦心。"

艳红拊掌大笑道："还是小怜有水平，这名字绝了！"

母女俩出院后，马长荣拎了行李过来，白天照常上班，晚上和小怜一起照顾孩子。

艳红让公司大厨多做一份饭菜，每日三餐由马长荣送回来，她偶尔也来探望，她特别喜欢恋恋，抱在怀里总是亲不够。恋恋满月那天，小怜打电话叫艳红来吃饭。

艳红一进门就对马长荣说："恭喜恭喜！公司要派你去台湾总公司培训，回来后必定升职。真是双喜临门！"

马长荣问道："我怎么没接到通知？"

艳红边逗恋恋边说："我刚得到的消息，明天才会通知你，早点把行李准备好。"

小怜幽幽地说:"什么培训这么急?马上就过年了,不带孩子回老家了?"

艳红抱起恋恋,笑嘻嘻地说:"培训最多两三个月,到时老家天气也暖和了,回去还不会冻着孩子,是不是呀?小恋恋。"

马长荣离开后,小怜只能独自照顾孩子。

春节前几日,艳红拎来大包小包年货,她一进屋就说:"我去年没回家过年,今年要在家待久一点,元宵节后才下来,你照顾好自己和孩子。"

小怜可怜巴巴问道:"长荣写信回公司了么?"

艳红笑着说:"才走几天,就这么挂念?"

小怜不好意思地笑了,说:"什么挂念不挂念,我怀了恋恋后,他就变了,我打小没有妈,不想恋恋没有爸。"

艳红抱着恋恋亲了一口道:"怎么会呢,大家都这么爱小恋恋,是不是呀?"

随着春节的临近,外来务工人员大多返乡过年了,昔日熙熙攘攘的工厂、街道变得空旷起来。

大年三十晚上,小怜抱着恋恋,坐在平台上守岁,目之所及,看不到几扇亮灯的窗户。菜盆疏于打理,枯败的菜叶凋零了,一如小怜此刻的心境。

冷不丁响起的爆竹声,惊哭怀里的恋恋。小怜搂紧她,柔声安抚道:"乖宝宝,不要怕,妈妈在这儿呢。放鞭炮,过新年!恋恋长大一岁咯。"

恋恋渐渐止住哭声,偎在小怜怀里睡着了。小怜看着那张粉嫩的小脸,一滴温热的水珠落在恋恋脸上,接着一滴,又一滴,恋恋歪了一下小脑袋,小怜轻吻着孩子咸湿的小脸,成串的泪珠滑落下来,洇湿孩子的衣帽,洇湿空落落的心……

第十二章

元宵节过后，艳红从老家返回深圳，给小怜带了不少家乡特产、一包糖果。小怜见她满脸喜色，笑着问道："姐，回家结婚了吧？"

艳红笑嘻嘻地说："你是不是神算子，这都看出来了？"

小怜应道："不然能请这么久的假？"

艳红边收拾厨房边说："你过的什么日子？一点好菜都没有。"

小怜叹了一口气说道："一个人，吃什么都没意思。"

艳红掏出一块腊肉说："姐帮你做顿好吃的。"

吃过晚饭，艳红对小怜说："我刚过来，一堆事情要做，不能常来看你们，有急事呼我。"

几天后的凌晨，恋恋突发高烧，小怜带她去医院，交费时，手上现金不够，她急忙呼艳红的 BB 机，一直没有回音。急忙打车去找她，保安打着哈欠说："深更半夜的，我也找不到。"

小怜焦急地说："大哥，我女儿发高烧，身上钱不够，银行也没开门，我没有其他熟人了。"

保安看了一眼满脸通红的恋恋，为难地说："我不方便上女同志宿舍叫人。"

小怜哀求道："您领我过去，我借到钱就走。"

保安摇了摇头说："让领导知道，会挨处分的。"

小怜摸了摸恋恋滚烫的额头，哭着说："大哥，求求您！孩子拖不起了！"

保安环顾四周，悄悄打开侧门，轻声说："我不能领你进去，你沿着这条路走，第三栋二楼最里头那间。"

小怜朝保安鞠了一躬，他拼命摆手道："快去吧，小心叫人看到。"

小怜抱着恋恋，奔向黑夜深处，找到艳红房间，轻轻敲了敲门，室内没有响应，她用力拍了拍，传来一个男人的声音："谁这么晚？有事明天去办公室！"

小怜来不及细想，喊道："艳红姐在吗？我有急事找她！"

过了好一会儿，艳红才打开门，小怜焦急地说："姐，恋恋发烧了，我身上钱不够。"

艳红转身去拿钱包，问道："检查过了吗？要多少钱？"

"刚才去医院，医生说要先交……"小怜的声音戛然而止，床头的婚纱照上，那个衣冠楚楚的新郎，不是马长荣么？她想起来了，刚才敲门时的应答声，正是他！

小怜环视了一下房间，发疯般冲到屋角，踹开洗手间门，马长荣趿拉着拖鞋，坐在小板凳上，睡衣都没扣整齐。

现实猛然张开血盆大口，露出狰狞的笑容。小怜瘫坐在地，绝望地吼道："骗子！全是大骗子！"

艳红塞给小怜一叠钱说："先带孩子去医院。"

小怜哭着推开艳红，说："拿开你的脏手！"

马长荣捡起钱，塞到小怜怀里说："先治好孩子，其他事情，慢慢向你解释。"

小怜心如刀绞，她跟跄着站起来，搂紧昏昏欲睡的恋恋，朝门外走去："宝贝，妈妈带你去看医生，妈妈在呢，别怕。"

马长荣边换衣服边说："等等我，我陪你去。"

艳红说："我也去。"

马长荣低声说："你就不要去了，免得刺激她。"

艳红小声说："这么晚了，打车也不方便，我去找小张，让他开公司的车送一下。"

马长荣追上小怜，伸手去抱恋恋。她侧了侧身子，避开了，他只好跟在她们身后。

小张驱车过来了，马长荣说："上车吧。"

小怜犹豫了一下，还是上了车。

经医生确诊，恋恋是急性病毒感染，所幸救治及时，不然可能引发脑炎。输完液后，慢慢退烧了，小怜搂着孩子默默流泪，医生过来查床，轻声安慰她："不用着急，过两天就好了。"

小怜给恋恋喂了奶，哄她睡下，冷冷地对马长荣说："还在这做什么？"

马长荣找了一张凳子坐下说："我会对你们负责到底的。"

小怜冷笑道："负责到底？你都结婚了，拿什么负责！"

马长荣小声应道："孩子可以落户到我名下，孩子我带也行；如果你想带，生活费和教育开支，全部由我出。"

小怜哑然失笑道："不想和我结婚，你招惹我做什么？把我当什么了？你有钱是吧？有钱了不起啊？"

马长荣捂住脸哭道："我是真心喜欢你，我也不想这样。"

小怜抚着胸口，艰难地说："你说这些话，我会相信吗？少在这恶心我！你走，现在就走！"

马长荣哽咽道："我对不住你，我想早日领你回家结婚，没想到她这么快就回来了，我们要是早点结婚，她也没办法逼我。我真后悔啊！"

小怜嗤笑道："她逼你？五大三粗的大男人，让女人逼？她和高协理在一起，你不知道？"

马长荣无奈地说："在外打工吃的苦、受的气，你无法想象。我刚进福洋厂时，就是个人见人欺的学徒，在她的帮助下，才一步一步爬上主管的位置。"

小怜冷笑道："一步一步爬上三人床吧！"

马长荣涕泪横流道："千错万错，都是我的错。你能原谅我吗？"

小怜苦笑道："原谅你？你会离婚吗？会回来当恋恋爸爸吗？"

马长荣沉默了，小怜指着他的鼻子骂道："不知廉耻的畜生！"

马长荣握着小怜的手，哀求道："等我一年，我想办法回到你们身边，好吗？"

小怜甩开马长荣的手，骂道："你做白日梦吧！"

第二天傍晚，艳红来到医院，递给小怜一张存折，说"这是五万块钱，你先拿着，等孩子好了，把她送回老家，给马家爹妈带。你回东莞福洋也行，另找工作也行。"

小怜气得双目喷火，怒斥道："想买我的孩子？做梦！"

艳红笑着说："小怜，你看开一点，事情到了这一步，总得想个办法，是吧？"

小怜把恋恋紧紧抱在怀里说："我就算穷死，也不会卖孩子。"

艳红摸了摸恋恋的脸，说："姐姐和你掏个心窝子，我身体不好，生不了孩子，才想要恋恋的。你拿着这些钱，把他们父女俩都忘了，找个好男人嫁了。"

小怜哭着说："还念我是你妹，就不要动这个念头！"

艳红掏出一沓信，扔到病床上说："你还忘不了马长荣？应该忘不了他才是！"

居然全是邱家龙的信——是调到底部后，寄出的那些信的回信！

眼泪瞬间涌满小怜眼眶，她痛哭失声："哪儿来的？"

艳红阴笑道："去年国庆节和长荣回东莞福洋，整理他房间时，在他衣柜里翻到的。"

小怜彻底醒悟了：马长荣截获邱家龙的信，以达到霸占她的目的——这个无耻的畜生！

艳红说："怜妹子，听姐姐一句劝，我真心爱长荣，你又和邱家龙情投意合。都退一步，寻找自己的真爱，不好么？"

小怜抱着信痛哭流涕道："还回得去吗？回不去了，都回不去了！"

艳红回到公司，四处没找见马长荣，打他 BB 机也没有回复。等到晚上十一点多，他才醉醺醺地回到宿舍。

艳红黑着脸问道："去哪儿了？"

马长荣把外套扔到茶几上，叉着腿躺在沙发上，质问道："你动我东西了？"

艳红冷笑道："今天哪儿借的胆，敢这么和老娘讲话？"

马长荣撑着身子坐起来，大声问道："我问你话呢！我的东西呢？"

艳红乜着眼睛说："我听不懂你讲什么！"

马长荣喊道："那些信，我上次回东莞时，准备烧掉的，找半天没找着，后来发现被你偷偷带来深圳，我也没吭声。他娘的不见了，你拿去给小怜了？"

艳红双臂抱在胸前，探长脖子说："是又怎么样？你自己敢做，还不敢当?!"

马长荣捂着脸啜泣起来："把我在她面前剥个精光，你才心甘啊？"

艳红嗤笑道："我知道你舍不得她，不下点猛药，你们能断干净？"

马长荣哭喊起来："我们都领证了，你还想怎样？"

艳红吼道："领证又怎样？你的心思还不是在她身上？和我结婚是缓兵之计，找机会离婚，分得我的家产，再和她和好。我说的没错吧？"

马长荣气呼呼地说："不是你威胁，要在福洋厂搞垮我，我会随你来深圳？"

艳红笑道："你不晓得带她离开福洋厂？有本事，哪儿找不到工作？你还不是看中我在深圳买的房？看中我的存款！"

马长荣怒喝道："你少血口喷人！"

"看把你激动的，我的脉号得太准了，是吧？"笑容在艳红脸上狰狞起来，她"哗"地撕开睡衣，大腿上、腰背部，蚯蚓般的疤痕，随着急促的呼吸蠕动，眼泪随着笑容滑落，"当初，我被高协理看中，哭着找你出主意，想把第一次给你，你退缩了……你说，如果我破了处，在高协理心中就没那么珍贵了。你说，你不在乎那层膜，哪怕我白发苍苍，依然会爱我如初……我被烧伤了，你们都嫌弃我。除了满身疤痕，我哪点比不上小怜？你说！你倒是说啊？"

"你不该把小怜推给高协理啊！"马长荣哀号道。

"把我推出去时，你怎么不心疼？"艳红怒斥道。

马长荣颓然了，他俯下身子，轻轻吻着那些伤疤，晶莹的泪滴不断滑落，在灯光下闪着五色光辉，他呢喃道："我听你的，我们好好过日子。往后，不要再伤害她们了，好吗？"艳红扯掉他的衣裤，两人紧紧纠缠在一起，久久不愿分开……

第十三章

　　艳红每天都来医院，小怜寸步不离地守着孩子，不让她接近。

　　这天下午，艳红又来了，她逗留片刻后，对小怜说："医药费我付过了，还预交了两百，应该不用另交了。"小怜在给恋恋换尿片，没有搭理她。

　　艳红离开后，小怜松了一口气，端起床头柜上的水杯，喝了几口。没多久，她感觉困得不行，努力想睁开眼皮，却抵不过汹涌的倦意，趴在恋恋身侧沉沉睡去。

　　小怜睡得正香，查房护士推了推她，问："你孩子呢？该喂药了。"

　　小怜眼皮如坠了铅块般，异常沉重，她眯着眼转头一看，床侧空荡荡的，她瞬间清醒了，跳起来喊道："恋恋，恋恋！"

　　邻床的病友说："你睡下没多久，你姐又来了，说抱孩子去透透气，你睡得太沉，没叫醒你。"

　　小怜问道："走了多久了？"

　　病友说："快一个小时了吧。"

　　小怜拎起背包，拼命朝福洋公司跑，保安把她挡在门外，她哭着说："我找我姐，拜托你让我进去！"保安不耐烦地说："没有预约，不能进。"

　　小怜焦急地原地打转，突然想起包内有艳红给的厂牌，连忙掏出来，递给保安，他仔细查验了厂牌，说："有毛病吧？进去！"

　　小怜撒腿朝艳红宿舍跑去，任她怎么敲门，房门纹丝不动。隔壁房间开门了，一个中年妇女说："别敲了，两口子都辞职了，昨晚就走了。"

　　小怜眼前一黑，瘫坐在地上号啕大哭："恋恋，还我恋恋……"

中年妇女扶起她,吃惊地问道:"你怎么啦?"

小怜哭得上气不接下气,吼道:"大姐,他们偷了我的孩子!"

中年妇女半信半疑地说:"他们刚结婚,工作又这么好,可以自己生,还偷你孩子?"

小怜哭诉起来。中年妇女拍着大腿说:"我的妈呀,我说刚结婚就辞职,一点预兆都没有!你别哭了,快去报警!"

小怜抹着眼泪问道:"派出所在哪儿?"

中年妇女指着厂门外说:"你沿着那条巷子直走,第二个路口右拐。"

小怜来不及道谢,拔腿就跑。她跑进派出所,民警听清原委,和蔼地说:"你别太着急,应该是抱出去玩一会儿。"

小怜焦急地说:"她一直打孩子的主意,我能不急吗?"

民警认真地说:"孩子是下午不见的,没法立案。如果 24 小时后还没音讯,你带上孩子的出生证、户口簿,来找值班民警登记。"

小怜哭着说:"我没有这些证件。"

民警无奈地说:"那我也没法帮你。"

一阵天旋地转,小怜半天缓不过神来,她踉跄着走出派出所,回到医院,病床上还是空空如也。小水瓶里的开水早已凉透,小围嘴散发着淡淡的奶香味,尿布上的尿渍已经干透。一切都没有改变,恋恋却不见了。等到夜深人静,她们还是没有回来。小怜把东西塞进行李袋,发疯般朝租房跑去。

房间还是娘俩离去时的模样,却再也没了恋恋的身影。小怜抱着恋恋的小衣服,哭得昏天暗地,肝肠寸断……

小怜蜷在床头,半梦半眠,满屋子都是恋恋的味道,满脑子都是恋恋的小脸,耳边全是恋恋的哭声、笑声、酣睡声……

阳光穿过玻璃窗,映射在她浮肿的脸上,她眯着眼睛坐起来,新的一天开始了,她却陷入无尽的黑暗。她又闭上眼睛,只有在睡梦中,才能和孩子相聚。

小怜记不起到底睡了多久,恍惚听到有人喊她,她努力睁开眼睛,一个秃顶的老头站在门外说"靓女,你房门都没关?"

小怜强撑着身子坐起来问:"您是?"

老头递来一张单据说："该交房租啦，没见马先生来找我，我只好上楼来啦。"

小怜揉了揉眼皮，拎过背包一看，钱包不翼而飞！她环视着房间，行李箱斜躺在阳台上，衣柜门敞开着，衣物散落一地，房东和她同时惊叫起来："进贼了！"

小怜翻遍整个房间，凑不出十块钱，连水电费都不够。

房东摊了摊手，说："早和你们说过啦，睡觉要反锁房门，关紧窗户，你太大意啦。你家交租一向积极，我给你缓一个礼拜。"说完，摇了摇头，下楼走了。

小怜翻出一包饼干，狼吞虎咽吞下去，有了些精神后，她把楼梯间、楼下垃圾桶翻了个遍，都没有钱包和身份证的踪影。上楼后，她又在平台上四处搜寻，也没有收获。墙角的菜盆内，一团揉皱的白纸映入眼帘，她小心地展开，上面写着几行字：小怜，我们离开深圳了，不要再找我们，存折你收好，密码是你身份证后六位数。愿我们余生都安好。

小怜把纸撕成碎屑，大吼道："存折！要不是狗屁存折，身份证还丢不了。"

盗贼四处流窜作案，有不成文的规矩：只偷财物，不偷证件，尤其是身份证。遗失了身份证，在深圳寸步难行。小偷入室偷窃得手，会在楼梯间把现金掏光，把证件放在某个角落，或弃于楼下垃圾桶。

家里的食物、糖果还能撑十来天，可是房租怎么办？往后的生活怎么办？小怜陷入前所未有的困境。

一个礼拜时间，眨眼就过去了，房东如约而至，小怜可怜巴巴地说："大叔，我现在身无分文，您把我赶出去，我就死路一条。"

房东背着手说："靓女，我靠房租养活一家人。宽限一个礼拜，很给面子啦。你问问楼下租户，哪家迟交过一天？实在不行，我只能收回房子，租给别人。"

小怜只好把行李都打包，房东收走钥匙，边下楼边嘟囔道："我以为马先生会回来交租的啦，不要怪我心狠，我不是做慈善的啦。"

小怜坐在平台上，欲哭无泪，举目望去，街上车水马龙，工厂机器轰鸣，行人行色匆匆……她何去何从？哪儿有她的容身之所？天气乍暖还寒，一股劲风袭来，吹翻行李箱上的洋娃娃。那是新年前，小怜买给恋恋的新年礼物。

小怜紧走两步撵上去，身后传来惊恐的喊叫："靓女，有话好说！"小怜转头间，看到房东面色惨白朝她跑来，她抓住洋娃娃，莫名其妙地望着房东。他抚着胸口说："靓女，你吓死我啦，吓死我啦！"

小怜这才发现，自己离护栏只有一步之遥。原来，房东怕她想不开，一直守在楼梯间。她刚才急走几步，确实够吓人。小怜哭笑不得地说："大叔，抱歉了。"

房东搓了搓手，问道："你没上班？也没有熟人？"

小怜小声应道："嗯。"

房东把钥匙递给小怜，砸巴着嘴说："一个人出门在外，确实不容易，你先住着吧。"

小怜接过钥匙，连声道谢："谢谢大叔，谢谢您！"

房东趁势握紧小怜的手，边揉边捏，小怜拼命想挣脱，却被铁钳钳住了般，越挣越紧，小怜吓得脸色铁青，脱口而出："你再这样无理，我喊人了！"

房东笑道："楼下的人都上班去了。"

小怜突然大笑道："再不放手，我真跳下去！"

房东即刻松了手，讪笑道："这个靓女，开不起玩笑啦！"

小怜跨上护栏，冷冷一笑，说："大叔，我真走投无路了。拜托帮我谋一份工作，除了黄赌毒，什么活我都干。"

房东吓得连连后退道："靓女，又开玩笑啦，你没身份证，找不到工作的啦。"

小怜身子朝前倾了倾："离开这儿，也是死路一条，不如一了百了。"

房东冷汗直冒，张着双臂喊道："别激动，别激动啦！先下来，我帮你想办法啦。"

小怜看了一眼手表，正色道："你不要过来，现在是十一点半，我也给你限定一个时间，下午六点前给我答复。"

　　房东边点头答应，边朝楼下走去。他走出楼门，走过街巷，不断和路边的店铺打招呼。

　　不知道这个赌注能否成功，但这是目前唯一的机会，小怜别无选择，只能听天由命。

　　下午五点刚过，小怜看到房东远远走过来，她暗想道：有戏了。

　　房东气喘吁吁爬上楼，递给小怜一个袋子，是几个冒着热气的包子，她正饥肠辘辘，抓起来就往嘴里塞，手在嘴边停住了，问道："大叔，您不会下了药，想把我从这弄走吧？"

　　房东抹了一把额角的汗说："靓女，你运气来啦。包子铺老板娘的儿子，前几天被汽车轧断腿，急着找个帮手。"

　　小怜咬了一大口，肉汁涌进口腔，鲜滑爽口，包子松软可口，回味无穷。她连连称赞："好吃，太好吃了。"

　　房东笑着说："这边的老街坊，都喜欢她家的包子。"

　　小怜吃完包子，跳下护栏，打开行李箱，拎出一块腊肉，笑着递给房东，谢道："大叔，谢谢您帮我。"

　　房东推辞道："不用这么客气啦。"

　　小怜把腊肉塞到他手里，由衷地说："我也是被逼无奈，请多包涵。"

　　房东接过腊肉，打开房门放在床板上，摸了摸头皮，说："太客气啦，我现在领你过去。"

　　小怜跟在房东身后，慢慢走下楼梯，她一步三回头，酸楚和疼痛堵在胸口，压得她喘不过气。她心中只有一个信念：好好活下去，找不到恋恋，誓不罢休。

Volume III

第三卷

窑

第一章

　　这是一栋临街商住楼，总共三层半，一楼有两间铺面，一间是小卖部，另一间是包子铺。老板娘是个敦实的中年妇女，圆脸盘、圆鼻头、圆腰身，头发在头顶盘成一个圆髻。微微一笑，双眼就眯成两弯新月。

　　房东领着小怜走进屋，老板娘端来两笼小笼包，笑嘻嘻地说："黄大哥，多谢啦。"她转头对小怜说，"靓妹，你也尝尝。"

　　小怜笑着说："谢谢老板娘，大叔带回去的包子，全给我吃了，真没吃过这么好吃的包子。"

　　老板娘笑得更欢了，双眼眯成两条缝说："小嘴挺会说，是做生意的料。你叫什么名字？老家哪儿的？"

　　小怜应道："我叫颜小怜，湘西尚文县人。"

　　老板娘眼睛瞪得溜圆，用尚文方言问道："尚文县哪儿的？"

　　小怜吃惊地应道："老板娘也是尚文人？我是伏龙镇的。"

　　老板娘牵着小怜的手，说："太巧了。听黄大哥说你身份证被偷，我还不敢要呢，他打了包票，我才考虑看看。"

　　黄房东轻咳一声，说："你们是同乡呀？你们慢慢聊啦，我回去了。"

　　老板娘装了满满一袋肉包子，递给黄房东，说："带给孩子们吃。"

　　黄房东连连推辞，老板娘乜着眼睛，说："不给你吃，你那两个小孙子，最喜欢吃肉包。"

　　黄房东笑呵呵地说："替他们谢谢红姨姨啦。"

　　小怜也向黄房东告别："大叔，您慢走。"

　　黄房东指着自己的鼻尖，说："叫我黄伯，叫老板娘红姨婆。"他摇晃着脑袋唱着小曲，"哎呀哎嗨哟，单身汉难过，红妹妹的心呀，难呀么难琢磨……"

老板娘皱着眉头，笑骂道："一把老骨头了，也不怕孩子笑话。我可不敢再留你，快回去带孙子吧。"

"别看他油嘴滑舌，人蛮好的。他婆娘跟一个香港佬跑了，他养大三个崽，帮他们建房成家，是个苦命人。"黄房东走远后，老板娘对小怜说，"不要叫老板娘，多生分，叫红姨。"

小怜乖巧地应道："好的，红姨。"

红姨端开煤灶上的砂锅，开始淘米煮饭，小怜拿出没吃完的腊味，红姨笑着说："都是好东西，好多年没吃过了。"

小怜说："那每样煮一点。"

吃过晚饭，红姨把卷闸门拉下来锁好，领小怜从一架板梯爬上阁楼，指着板梯旁的房间说："你住这间屋，灶上煨了热水，楼下厕所可以冲澡。我要去给儿子送饭。你早点休息，明天还要早起。"说完"噔噔噔"走下板梯，拎着保温杯，打开后门，急匆匆走了。

阁楼阴暗逼仄，高度不超过两米，用木板隔成三个小房间。小怜的房门外，堆满了杂物，房内摆着一张窄窄的单人床，一张长木桌，一尺见方的小窗户外面是一条杂乱的小巷，巷子两侧卧着不少低矮的民房。红姨矮胖的身影拐过巷尾，一晃，就不见了。

小怜把房间打扫干净，铺好床铺。下楼把蒸屉整理好，打扫案板时，掉落一个暗红色铁盒，花花绿绿的钞票洒落一地，她小心地捡起来，担心铺内进贼，又拿来一块毛巾盖严，才放心地冲澡、洗漱。一切收拾妥当，她上楼睡下，恋恋的小脸蛋又浮现在脑际，泪水淌满眼眶，心撕裂般疼痛起来。

小怜迷迷糊糊听到有人开门，猛地坐起来，问道："谁呀？"

楼下传来红姨的声音："是我，你还没睡么？"

小怜披衣下楼："红姨回来啦？我以为进贼了，吓了一跳。"

红姨一边倒冲澡水，一边说："没什么可偷的。"

小怜掀开案板上的毛巾，说："您的钱盒可要收好。"

红姨笑着拍了拍脑门说："瞧我这记性。"

凌晨三点不到，小怜听到红姨下楼的声音，她也连忙起床下楼。

红姨正在洗脸，拧着毛巾说："你不用起这么早，要帮忙时，我会叫你。"

小怜应道："我比您睡得早。"

红姨麻利地和面、拌馅料，小怜手忙脚乱地打下手。

红姨温和地说："你别着急，先看我做几天，熟悉一段时间，我再教你。"

天蒙蒙亮时，头批包子、馒头、花卷出笼了。红姨把蒸屉移到门口炉上保温，把第二批蒸屉搬上煤灶，转头对小怜说："你喜欢吃什么？自己拿。等下你要帮忙卖，小笼包两块钱一笼，包子、花卷五毛钱一个，馒头一块钱三个，豆浆五毛钱一杯，四个包子送一杯豆浆。"

小怜问道："一笼小笼包是不是也送一杯豆浆？"

红姨笑着说："是的。"

吃完早饭，红姨支起油锅，一边炸油条、麻圆，一边煮豆浆，手把手教小怜如何装杯、封口。

陆续有顾客光临，最初是赶早上学的孩子、三轮车捎客，接着是身着各式厂服的上班族。过了早上九点，人流高峰期过去，紧绷的神经才缓和下来。后面的顾客，多是周边住户、开店的商户、路边的小贩。不时有人和红姨打招呼："红姐，请了个靓女帮工呀？"

红姨笑眯眯地答道："亮亮不是出事了么，外甥女过来帮忙。"

小怜笑着和顾客打招呼："您好，请拿好，这是找您的钱，慢走。"

黄房东也来买早餐，他站在油锅前等麻圆出锅，伸长脖子小声问红姨："人还行吧？"

红姨笑眯眯地应道："托黄大哥的福，挺机灵的。等亮亮回来，请您来喝酒。"

黄房东点了点头，说："好。我可记下了，你备好酒菜啦！"

十点过后，基本上没什么顾客了，红姨准备做午饭。

小怜说："姨，您先休息一会儿，我来做饭。"

红姨捶着腰背说："多亏有你帮忙，早上做的包子都卖光了。昨天我忙不过来，天快黑了都没卖完。"

小怜笑嘻嘻地说："那等下再做几屉。"

红姨扶着腰坐下："今天不做了，亮亮的护工下午请假，我要去医院照顾他，晚上才能回来，你也辛苦了，好好休息一下。"

小怜问道："您太操劳了，叔去哪了？"

红姨愣了片刻，惆怅道："出车祸走了，婆家总盯着那些赔偿款，我索性带亮亮出来了，一晃就是十几年咯。"

小怜不安地说："红姨，对不起。"

红姨笑着说："没事的。我再辛苦几年，等亮亮成了家，把店交给他，我就在家带孙子。"

小怜边切菜边说："您生意这么好，能闲得下来？"

红姨笑着说："你呀，真是个机灵鬼。"

一转眼，小怜来包子铺一个月了，她学会了做馒头、磨豆浆、炸油条，白天就算红姨没在店，也敢独自做买卖了，经手的账目分文不差。

这天晚上收档后，红姨递给她一沓钱说："这段时间辛苦你了。"

小怜推辞道："红姨，不要急着给我工钱，以前在工厂干，都要押工资的。"

红姨笑着说："傻妹子，乡里乡亲的，没那些规矩。"小怜推辞不过，接过钱揣进兜里。

晚上休息时，小怜数了数钱，居然有八百块，比工厂普工的工资高出不少。她干活更卖力了，除了和面、馅料配方红姨没有传授给她，其他工作都越来越熟练。

这天晚上，睡下没多久，楼下传来急促的敲门声，红姨蹑手蹑脚打开小怜的房门，小声说："估计是查暂住证的，你快去我房间，钻进衣柜躲好。"说完，抱起小怜的被褥，丢到自己床上。

小怜把衣服抱在怀里，来到房间红姨，爬进衣柜内。红姨把衣柜关严，拉亮电灯，对楼下喊道："谁呀？"

门外应道："快开门，查暂住证！"

红姨边下楼边抱怨："年初不是才查过么？"她打开卷闸门，五六个协警一拥而入，楼上楼下看了个遍。

领头的问道："那么多房间，就你一个人住？"

红姨说："还有我儿子，他摔伤腿，住院了。"

一名协警指着小怜刚晾好的衣服，问道："这衣服是谁的？"

红姨笑着应道："我外甥女在旁边鑫源厂上班，晚上过来冲个澡。"

领队歪着脑袋，看了一眼楼上问："楼上有能藏人的地方？"

一队人又朝楼上跑去，发现了衣柜内的小怜。红姨怒斥道："不是说回厂了么？怎么还没走！"

领队不耐烦地说："身份证、厂牌都拿出来！"

小怜掏出福洋厂的厂牌，领队面无表情地说："不是说鑫源厂么？到底是哪个厂的？身份证拿来！"

小怜小声应道："晚上睡觉时，被人偷了。"

领队正色道："先跟我们走一趟，明天叫厂里开好证明，再来领人！"

红姨偷偷塞给领队几张钞票，说："不是有厂牌么？怎么还抓人？明天还要上班呢。"

领队把手插到裤袋内，说："这样吧，明天开好证明，明晚我们再来查。"

一行人离去后，小怜紧张地问道："红姨，我这厂牌开不到证明，怎么办？"

"快到五一了，又搞严查呢，你先回去办身份证，我再想办法办暂住证。"红姨边从挎包内掏钱边说，"我把这段时间的工钱先给你。"

小怜退后两步，连连摆手道："工钱我不能再要了，您刚才花了不少钱。"

红姨把钱塞给小怜，说："回家得花钱。要是觉得和红姨投缘，欢迎随时回来。"

小怜的眼眶红了，感动地说："红姨，如果您一直需要人，我办好证就下来。"

红姨笑眯了眼说："好，我等你！"

相比薄情的亲人、恋人，萍水相逢的红姨的真情，更显难能可贵。小怜感觉无比温暖，她当然会回来，她舍不得这份温情，舍不得和恋恋一起生活过的宝岗。

第二章

　　卧铺车一路向北，气温越来越低，心绪愈行愈暖。阔别一年又半载，家乡的青山绿水、亲人的音容笑貌，屡屡出现在梦境中。

　　近乡情更怯，望着车窗外一闪而过的景色，小怜心底五味杂陈。天将擦黑时，汽车驶入湘南地段，司机大声叮嘱道："等下在前面吃饭，要上厕所的，把屎尿都拉干净啊，天黑了，路上不方便停车。特别是垒州地段，无论发生什么事，都不要开车窗，更不要下车，都听到了吗？"昏睡的乘客都惊醒了，车厢内骚动起来，有人抱怨路上饭菜太贵，有人担忧拦车打劫，都把行李检查一番。大巴车驶进路边一间饭店，在饭店员工的吆喝声中，大家陆续下车就餐、上厕所。

　　返乡的乘客有了经验，虽然不满店家的宰客行为，都会自觉用餐，不和店家发生冲突。小怜挑了一桶牛肉面，商店最多售一块五毛钱，这里居然卖五块——确实和打劫没两样！

　　卧铺车拐过几道弯，开上凹凸不平的国道，随着车身的颠簸，乘客渐渐进入梦乡，酣睡声此起彼伏。

　　车灯撕开夜的面纱，在大地的怀抱中前行。凌晨时分，驶入湘中腹地，司机特别小心起来，白班司机睡过一觉后，从铺上坐起来，打起精神观察路况，深夜的乡村公路安静极了，偶尔传来的几声犬吠，和车轮的滚动声、发动机的轰鸣声呼应着。

　　车身突然颠簸一下，司机大声骂道："我靠，车胎又爆了！"他打开车灯，扯着嗓子喊道："都醒醒！把车窗扣好，看好自己的行李！"

　　乘客睡眼蒙眬睁开眼，有人不解地问道："怎么不开了？"

　　司机骂骂咧咧应道："这是垒州地界，路上钉子多，车胎扎爆了，只能等天亮换胎。把车窗扣严，尽量不要打瞌睡。"

司机关闭车灯，乘客扯着家常提神，时光一分一秒过去，聊天的声音渐渐弱了下去。车厢内，又响起一片酣睡声。小怜的铺位在上铺，她把行李箱枕在头下，行李袋抱在胸前，熬了近两个小时，终是挨不过浓浓倦意，沉沉睡去。梦中又是恋恋的小脸，她斜靠在床头，时而哭泣，时而甜笑，小怜伸出双手，恋恋迈着小腿跑过来，扑进她怀里，"咯咯咯"乐开了。小怜紧紧搂住她，母女俩又闹又笑，好不欢喜，一阵冷风袭来，恋恋不见了，小怜扑腾着双手喊叫："恋恋，恋恋！"

下铺传来一声惊叫："我的密码箱不见了！"声音犹如清水溅入油锅，车厢内瞬间炸开了，好几扇车窗洞开着，好几个乘客的行李都不见了。

小怜坐起来，怀里的行李袋也不翼而飞，里面装满红姨连夜包的肉包、花卷和馒头。

车尾的女孩哭道："我的钱和存折都放在密码箱里，到了县城，回家的路费都没了。还有买给爹妈的衣服……"

司机也醒了，他们的财物藏得极好，蟊贼自然偷不着，撬坏的窗户却是一笔不小的损失。

有人说："司机师傅，你们半夜停在这儿，丢的东西该你们负责吧？"

司机扯着嗓子应道："说的什么话？车胎、车窗找哪个赔？我喊了多少次，看好自己的行李！"

丢密码箱的女孩喊道："报警！我们去报警！"

司机懊恼地说："没有当场抓到，没有用！做个笔录，看个现场就得大半天，还要不要回去？"

女孩号哭道："我的东西怎么办？"

有人小声嘟囔："长脑子的人，才不会把钱财放箱子里。"小怜摸了摸缝在内衣内的布袋，暗自舒了一口气。

天微微放亮了，司机拿着长长的扳手下车，右侧一个轮胎瘪了，路面散落着不少寸余长的大铁钉，司机又骂开了。折腾了近一个小时，车子终于启动上路。

下午两点多，汽车抵达尚文车站。小怜急匆匆赶到百货大楼，给奶奶、爹爹各挑了一件罩衣；小盼不知道长多高了，给他买了钢笔、双肩书包；给姑奶奶买了件酒红色毛衣；又给他们各买了一包糕点。

县际中巴一路摇晃，在秀水桥头停下来。小怜刚踏上秀水桥，眼泪就忍不住掉落。她奔向梦中的旧砖窑，抚着窑壁内的誓言和画鸦痛哭流涕。眼前的一切，还是往昔的模样，归乡的游子却不再是那个单纯的姑娘。

生活真是荒唐至极，母亲、女儿，从生命中匆匆掠过，留给她无尽的悲伤。还有邱家龙，在那偏远的雪乡，可曾记得曾经的美好？可曾记得旧砖窑？可曾记得颜小怜？

小怜踩着暮色走进家门，全家都惊呆了。奶奶的背又驼了不少，父亲恢复得还不错，能拄着拐杖走动了，小盼长高不少，快到小怜肩头了。

张氏老母嘱咐小盼：“快去给你姐倒杯热茶。”

小盼蹦跳着走进灶屋，门外传来颜仙凤的声音：“来客啦？”

小怜迎上去，亲热地唤道：“姑奶奶，是我回来了。”

颜仙凤欢喜地应道：“怜妹子，怎么有空回来？也不提前写信给小盼？”

张氏老母招呼道：“他姑奶奶，进屋坐坐。”

一家老小坐在八仙桌旁，好不闹热。小怜拆开一包水果糖，各抓了一大把。她把礼物都拿出来，张氏老母抹着眼泪说：“花这个冤枉钱做么子？我又不是有衣服穿。”

小怜笑嘻嘻地说：“晓得您有衣服穿，这个好看，您换上试试，是不是变年轻了？”

张氏老母瘪着嘴说：“嘴都学得油了。”

颜仙凤把毛衣塞给张氏老母说：“我有好几件毛衣，给嫂子穿正好。”

张氏老母笑着说：“怜妹子是你疼大的，她孝敬你是应该的。拿走，拿走！”

颜仙凤推辞不过，只好收下说：“别净讲白话，我们去煮饭，坐了二十几个小时车，肯定饿坏了。"

看着曾经水火不容的老姑嫂俩，泪水溢满小怜的眼眶：灾难摧毁了平静的生活，却聚拢了全家人的心。

吃晚饭时，张氏老母突然问道："听你大姑讲，你和艳红都出了原来的厂？"

小怜点头应道："是的，大姑有没有讲艳红姐去哪儿了？"

张氏老母摇了摇头说："只讲在广东开超市，她怎么不带你一块搞？自己人用着也放心。"

颜青石插嘴道："艳红的名堂多、多得很，怜妹子和、和她不是一路人。"

小怜笑着说："我爹讲得对，我找到工作了，在一个老乡那里学做包子，她生意蛮好，包子很好吃。等我学会手艺，攒够本钱，也开一间包子店。"

小盼咽了一口唾沫，问道："姐，你会做了么？"

本想把丢包子的事说出来，又怕大家伤心。小怜摸了摸小盼的脑袋："姐才学没多久，还没学会，等我学成了，给你包大肉包子。"

临睡前，发觉奶奶欲言又止，小怜搂着她的胳膊问道："奶奶，您是不是有话要同我讲？"

张氏老母犹豫片刻，小心地问道："对面塘龙娃子，好好的工作都不要，去了高原上，你晓得不？"

小怜答道："我不晓得呢。"

"艳红和新郎官来拜年，背着人告诉我，说你谈了好几个伢子，伤了龙娃子的心，他才去了天远地远的地方。"张氏老母小声说。

没想到艳红会如此编排自己，小怜懊恼地应道："您信她，还是信我？"

张氏老母摇了摇头说："我哪个都不全信，你相中满意的对象，带回来给我们瞧一眼，冇要随便把自己嫁了。也不要嫁远了，我不认得字，出不了远门，到时想看你一眼都难。"

小怜眼眶一热，小声应道："我晓得咧。"

第二天上午，小怜去派出所补身份证。填资料时，有人拍了拍她的肩，转头一看，竟是蔡佳敏，两人抱在一起又跳又笑。原来，高考也需要办身份证，蔡佳敏恰好过来取证件。

办完手续，蔡佳敏说："去我家坐坐吧，我妈总念叨你呢。"

小怜低着头说："佳敏，我这副样子，哪好意思去见邹校长？"

蔡佳敏挽着小怜的手，说："你想多了。"

小怜笑着说："你家庭条件好，考个好大学，注定要端铁饭碗的。我们是不同阶层的人了。"

蔡佳敏噘着嘴说："我不想听这些。你自考进行得怎么样？条条大道通罗马，我相信你能行。"

小怜羞愧地低下头，她咬了咬嘴唇，抬起头，坚定地说："我会努力的。"

蔡佳敏紧握小怜的手，点头道："嗯，会越来越好的。对了，好久没吃伏龙街上的米粉了，走，我请你。"

小怜说："我都领工资了，应该我请。"

蔡佳敏霸道地说："要么我请吃粉，要么去我家。"

小怜只好妥协道："还是去吃粉吧。"

两人有说有笑走在伏龙街上。人生的岔道，早已把她们带向不同的方向，未来的生活，必然有着天壤之别。多年后，是否还有机会如此相拥而行，没有功利，没有攀比，畅所欲言，笑对彼此？

第三章

　　等待领身份证的空档，小怜每天下地干活。挖了几丘菜地，种了两块黄豆，做好红薯床揣薯苗，摘了几天新茶。锄净稻田埂上的杂草，身份证下来了。

　　开销一年比一年大，奶奶的身体一年比一年差，只有小怜能挑起家里的担子——她除了再次南下，别无他途。买好车票后，小怜给自己留了五十块钱，其余都交给张氏老母。

　　张氏老母哭着说道："再多住几日。"

　　小怜边整理行李边说："包子店缺人手呢。"

　　张氏老母抽噎着："你一个人在外，我真不放心。我哪天问问你大姑，看艳红两口子在哪儿，两姊妹也有个照应。"

　　小怜搂着张氏老母的胳膊说："奶奶，我是去挣钱，有现成的地方，您担心么子？您问到艳红姐的地址，叫小盼写信告诉我，我过去看她。"

　　张氏老母走进灶屋，炖了一只老母鸡。做好饭菜，把颜仙凤请来。颜仙凤塞给小怜两只板鸭、两串香肠，小怜死活不肯要，张氏老母说："姑奶奶疼你，接下就是，往后好好孝敬她。"

　　颜仙凤拉着小怜的手说："出门在外，要爱惜自己，多写信回来。每次收到你的信，小盼就念给我们听，我们都喜欢听。"

　　两个老人和小盼，送小怜到秀水桥头，帮她把行李搬上中巴车，车子开出老远，他们还站在路边，伸长脖子张望。

　　小怜背着大包小包走进包子铺，红姨惊呆了，她没想到小怜这么快就回来。

　　小怜从麻袋内掏出各种家乡特产：糍粑、腊肉、血粑、板鸭、香肠、咸菜、霉豆腐、甜酒——张氏老母心疼小怜，把家里的特产各带了些。

"坐那么久的车，快歇会儿，我来收拾。"红姨的眼眶湿润了，连忙拉小怜坐下，边整理边调侃，"你把家当都搬来了吧？"

楼上传来一个男孩的声音："妈，谁来了？"

红姨应道："亮亮，小怜回来了，我上次和你说起过的，和我们是老乡。"

随着一阵脚步声，一个敦实的男孩出现在板梯上。红姨上前扶住他，小声问道："腿还没好利索呢。怎么又下楼了？"

小怜站起来，笑着打招呼："亮亮哥好！店里一直忙，也没跟红姨去医院看你。"

亮亮看了一眼小怜，圆圆的脸瞬间红到耳根，他搔了搔头皮笑着说："这不见着了么？"他和红姨长得很像，看上去温和踏实，没有一点架子。

小怜说："我办好身份证了，等亮亮哥腿好利索了，我再出去找工作。"

亮亮说："干得好好的，找么子工作？我妈总嫌我笨手笨脚，有你帮忙，她能轻松不少。"

红姨笑眯眯地说："我舍不得你走。"

小怜问道："店里不需要这么多人咧？"

亮亮扶着板梯说："你在我们困难的时候帮了忙，于情于理都不能让你走。"

小怜由衷地说："是红姨帮了我。"

亮亮又搔了搔头皮说："等我腿好了，店里不光卖早餐，还可以炒粉、炒饭，做汤粉、汤面。"

红姨点点头说："我以前也想这么搞，你不是不同意么？"

亮亮红着脸辩道："人是需要成长的嘛。"

第二天上午，红姨领小怜去办暂住证。小怜来深圳一年了，终于敢光明正大出门了。

亮亮的腿能行走自如了，伤腿比之前短了些，走路稍微有点跛。红姨悄悄落了不少泪。

小怜宽慰她："我爹的腿跛得更厉害，他生病前，还要种田耕地。亮亮哥这算小毛病，再讲，也不用干重活，是吧？"

红姨哭得更凶了，说："总归比常人差一点，找对象也没那么容易。"

小怜笑着说："找对象不能光看外表。亮亮哥人好，脾气也好，又勤快，打着灯笼都难找。"

红姨抹着眼泪问道："你真觉得亮亮好？"

小怜点了点头说："是挺好的。"

红姨小声问道："红姨问你个事，亮亮做你男朋友，好么？"

小怜惊呆了，作为一个打工妹，怎敢对老板有非分之想？自己生过孩子，哪里配得上人家？当然这些都不能说出来。她低下头，小声说："红姨，您这玩笑开大了。我家那么穷，爹爹病着，奶奶老了，弟弟还在上小学。还有个姑奶奶要养老送终。"

红姨握着小怜的手说："亮亮挺喜欢你的，你不也说过么，找对象不能光看条件，要看个人本质，对吧？"

小怜的脸更红了，心"砰砰砰"狂跳着，经历邱家龙的虐心之恋，遭遇马长荣的夺女之痛，她对爱情早已失去信心。没想到这么快再次遭遇爱情，她不知道有没有准备好，或者说，她不知道有没有勇气重新开始。

无数个声音在心底响起：

"他们都是好人。答应他！"

"你生过孩子！哪配得上人家？"

"他家条件这么好，错过就没有了。"

"你确定他不在乎女孩的贞操？"

"你有把握爱上他？"

"你有把握让他真正爱上你？"

"光顾着自己的幸福，恋恋怎么办？"

"还要找恋恋……"

"找恋恋。"

"恋恋。"

……

亮亮特别殷勤起来，每天抢着干重活。趁小怜不在时，把她房间的家具全换了，置办了席梦思床、双开门衣柜。他越好，小怜越自卑，几次想要讲出过去的经历，却又无法启齿。

店里增加了经营项目，生意越来越好，亮亮炒的米粉味道不错，经常供不应求，附近的麻将馆和商户常常抽不开身来店里吃，在小怜的提议下，又增加了外送业务。为了方便送餐，小怜学会了骑自行车。

中秋节那天，店里生意特别好，傍晚时分，店后小巷内一家麻将馆点了八份炒粉，步行只要几分钟，小怜拎着提篮去送餐。十几分钟过去了，还没见她回来，红姨焦急地说："小巷路灯都没一盏，亮亮，你快去看一下。"

亮亮放下炒锅，前往麻将馆打探。老板说："她走好一会儿了呀。"

亮亮急了："我一路来也没碰见她，上哪去了？"他边往回赶边大喊，"小怜！你在哪儿？小怜！"

走出五十米开外，亮亮看到路边草丛旁，摆着他家的提篮，旁边是一片荒地，长满齐腰高的杂草。亮亮捡起一块砖头，大喊道："小怜，我妈叫你回家吃月饼呢。"

周围没有丝毫回音，亮亮坐下来仔细聆听，左前方的草丛中，传来轻微的喘息声，他心底明白几分，却又不敢轻举妄动，站起来，朝店铺方向走去。

路边平房内的住户，大多是熟人。有户人家大门没关严，亮亮推门走进去，屋主一家正在吃晚饭，他小声对他们说："我家请的小妹，好像被人劫了，等下听到我呼救，麻烦出来帮下手，拜托了！"说完从后门猫腰跑出来，趴在地上，朝发现异常的地方爬去。

杂草剧烈晃动起来，亮亮踢掉鞋子，站起身，猫着腰，飞快地窜进草丛，举起砖头，朝个头较高的黑影砸去，那人"唉哟"一声，抱着头蹲下，小怜哭喊道："快跑，他有刀。"

亮亮一脚踹向劫匪，拉起小怜就跑！小怜因惊吓过度，几乎挪不开脚步，亮亮搀起她，边往后退边大声呼救："快来人啊，有人打劫呀！"

劫匪踉跄着爬起来，叫嚣道："想活命，就他妈闭嘴！"

　　小怜尖叫起来，亮亮把她护在身后，劫匪挥舞着刀子冲上来，亮亮推开小怜，劫匪一把揪住亮亮，把刀架在他脖子上，威胁道："快带我离开，不然杀了你！"

　　不少人围拢过来，却不敢靠近，劫匪劫持着亮亮，朝草丛深处退去，两人的身影渐渐隐入草丛。

　　小怜号啕大哭："亮亮哥，亮亮哥！亮亮哥……"

　　草丛内传来一声嚎叫，小怜绝望地尖叫："亮亮！"

　　"叼毛被我打翻了！快来人，帮忙救人！"是麻将馆老板的声音。

　　众人一拥而上。劫匪头上挨了一铁棒，躺在地上呻吟。麻将馆老板紧紧按着亮亮冒血的脖颈。几个男人跑过去，拼命按住劫匪。有人喊道："快打电话报警！"

　　麻将馆老板大声说："先打120！"

　　小怜哭着朝店里跑去，红姨听清原委，抄起电话求救。

　　救护车和警车前后脚抵达现场。医生分别对伤者实施救治，亮亮的伤口距颈部大动脉仅几毫米，医生吸了一口冷气说："小伙子好运气，捡了一条命！"

　　劫匪头骨裂了好几处，麻将馆老板踢了他一脚，骂道："下次再作恶，敲死你个狗杂碎！"

　　警察一把拉开他们，吼道："适可而止！真出了人命，你也要担责。"

　　人群骚动起来，说："不整死他？差点杀人了！"

　　"没有王法了！"

　　"幸好抓住了，不然这王八蛋，不知要祸害多少姑娘！"

　　……

　　小怜和红姨陪亮亮去医院缝合伤口，又去派出所做笔录。回店途中，早已夜深人静。一轮圆月挂在天上，四处静悄悄的。亮亮不小心踢到一块突起的地砖，跟跄着扑向前方。小怜眼疾手快，一把揽住他，亮亮趁势握紧她的手。她犹豫片刻，情不自禁扶住他。看着两个携手而行的背影，红姨故意放慢脚步，心中的不悦一扫而光，笑意在脸上绽开，哼起了小调。

第四章

亮亮牵着小怜的手，感觉整个人都轻飘飘的，好像踩在棉花团上。小怜小心地扶稳他，关切地问："亮亮哥，是不是不舒服？头晕吗？"

亮亮语无伦次地说："没有，是太兴奋了。你愿意做我女朋友了，对么？"

小怜小声应道："谢谢你救了我。"

亮亮笑着说："保护心爱的人，是男人的本能。见到你第一眼起，我就喜欢你。"

"我不值得你对我这么好。"小怜的声音颤抖了。

亮亮揽住小怜的肩说："只要你平安无事，就算把命丢了，我也甘心。"

小怜柔声道："不许讲傻话。"

苦于脖子不能乱动，亮亮捏紧拳头说："傻人有傻福。你要相信我，我会对你好的。"

看着亮亮满是汗珠的脸，小怜羞红了脸："你和红姨都是好人。"

回店后，亮亮兴奋异常，一会儿说："妈，快拿月饼下来，我们好好过节。"一会儿又说，"妈，你怎么没买瓶红酒？多美的夜色，多好的月光。"

红姨也欢喜得合不拢嘴，端来月饼、水果摆在饭桌上，一个劲让小怜多吃。趁小怜上厕所时，她凑到亮亮耳边，低语道："你小子因祸得福。"

收拾妥当后，已近凌晨两点。小怜说："亮亮哥先去休息。我们揉面吧。"

红姨嗔骂道："怎么还叫亮亮哥？大名叫勇亮。都上楼睡觉去，

145

要干活了我叫你。"勇亮捅了捅小怜，两人一前一后上了楼。

小怜进屋时，勇亮站在门口不肯走。小怜低下头，想把门关上，勇亮推住门，笑着说："等伤好了，看我怎么收拾你。"

小怜背过身子，说："快去睡觉吧。"

勇亮在床上辗转反侧，小怜也久久无法入睡。她不确定是否真的爱勇亮，还是单单被他的壮举感动？他是个值得托付的人，希望这次的选择，没有错。

第二天早上，红姨没有开门营业，她和小怜来到店后小巷，挨家挨户给邻居们送去肉包、花卷，唯独没去麻将馆。小怜好奇地问道："红姨，昨夜麻将馆老板帮了大忙的。"

红姨笑着说："我自有安排，你跟我来。"

红姨领小怜从店铺后的楼梯来到楼顶，这里和黄房东的楼顶格局相仿，种了很多蔬菜，养了五六只鸡。

红姨抓了两只母鸡，扯了一篮青菜，说："这些给麻将馆老板送去。"

小怜问道："您什么时候弄了这小菜园？"

红姨笑呵呵地应道："只要有空了，我就来打理。"

小怜更加迷糊了，问："您在楼顶养鸡，房东和租户不会有意见？"

楼梯间走来一位大姐，她边开门边说："红姐就是房东，谁敢有意见？"

红姨招呼道："又上夜班啦？"

大姐打着哈欠说："是呀，半个月倒一次班，才适应好又要转班，折腾死人了。"

"红姐就是房东。"这是小怜万万没想到的——勇亮家居然这么有钱，真是太出乎意料了。她又想退缩了。

"这段感情不能开始。"小怜暗念道。来自穷乡僻壤的乡下妹子，又生过孩子，何德何能配上他们家？新筑的幸福大厦岌岌可危，心中飘起淅淅沥沥的雨滴，既酸涩又彷徨。

红姨喊了好几声："小怜，下楼了。小怜，小怜！"红姨关切地问道，"是不是昨夜没睡好？"

小怜尴尬地笑了，说："还好。"

两人把母鸡和蔬菜送到麻将馆，老板推辞道："都是老熟人，不要搞得这么客气。"

红姨把东西送进屋后的小厨房，说："自家养的，不值几个钱。要不是你帮忙，我家亮亮就危险了。"

麻将馆老板笑着说："那个叼毛就是个小流氓，没那胆量。"他转头对小怜说，"把你吓坏了吧？"

小怜说："太感谢您了。"

红姨乐呵呵地说："老板，往后你家的早餐，我家全包了，您想吃什么，尽管过来选。"

麻将馆老板哈哈大笑道："那可不行，我不成'白痴'了？"此话一出，一屋人都乐了。

接下来几天，小怜一直躲着勇亮，他的满腔热情冷不丁被浇了冷水，蔫蔫地坐在店内，眼睛跟着小怜的身影转动。

红姨起初以为小怜害羞，不敢和勇亮正面接触，随着时间的推移，越发感觉不对劲。

趁勇亮不在店的空档，红姨忍不住对小怜说："你来这久，也没去逛过街，让亮亮陪你去商场买两套衣服吧。"

小怜低声说："店里忙不过来呢。"

红姨问道："是不是亮亮得罪你了？还是你对他不满意？说给红姨听，我修理他。"

小怜咬了咬嘴唇道："不是他的问题。"

红姨柔声道："有什么心事，你说出来，我肯定帮你。"

小怜犹豫了片刻，说："您家条件这么好，我家负担太重，全靠我一个人养家，我想来想去，还是觉得不合适。"

红姨愣住了，她千算万算，没算到小怜因为这个打退堂鼓。她不由笑道："傻妹子，你怎么总是这么想？家里负担重，就该找个条件好的，帮你分担，是吧？我们家也是靠劳动吃饭，不是什么大富大贵人家。"

小怜怯怯地说："在我看来，就差了十万八千里。"

红姨不悦地说："因为这个放弃自己的感情，就太不值当。你要自信一点，满大街妹子，你比哪个差？比哪个傻？我找儿媳，一不选家庭，二不比亲家。亮亮要是因为这个说你半句，我饶不了他！"

小怜低下头，不再吭声。红姨握着她的手说："亮亮长这么大，第一次对女孩这么上心。以前给他介绍了多少个，都不愿发展。不往远了说，先处处看，处不处得来再说，好吧？"

迎着红姨真诚的眼睛，小怜点了点头。遇到这么好的人家，是她的福气，怎么忍心再拒绝？小怜放下思想包袱，再和勇亮相处，整个人都轻松多了。虽然没有火花四射的激情，缺少了浪漫情怀，内心却异常踏实。这种波澜不惊的亲情感，小怜备感暖心。

千禧年春节近了，红姨对小怜说："领亮亮回一趟老家，给家人瞧瞧吧？"

小怜笑着说："我还小呢，没到结婚年龄。"

"没说就要结婚。先回去把婚订了，让家里知道亮亮这个人。"红姨也笑了，"我也去一趟，双方家长见个面，凡事好商量。"

小怜答应回家提亲，勇亮高兴得一蹦三跳，缠着红姨说："妈，我驾驶证都考下来两年了，该买辆车了！"

红姨笑呵呵地说："看在小怜的面子上，答应你。"

小怜说："天天待在店里，买车也不经常开，何必浪费那个钱？"

勇亮小声辩道："你看那些老街坊，哪家不是汽车进出？"

红姨打起了圆场说："我们买个面包车，载人拉货都能用。"

一切准备就绪，勇亮开着新买的面包车，载着红姨和小怜，踏上回乡之路。

车子刚驶上秀水桥，红姨坐直身子，问小怜："这里是秀水村？"

小怜问道："您来过我们这？"

红姨点了点头，问道："你们村，是不是有个邱家龙？"

小怜心里咯噔一下，小声应道："他家和我家，就隔了一口水塘。"

红姨感叹道："一晃十几年了，那年我把他送回来，他妈妈的脸色真难看，我受了一肚子气回去，饭都没留我吃。"

小怜惊叫道："我记起来了，您当时在桥上问路，还是我领你们进村的。"

红姨笑了，说："不是一家人，不进一家门，不是缘分是什么？"

车子停在小怜家门前，引来不少乡邻打望。张氏老母慌慌张张从地里跑回来，一看是小怜，拍着胸脯说："哎呀，吓死我了，我还以为来官老爷了。"

红姨笑眯眯地说："小怜奶奶，我带着娃娃亲自上门来提亲，你看中意么？"

张氏老母的眼睛瞪得老大，上下打量着勇亮，喜不自禁地说："快进屋，进屋喝茶。"

一家人都围拢过来。经过初步了解后，都赞同这门亲事。

红姨趁热打铁道："既然亲家没意见，择日不如撞日，今天就把婚订了。"

张氏老母说："找人合下日子吧？万一犯煞呢？"

红姨笑嘻嘻地说："进了腊月天天都是好日子。我和亮亮在外多年，不懂家乡礼俗，猪羊鸡鱼都没准备，包了九千九百九十九元九角红包，祝小两口感情长长久久，两家人齐心协力，把日子过得红红火火，丁财两旺！"说完，递给颜青石一个大红包。

颜青石坐直身子，乐呵呵地应道："好，好！往后小怜就，就交给你们了，多……多多调教。"

颜仙凤拿出一挂鞭炮递给勇亮，说："大喜的日子，放封炮仗报个喜信。"

院内响起爆竹声。打望的乡邻围拢过来。

颜仙凤对小怜和勇亮说："快去散烟、发糖。"

小怜端起糖果盘，勇亮掏出香烟，挨个给看热闹的乡邻派发。

艾香剥了一颗糖塞进嘴里，酸溜溜地说："整个秀水村，怜妹子家的是头个开车来的，有点福气。"

冬秀拉着小怜的手说："不是青石那场病，小怜都参加工作了，就该有这福气！"

小怜笑眯眯地应承着，旧日时光影片般在脑海里闪过，眼前的热闹场景、欢声笑语、冷语谗言，仿佛都蒙上薄雾、披上轻纱，随着寒风越飘越远，变得虚无缥缈……

第五章

张氏老母掏出几张钱，数出三块递给小盼，说："去青山家，给你几个姑姑打电话，就讲你姐对象来了，都回来吃午饭。"

颜仙凤说："嫂嫂，你在家杀鸡，我搭车去伏龙街上买条活鱼。"

红姨笑着拉住颜仙凤说："姑奶奶，不用这么讲究。"

颜仙凤乐呵呵地说："这是大喜事。我们不讲排场，鱼一定要吃的。小怜，陪你妈妈进屋烤火。"

小怜愣住了：妈妈，多么陌生的称谓，多么熟悉的字眼。亲爱的妈妈啊，您离家十几年，女儿都快成家了，您在哪儿？

勇亮拉了拉小怜说："我们陪姑奶奶上街去，不能让老人家花钱。"

小怜回过神来，红姨和颜仙凤已经上车了。小怜连忙换好鞋，拎着背包跑上车。

汽车开出没多远，颜仙凤说："后面那个伢子，像是你大姑女婿的弟弟，问他要不要搭车？"

那人走近时，果然是马长安，颜仙凤问他："长安，上哪去？"

马长安上下打量着汽车，应道："去一趟派出所。"

颜仙凤拉开车门，热情地说："快上车，我们也要去伏龙街上。"

马长安上车后，看到副驾驶室的小怜，招呼道："小怜回来了？"

小怜应道："是呢，你在哪里发财？"

"发么子财，在伏龙街上卖肉。"马长安递给勇亮一根烟，"师傅，抽烟。"

颜仙凤说："这是小怜的对象，这车就是他的。"

马长安连连道歉："不好意思，不好意思！"

勇亮摆了摆手说："您客气了。"

颜仙凤问道:"你生意忙不赢,哪有空回来?"

马长安应道:"一大早我妈带信给我,要我回来拿户口本,给我哥的女上户口,我的摩托车又坏了,我妈性子急,今天不办好,我年都不敢回来过。"

颜仙凤问道:"你嫂子生了?什么时候办三朝酒?"

"在广东生的,没带回来过,我们还没见过呢。"马长安掏出一张纸条,小声念道,"马亦心,农历一九九九年八月十五日生。日子蛮好记,名字有点拗口。"

小怜的脑袋"嗡"地炸开了,心又撕裂开来,血淋淋地生痛!

她把头别向车窗,努力抑制情绪,半晌都不敢说话。快到伏龙街上了,她小声问道:"马长安,你哥嫂在广东哪儿?"

马长安应道:"东莞、深圳都待过,端午前我哥回来一趟,说到惠州去了,具体哪儿我没记住。他给家里装了电话,有事不用写信,方便得很。"

小怜按捺住内心的激动,问道:"他们的电话是多少?我下去后,去找艳红姐玩。"

马长荣摸了一下脑袋,应道:"每次都是他们打回来,说是公用电话,抄了也没用。"

小怜的心又痛到窒息:恋恋,你生于一九九八年冬月十五,妈妈刻骨铭心的日子,却被两个恶人改小近一岁!我的恋恋,你在哪儿?我们何时才能团聚?

勇亮说:"我们也给爹爹装台电话,你想家时,也好联系。"

小怜沉浸在自己的世界里,没有应声。

颜仙凤说:"装电话要几千块钱,青山家有电话,接一次一块钱,还划算些。"

勇亮说:"姑奶奶,爹腿脚不好,在家接电话更方便。"

马长安笑着说:"不能带坏样,将来都要新女婿装电话,我们这些穷光蛋,连婆娘都讨不起了。"

颜仙凤说:"你一年三百六十五天,天天有猪卖,还和我们唱穷。"

"和小怜对象比起来,我是穷人嘛。"马长安笑着应道。汽车驶进伏龙街头，他站了起来，"麻烦在前面停一下。"

勇亮边刹车边说："和李嘉诚比起来，个个都是穷光蛋。你的肉铺在哪儿？过去砍一腿肉，不耽误你办事吧？"

马长安弯腰坐下说："下午去办也行，耽误不了。再往前开，岔路口右拐。"

红姨买了一腿猪肉，砍了三个膀肉，还买了活鱼、牛肉。颜仙凤买了米花、糖果、瓜子花生。

刚回到家，小怜的几个姑姑迎上来，颜青莲拉着小怜的手说："艳红早就说过，怜妹子在外呼得开，看看，都成老板娘了。"

颜青石笑着说："艳红，不，不也是老板娘么？"

颜青莲拍着大腿说："能比吗？亲家母在深圳有楼房，租间屋出去，每月随便就是一两百。"

红姨笑眯眯地应道："哪有姑姑讲的这么好？我们清早两三点就起床，赚的都是辛苦钱。"

颜香莲掰着指头数："三四层高的楼房，光租金都千数块一个月，呷不完的。"

红姨掏出一叠红包，挨个给大家派发。颜金莲笑嘻嘻地接过来说："越有越拼，穷鬼卵打鼙。"

张氏老母在厨房喊道："你们几姊妹别光顾讲话，还不来搞饭菜。"

几个姑姑叽叽喳喳走进厨房。小怜低声问红姨："红姨，下午要不要去艾香婶家看看？"

"多少年不走动，不用去的。"红姨应道，她瞪了一眼小怜，"还叫姨呢？没规矩。"

小怜的脸瞬间红了，小声喊道："妈。"

红姨笑眯眯地应道："唉。"

红姨计划办完订婚宴，自己先下深圳，留小两口在老家过年。张氏老母挽留道："过年哪能一个人？都在家过，闹热。"

红姨应道："我在南方待惯了，家里冬天太冷，真适应不了。"

"我去买几袋木炭，有火烤，不冻的。"张氏老母拍了拍红姨的手，"你那边亲戚多不多？带孩子们去看看？"

红姨的神情黯淡下去，叹了一口气说："娘家爹娘早没了，就一个亲哥，十几年前和嫂子、我爱人出去办事，中巴车翻下山崖，一车人就救回十来个。他们当场全没了。

"赔偿款下来后，婆婆担心我改嫁，她小儿子还没成家，一家人逼着我交钱。我一没工作，二没靠山，亮亮才刚满十岁。我干娘的儿子给我出主意，他们的祖屋我一块砖都不要，领着儿子下广东找出路。

"我们到深圳后，也苦了好多年，先是去包子店当学徒，白给人做一年多工。学会技术后，我在租房自己做，再推着三轮车出去卖，记不得给城管赶过多少回。亮亮在家时，成绩可好了，跟着我东奔西跑，硬是耽误了。

"后来，我听当地人说，附近村委会有宅基地卖，我一咬牙，买了一块地，建了那栋楼。总算给亮亮安了家。"

"都是打苦边出身，不容易。"颜仙凤听得眼眶泛红，哽咽着叮嘱小怜，"小怜，要好好孝敬你妈。"

小怜点了点头，对红姨说："妈，您留下来，大家一起过年。你现在回深圳，工厂都放假了，也没么子生意。"

红姨笑着说："哪有在儿媳娘家过年的？"

张氏老母拉着红姨的手说："时代早变啦，不兴那些老规矩咯。"

颜仙凤也附和道："你该好好享福啦，把担子交给他们，过两年该抱孙子了。"

好说歹说，红姨才答应留下来。

新年一天一天近了，村子里的年味蔓延开来，家家户户都忙开了：宰年猪、杀鸡鸭、熏腊肉、晒板鸭、灌腊肠、磨豆腐、捂霉豆腐、团血粑、打糍粑、蒸甜酒……这些活，红姨都插不上手，只好打扫房舍。

每当看到红姨拿笤帚，张氏老母就急忙抢过去说："亲家母，您去烤火。"红姨不懂伏龙镇乡俗：嫁出去的女子，不能在娘家扫地，会扫走财运。红姨是小怜的准婆婆，张氏老母更要严加防范。

红姨对小怜说："天天光吃饭，不干活，我都快成废人了。"

小怜灵机一动说："妈，家里有现成的肉、菜，何不包包子吃？"

红姨说:"是哦,我怎么没想到?"

去街上挑选面粉、配料时,艾香也在办年货,她一边选东西,一边偷偷瞄红姨。过了好一会儿,她走过来问道:"这个亲家奶奶,看你好眼熟呢。"

红姨脸色有些不自然,说:"是吗?您是?"

艾香拍着手喊道:"我想起来了,你是桃红妹妹!我是艾香,槐生的妹妹。我妈是你干娘,还记得么?"

红姨只好应道:"哦,哦……瞧我这记性。家龙还好吧?"

艾香拉开了话匣子,说:"他呀,犟得很。叫他向右,偏偏朝左。他师范毕业后,我哥打了招呼,分到伏龙中心小学,别人挤破脑袋都难进,他倒好,实习期还没过,偷偷跑去西藏了!天远地远的,两年没回来,算是白养了。"

红姨问道:"你不是还有个崽、一个妹子?都听话么?"

艾香脸上堆满笑容说:"这两个都蛮听话,家宝明年大学毕业,我哥说,想办法帮他在县上找份工作,家燕成绩也不错。往后呀,只能靠他俩了。"

红姨说:"他们都还年轻,将来什么样,看不准的。得看成了家,讨到么子媳妇。"

艾香乜了一眼小怜,笑道:"老话讲得没错,好媳妇旺三代,恶婆娘毁几辈。"

红姨笑着说:"人心换人心,都是相互的。没有天生的坏媳妇,也没有生来的恶婆婆。"

艾香问道:"你和亮亮爷爷家,还有走动吗?"

哪壶不开提哪壶,红姨顿了顿,应道:"离开尚文后,我是头一趟回来。"

"我哥这两天要来拿腊肉,你和孩子们来家里吃饭。"艾香拉起红姨的手,笑着说,"当年你要是听我妈的,嫁给我哥,能吃这么些苦,有家难回?"

红姨尴尬地应道:"不谈这些了,不都挺好的?"

勇亮等得有点不耐烦,窝在驾驶室喊道:"还没买好么?脚都冻木了,回去烤火咯。"

红姨问艾香："你都买好了么？一块坐车走？"

艾香看了看小怜，应道："你们先走吧，我还没买好。一定要来玩啊。"

红姨边走边说："到时再看吧。"

新年越来越近，集镇上人山人海，市场里摆满年货，叫卖声、还价声、谈笑声、争执声不绝于耳。精明的商贩看人开价，穿着时尚、出手大方的，多半是外出务工人员，趁着假期返乡过年，价格可以开高不少；衣着朴素、穿着解放鞋的乡下人，脸上的笑容都会减弱几分。

第六章

　　腊月二十八上午，邱家宝来到小怜家。近四年大学生活，他的匪气磨去不少，多了些许儒雅。他礼貌地问在廊边洗菜的小怜："小怜回来了？我桃红姨娘在吗？"

　　"在屋里烤火呢。"小怜本不想搭理他，碍于红姨面子，喊道，"妈，艾香婶家来人找您。"

　　红姨应声而出，笑着说："这是家宝吧？长这么大啦？"

　　邱家宝微微弯了一下腰，说："姨娘好记性，我是家宝。我舅舅来了，我妈请您和勇亮、小怜过去吃午饭。"

　　红姨推辞道："不用这么麻烦。"

　　小怜也应和道："我们饭菜都做好了。"

　　邱家宝双手插在裤袋里，踢着脚边的小石子，说："我妈说了，今日完不成任务，不让我进屋。"

　　颜仙凤在井边打水，帮着打圆场："都是亲戚，走动走动也好。小怜，你去喊勇亮，一起去玩玩。"

　　小怜端着菜盆朝灶屋走去，说："你们去吧，我还要帮奶奶炸豆腐。"

　　红姨知道小怜的脾气，没再勉强。

　　才走上塘岸，蔡槐生远远迎上来，说："桃红，真有你的！离家十几年不回，好不容易回来了，躲在儿媳家里不见人。"

　　红姨笑盈盈地说："对不住，对不住啊！我在南方待惯了，一出门就冻得受不了。槐生哥真是一点都没变，还是老样子。"

　　"快进屋烤火。"艾香应声而出，"我哥听说你来了，马上撮了一盆炭火，要不是我拦着，能放半袋木炭。"

　　邱高山说："哥就烧点木炭，你这么多话，也不怕娃娃笑话。都别在外面挨冻，进屋烤火。"

艾香问道："小怜怎么没来？"

勇亮应道："姨，她忙着办年事呢。"

邱高山点了点头说："小怜是个好妹娃，亮亮有福气。"

艾香一边倒茶，一边呛他："亮亮也是好伢崽，配她有剩有余。"

蔡槐生问道："你们讲的小怜，是尚文师范退学那个？"

邱高山应道："就是她，这妹娃命苦咧。"

红姨瞪大眼睛问道："小怜上过师范？"

蔡槐生叹了一口气道："多好的妹娃，硬是被家庭耽误了。"

艾香嘀咕道："好么子好？要不是搭帮她，我屋里龙……"

邱高山悄悄捏了她一把，她才住了嘴。

红姨拉来一张凳子，在火盆边坐下说："没听她讲过上学的事，我当初就看中她实在、勤快。"

艾香说："妹娃读那么多书，冇么子用，本分老实就好。"

邱家燕抗议道："我以后要是没考好，你可别凶我。"

艾香大笑道："你能和别家妹娃比吗？"

"你妈的观念，就是有问题，都快新世纪了，还是老思想。不管男娃妹娃，都要好好读书。"蔡槐生摸着邱家燕的小脑袋，"家龙来信了么？他在那边还好吧？"

艾香朝邱高山努了努嘴："他哪会写信给我？得问他爹。"

蔡槐生搓着手说："所以说，你的教育有问题嘛。"

红姨对艾香心怀芥蒂，不太愿意和她搭话。吃过饭，她和勇亮起身告辞，全家人送到院门口。蔡槐生和红姨边走边聊，不知不觉走远了。

望着他们远去的背影，艾香小声说："养个跛子崽，还摆么子架子？兜里有几个钱，了不起咯。"

邱高山拧熄香烟，小声呵斥道："你这张嘴，是不是装了刀？一口下去，能剐下二两肉！"

艾香瞪了邱高山一眼，"哼"了一声，甩着手进了屋。

蔡槐生回来时，邱家宝迎上去，笑嘻嘻地说："舅舅，你的新摩托车，借我骑两天呗。"

蔡槐生背着手问道："借摩托做么子？"

邱家宝嘿嘿笑道："参加同学聚会。"

蔡槐生摸了摸下巴，说："想在女同学面前显摆吧？"

邱家宝低声辩解："哪有！"

蔡槐生语重心长地说："谈恋爱没有问题，打肿脸充胖子，我第一个反对。说来听听，是哪家妹娃？"

邱家宝摸了摸头皮，小声应道："伏龙街上，梁裁缝家的……"

蔡槐生沉思片刻，笑着说："哦，梁家四个妹娃，个个都不错，哪个相中你小子？"

邱家宝应道："老三。"

蔡槐生拍了拍邱家宝的肩膀问："梁小灵？"

邱家宝笑着应道："舅舅好记性。"

"我们镇上，凡是考上大学的娃娃，我大多都记得，这个妹娃和你同年考的大学。"蔡槐生笑着说，"她考的是专科，参加工作了吧？"

邱家宝应道："嗯，在县农机站上班。"

艾香尖着嗓子说："农机站？不是么子好单位。"

邱高山点燃一支香烟，问道："妹娃为人怎么样？"

邱家宝红着脸说："才谈没多久。"

蔡槐山掏出车钥匙，扔给邱家宝，说："梁裁缝两口子人不错，相信妹娃也不差。"

艾香在灶屋喊道："大过年的，早点回……"话音未落，摩托车已溜出老远，她懊恼地骂道，"豆子鬼撵着了。"

一路风驰电掣，邱家宝很快来到梁裁缝家门口。他正要下车，一个高挑的女子走出店门，长得柳眉杏眼，双唇娇艳欲滴，她撩了撩披肩长发，问盯着自己发怔的邱家宝："取衣服还是做衣服？"

邱家宝尴尬地搓了搓手说："我……我找梁小灵。"

"家宝，你怎么来啦？"身后传来梁小灵的声音，她笑着向邱家宝介绍，"我小妹翠灵，你不认识了？"

梁翠灵阴阳怪气地说："你们都是大学生，我是打工妹，不认识也正常。"

梁小灵拧了一把梁翠灵的脸，嗔骂道："能不能好好说话？"

邱家宝按了按喇叭问："要不要去县上玩？"

梁小灵说："年三夜四的，不去了吧。"

梁翠灵嘟起嘴，晃着梁小灵的胳膊说："姐，你在家没待烦呀？早该出去透透气啦！"姐妹俩长相差不多，梁小灵比妹妹矮半头，加上打扮清纯，反倒更显小一些。

邱家宝笑着说："你不是想看《我的父亲母亲》？我买到今夜的票了。"

梁翠灵把梁小灵推上车，说："你还不快去！"

邱家宝稳住车把手，说："小妹也一起呗。"

梁翠灵噘着嘴说："又没我的票。"

邱家宝压低声音说："怕什么，我电影院有熟人。"

梁小灵拉了梁翠灵一把，说："上来吧！秋后算账我可不认。"

邱家宝的心情出奇地好，一路吹着口哨，迎着呼啸的北风，朝县城驶去。来到电影院，电影尚未开场，邱家宝借了一张小板凳，领着梁家姐妹从侧门进入影院。放映室一片漆黑，他们坐在座椅上聊天。

梁翠灵问邱家宝："邱大姐夫，听我姐说，你在广州上大学？"

邱家宝点了点头回道："是的，我明年就过去报个到，要实习了。"

梁翠灵坏笑道："巴不得马上回尚文吧？就能天天见我三姐啦。"

梁小灵嗔怒道："出去两年，学得这么油嘴滑舌？"她塞了一把葵花籽给邱家宝，"家宝，春节后，你和翠翠一道去广州吧。"

梁翠灵不满地说："你还真听妈的话，派个人盯梢？"

梁小灵笑着说："我才没那份闲心，爹帮你熏的那些肉，你拎得动？"

梁翠灵嘟囔道："我又不稀罕腊肉。"

放映室亮灯了，陆续有人进来。邱家宝起身去找位置，他把板凳摆在座位前方，坐了下去："美女们，我给你们站岗。"

梁小灵说："我坐小凳了吧，你个子高，坐太矮了腿伸不直。"

邱家宝握着梁小灵的手说："我吃多少苦都没问题，你不能受委屈。"

梁翠灵打趣道："唉，唉，唉，有单身美女在呢，注意点影响。"

电影播映后没多久，邱家龙去上厕所，买回三袋葵花子。梁小灵坐在板凳上，盯着荧幕看得入神，邱家龙递葵花子给她，都没有理会，他摇了摇头，坐到座椅上。

梁翠灵侧过头，小声问道："宝哥，买了么子好呷货？"

"葵花子，给你也带了一包。"沁人心肺的幽香，直往邱家宝鼻腔钻，他忍不住瞄了一眼，梁翠灵不知何时脱了外套，紧身毛衣把身材勾勒得凹凸有致，高耸的胸脯呼之欲出。

邱家宝的双眼被磁石吸住了般，怎么都收不回来，呼吸也急促起来。他慌忙把葵花子塞给梁翠灵，手指不经意间，碰到她的胳膊，整个人触了电般眩晕起来，鬼使神差般捉住她的手。梁翠灵没有抗拒，捏了捏他的手心。邱家宝的胆子瞬间壮大，伸手探向她的臀部——多么富有弹性！瘦小的梁小灵何曾有这般韵味？邱家宝身上的荷尔蒙，无法抑制地亢奋起来，梁翠灵探过手，隔着裤子握住他，他感受到前所未有的刺激，身心都飘起来了。梁小灵沉浸在电影剧情中，他俩沉浸在偷欢的愉悦中。

从电影院出来，天快擦黑了，梁翠灵问道："邱大姐夫，这么夜了，要搭我们两姊妹回家，你技术行不行？"

邱家宝搓了搓手说："冻死了，先去呷点东西。"

三人来到一家饭店，梁翠灵笑着说："今日我请客，来点白酒祛寒。"

梁小灵不满地说："家宝还要骑车，喝么子酒？"

"小妹请客？瞧不起我么？"邱家宝抢过菜单，点了一瓶白酒。

梁小灵只好作罢，无奈地说："我喝不来酒，你们喝吧！"

梁翠灵俏皮地说："就算不陪我喝，也要和姐夫交个杯吧？"

梁小灵果然不胜酒力，一杯白酒下肚，很快头重脚轻，找不着北了。

邱家宝问梁翠灵："怎么办？你扶着你姐，我慢点骑？"

梁翠灵翻了个白眼："我可扶不住。"

邱家宝顿时有了底，说："没有办法，只能找间旅馆住下。"

梁翠灵撇了撇嘴："这可是你说的，不关我的事。"

寒风呼啸，滴水成冰，店内炉火正旺，映着梁小灵绯红的脸，也映着两颗骚动的心。

第七章

　　去旅馆途中，邱家宝犹豫了片刻，他对梁小灵是真心的，她一直坚守着最后防线，让他倍加珍惜。他当然出去猎艳过——年轻的帅小伙，哪能不浪荡几回？但他这两年的心思，一直在梁小灵身上，这一点毋庸置疑。今夜就不同了，他的猎艳目标，是梁小灵的亲妹妹，他既惶恐，又倍感刺激。甚至有了小小的报复心理：不是不让我上么？你妹妹却舔着脸要睡我，我是迫不得已；换句话说，是成人之美。

　　安顿梁小灵睡下，梁翠灵迫不及待抱住邱家宝。他急忙推开她，小声说："急么子？去那边房间。"

　　让邱家宝猝不及防的是，梁翠灵异常主动。她身材奇好，丰乳肥臀，肤如凝脂。面对她的攻势，他完全失去了主动权，在她的引导下，达到前所未有的巅峰。在交往过的女孩身上，从来没有体验过。几番云雨过后，邱家宝搂住梁翠灵，无力地说："我的姑奶奶，不要再来了，我投降，会要命的。"

　　梁翠灵俏笑道："哟，看你五大三粗的身段，原来是只蔫猫?"

　　邱家宝趴在梁翠灵胸前，说："发情的狐狸，哪个经得起折腾?"

　　梁翠灵媚笑道："我就喜欢看你缴械投降的怂样。"

　　邱家宝捏了一把梁翠灵的脸，坏笑道："我怂？有种下次再约，看谁干得过谁!"

　　梁翠灵挑衅道："开么子玩笑？你舍得下我三姐?"

　　邱家宝搂紧她道："我现在更舍不得你。"

　　梁翠灵一把推开他，乜着眼睛说："别闹了，你可不是我的菜，快去找我三姐吧!"

　　邱家宝第一次见识这样的女孩，不免又气又恼，又不好发作，叹了一口气说："她不同意和我同床。"

梁翠灵嬉笑道："你这么风流，还搞不定她？"

邱家宝挺了挺身子说："我可是正人君子，不强人所难。"

梁翠灵嗤笑道："哦哟，你刚才的表现，真的很'正人君子'。"

邱家宝也笑道："我不仅不强人所难，还勇于献身。"

梁翠灵一脚蹬开他说："快滚！"

邱家宝不舍地问道："真要我走？"

梁翠灵嘟着嘴说："我可不想抢我姐的对象。"

邱家宝更加摸不着头脑，问："那你刚才？"

梁翠灵撇了撇嘴说："少他妈装正经，就你那骚劲，睡过的女孩还少？"

邱家宝边穿衣服边讪笑道："看来，我们是同道中人。"

梁翠灵朝嘴里扔了一块药片，仰头喝下半杯温开水，嘟囔道："对我姐好一点，她是老实人。"

邱家宝打开梁小灵的房门，她缩在被窝深处，发出轻微的鼾声，两颊的红晕，在灯光下越发夺目。他的心猛地抽搐了，抽了自己一耳光。他轻轻关上门，洗漱过后，挨着梁小灵躺下，吻了吻她婴儿般无瑕的脸庞，悔意再次涌向心头，他握着她的手进入了梦乡。

邱家宝睡得不太踏实，各种光怪陆离的梦纠缠着他。突然，一记响亮的耳光在耳边炸响，他惊叫着跳起来，梁小灵怒气冲冲地揪着他的耳朵，大声质问："这是哪儿？你怎么在我床上？你都做了什么？"

邱家宝痛得直叫唤，不断解释道："宝贝，我有贼心，没贼胆呀！你没有检查一下，就先发威？"

梁小灵跳起来一看，衣裤好端端地穿在身上，一抹羞色爬上脸颊，柔声问道："那你睡我床上做么子？翠翠呢？"

邱家宝皱着眉头应道："我不是担心你吗？小妹睡另一间屋，你想三个人睡一屋啊？"

梁小灵"扑哧"一声笑了，轻抚着他的脸说："亲爱的，对不起，我错怪你了。"

邱家宝坏笑着钻进被窝，说："我爹妈都没打过我耳光，一句对不起就完啦?"

梁小灵红着脸在他脸上轻啄了一下,说:"我刚刚被吓着了,脑袋不听使唤。"

邱家宝一翻身压住她说:"我也不听使唤了。怎么搞?"

梁小灵的脸更红了,把头朝他怀里拱了拱,说:"我也不晓得怎么搞。"

邱家宝试着伸出手,探向梁小灵腹部,见她没有反抗,心底乐开了花,一边吻向她脖颈深处,一边褪去她的衣裤。她突然拉紧裤头,紧张地问道:"你说实习单位定下来,就去我家提亲,算不算数的?"

邱家宝喘着粗气说:"我的心思,你么子时候才懂?我巴不得今天就去提亲,年前就把你娶回家。"

梁小灵捧着邱家宝的脸,认真地说:"你要是敢辜负我,信不信我吃了你?"

邱家宝嬉笑着扯下她的裤子说:"现在就把我吃了,好不好?"

梁小灵娇笑着朝被窝深处躲去,邱家宝乘胜追击,两人裹在温暖的被褥内,纠缠在一起……

梁小灵痉挛了一下,发出痛苦的呻吟,邱家宝不敢再继续,连连说道:"对不起,宝贝,对不起。"

梁小灵娇喘着应道:"亲爱的,我愿意……只要你一辈子真心对我。"

两人深深地拥吻在一起,感受着彼此浓浓的爱意。此时此刻,他们都期许着天长地久,期许着永生永世。

早上退房时,梁翠灵早已不在房内,值班人员说:"那个女孩说,她有点事,自己搭班车回家了。"

邱家宝如释重负,两人去街角吃了早餐。梁小灵提议上街走一圈,她买了两条花纹一样的围巾,一条藏青条、一条枣红色。邱家宝牵着她的手说:"等我工作稳定了,你想要么子,我都买给你。"

梁小灵羞红了脸说:"你说的每一句话,我都记着呢,不许反悔。"

邱家宝刮了一下梁小灵的鼻头说:"绝不反悔。"

走出几步后，梁小灵又倒回去，挑了一条玫红色围巾，笑着对邱家宝说："买一条给翠翠，从小到大，我有什么东西，她都抢着要，不买一条给她，我的就保不住了。"她打趣道，"我二姐笑话她，长大谈了对象，会不会也要抢。"

邱家宝讪笑道："你们姊妹可真逗。"

梁小灵轻轻跺了跺脚说："今夜是大年夜，我们快回去吧，不然该挨骂了。"

春节期间，邱家宝去找过梁小灵几次，每次都没见梁翠灵的身影，心头莫名的有些失落。

邱家宝返校前，梁小灵约他去单位玩了几日。办公室的大姐笑着说："怪不得给小灵介绍对象，一直不答应，原来有男朋友了。"

一个男同事阴阳怪气地说："带男朋友来单位，也不发喜糖？"

梁小灵白了他一眼说："过年糖没吃够？送你两斤白砂糖，甜不死你。"

邱家宝识趣地买来几斤纸包糖、两条白沙烟，给同事们各送去些。梁小灵嗔怪道："八字都没一撇，派么子糖嘛！"

邱家宝笑嘻嘻地说："迟早都要买，让人知道你有男朋友，我好放心。"

这天晚上，两人温存时，邱家宝摆弄着梁小灵娇小的乳房，突然感到兴味索然，趴在她身上敷衍了几下，蒙头就睡了。

梁小灵搂住他，柔声问道："哪儿不舒服吗？是不是感冒了？"

邱家宝轻抚着梁小灵的脸说："拜个年下来，实在太累了。早点睡吧。"

邱家宝蜷在被窝内，久久无法入眠。梁翠灵丰腴俏丽的身影，久久萦绕在心头，搅得他饥渴难耐。不顾梁小灵早已进入梦乡，扑过去搂住她，一改刚才的萎靡，闭着眼睛尽情发泄，臆想着身下的女人，就是梁翠灵……

和梁小灵厮守几日，邱家宝踏上南下的列车。一路上，他矛盾极了，既放不下知书达礼的梁小灵，又思念风情万种的梁翠灵。他暗自想道：把她们合二为一，就完美了。

抵达学校后，实习单位尚未分配下来，邱家宝照例和往常一样，去校外游戏厅打发时间。

一天傍晚，邱家宝回校途中，看到一个女孩在校门口徘徊，他尚未走近，女孩朝他飞奔过来，居然是梁翠灵！他的心"砰砰砰"狂跳起来，两人旁若无人地拥吻在一起，急不可待地朝就近的旅馆走去。

两人磁石般深深相吸，难舍难分。什么恋人，什么亲情，全如身上的衣物，乱麻般扔向床脚。

久久的缠绵过后，梁翠灵幽幽地说："我努力要躲开你，却忍不住想你。我大年初四就来广州了。每到放假了，就管不住自己的脚，不知不觉来到你校门口。"

邱家宝心痛地说："你怎么这么傻？"

梁翠灵捂住脸呜咽道："我不知道怎么会这样，追求我的男人，不下十个，我都没有心动过，我莫不是着魔了？"

邱家宝一边亲吻梁翠灵，一边呢喃道："翠翠，我也着了你的魔。我决定在广州找单位实习，不回老家了。"

梁翠灵惊坐起来，失声问道："我姐怎么办？"

邱家宝把头埋在梁翠灵的腹部，搂住她柔软的腰肢，许久才抬头道："我只想和你在一起。"

梁翠灵追问道："老家帮你安排的单位，也不去了？"

邱家宝愣住了，他晃了晃脑袋，仿佛要把一切烦恼都甩掉，他"哼"了一声，大声说："车到山前必有路，大不了不要那工作！"

楼下大排档的嘈杂声、远处歌舞厅的嘶吼声、街边情侣的打闹声，扰乱两人如麻的心绪。窗外平台上，几丛火红的簕杜鹃，在春风中起舞。两个初涉社会的年轻人，飞蛾扑火般，游戏人生，透支幸福。

第八章

邱家宝南下后，把梁小灵的魂也带走了。之前对他的牵挂，带着淡淡的甘甜、微微的酸涩。关系有了质的变化后，思念日益炽烈起来，仿若走在六月的阳光下，既焦躁不安，又饥渴难耐。尤其是晚上，非要搂着他睡过的枕头，才能安眠。

梁小灵体会到了"一日不见，如隔三秋"的真正含义。打了几次电话到邱家宝宿舍，都没有找到人，她愈发焦灼起来。她写了一封热情洋溢的信给他，又担心他离校实习，寄了挂号信。谁知一个礼拜后，居然被退回了，信封上赫然印着"查无此人"几个字。梁小灵顿时慌乱了，怎么回事？哪儿出了问题？

梁小灵再次拨通邱家宝宿舍电话，焦急地问道："请问是华南科技大学工商管理学院学生宿舍吗？"得到肯定答复后，她小心地问道："阿邱在吗？"

接电话的男生说："阿邱啊？他这几天没在，好像去女朋友那儿了。"

梁小灵问道："女朋友？他广州哪来的女朋友？"

"这个，我也不太清楚。"男生突然感觉不太对劲，连忙改口道，"也许去实习单位报到了吧。"

梁小灵挂断电话，越想越不对劲，念书念了三年多的学校，怎么会"查无此人"？他家早为他在尚文找到单位，如果回来了，没有道理不露面吧？

各种疑问困扰着梁小灵，令她整夜无法安眠。早上起来时，整个人都昏沉沉的，一点精神都没有，洗漱的时候，莫名干呕起来。她心想：莫不是没睡好，感冒了？

这天，恰逢单位例行体检。两天后，检查结果出来了，办公室大姐递给梁小灵的化验单，让她手足无措：孕早期。

梁小灵捏着化验单，羞得满脸通红。未婚先孕，这可是不良少女才会干的事！

大姐压低嗓门，和梁小灵耳语道："我偷偷拿回来的，没敢告诉别人，你和男朋友商量一下，尽快结婚吧。"

梁小灵欲哭无泪，她也想联系邱家宝，可上哪儿找他？一个想法涌上心头：去他学校看看！

梁小灵向单位请了假，独自踏上南下的班车。车窗外的山林、田地沉睡着，枯黄的杂草这里一撮，那里一堆，灰扑扑地散落在旷野；越往南走，春天的气息越浓烈，绿意在田野间蔓延，满目都是喜人的葱翠，梁小灵阴郁的心绪，不由舒展开来。

梁小灵来到华南科技大学，找到工商管理学院宿舍楼，向宿舍管理员打听："大姐，大四的邱家宝，还住这儿吗？"

宿管阿姨应道："这时间找啥人呀？都去实习了。没在！"

梁小灵问道："邱家宝在这栋楼住过么？"

宿管阿姨看了梁小灵一眼说："没印象。"

梁小灵掏出邱家宝的相片，递到宿管阿姨面前说："我是他表姐，家里有急事找他。麻烦您看看。"

宿管阿姨接过相片，想了想，笑着骂道："什么邱家宝？这不是邱家平么！还是他表姐呢，名字都没记对。他早搬出宿舍啦。"

梁小灵的脑袋"嗡"的一声，瞬间懵住了：邱家平？他怎么会改名邱家平？她突然明白了，当年同班同学邱家平高考落榜，导致精神失常，隔壁班成绩不怎么样的邱家宝，却考上了大学——原来被顶包了！怪不得邱家宝从来不和她通信，还美其名曰：我喜欢打电话，想听你的声音。

梁小灵心里堵得难受，半天挪不开脚步。往事如飞舞的落叶，在脑海里乱窜。邱家平仿佛就站在跟前，还是那般清俊、腼腆。他们曾经是邻桌，她有不懂的问题，总会写在草纸上，悄悄递给他。他解答后，再递回来。有一次，被数学老师发现了，以为他们在偷传情书。满面怒色冲过来，抢过草纸一看，竟是满纸数学公式。

临近高考前，梁小灵在邱家平递来的草纸一角看到一行细小的字：我可以喜欢你吗？梁小灵的心"扑通扑通"跳开了，她没有回复他。她想等高考结束后，亲口告诉他：我喜欢你，很久很久了。

还没来得及倾诉心声，邱家平精神失常了，梁小灵暗自伤心了很长一段时间。直到两年前的校友会上，邱家宝要了她的电话号码，对她展开猛烈追求，才慢慢打开心结。本以为上天派了王子来拯救她，谁知却是害惨邱家平的恶魔……

梁小灵浑浑噩噩走出校门。"不找他了！把肚子里的孽障打掉。"她对自己说。很快，她又犹豫了，如果回去再打胎，难免会碰见熟人，多丢人！不如在广州做手术。这人生地不熟的，又感觉十分不安。对，找翠翠！她找到一间电话亭，翻出通讯录，拨通梁翠灵工厂的电话。接线员告诉她，现在是上班时间，员工不能接听电话，可以留下联系电话，接线员会抄在公示栏上。

梁小灵决定去梁翠灵厂里找她。她打听好坐车路线，从华南科技大学到梁翠灵的工厂，不到一个小时车程。来到厂门口时，才想起忘记叫接线员写个公告，通知梁翠灵在门外找她。她连忙再打电话，却没人接听了。一看手表，接近傍晚六点了。

厂区不时有人进出，梁小灵接连问了几个人，都没人认识梁翠灵。正彷徨间，一个女孩停下脚步，盯着她看了一会，梁小灵正要发问，女孩问道："你是不是找梁翠灵？"

梁小灵应道："是的。"

女孩迎上来，说："今天是周末，厂里不加班，她回租房了。"

梁小灵问道："她不住宿舍么？"

"才搬出去没几天，房子还是我介绍的呢。我也要回租房，一起走吧？"女孩笑着说，"你是她妹妹吗？长得真像！"

梁小灵羞涩地笑了："我是她三姐。"

面对梁小灵的到来，梁翠灵眼底闪过一丝慌乱，她小心地问道："三姐，你怎么来了？"

梁小灵一边坐下，一边应道："我有点累了，想休息一会儿，晚点和你讲。"

梁翠灵说："我先去烧水。"

梁小灵打开皮箱拿衣服，房门打开了，一个欢快的男声传来：

"亲爱的，我回来啦！一日不见如隔三秋，想死我了！"

梁小灵抬起头，邱家宝惊慌失措地站在门口。她失声问道："你刚才说什么？"

梁翠灵从厨房跑出来，拉住梁小灵说："姐，你听我解释。"

梁小灵环视着租房，门口鞋架上，年前给邱家宝买的翻毛皮鞋，摆在最下层，窗外晾着的几件男装，明显就是他的。她无力地说："我不想听解释，没什么好解释。"

梁小灵上前两步，用力甩了邱家宝一巴掌，骂道："你真不是人！"

邱家宝推开梁小灵，懊恼地骂道："你敢打我？再动手试试？"

梁翠灵连忙拉住邱家宝，小声劝道："有话好好说。"

梁小灵哭喊道："打你？杀死你的心都有！你顶替邱家平上大学！你脚踏两只船！"

邱家宝恼羞成怒："你别乱讲！"

梁小灵泪流满面："我哪句话乱讲？你学名不是邱家平吗？你不是和梁翠灵同居了吗？"

梁翠灵也哭了，说："三姐，你别怪家宝，他也是身不由己。"

梁小灵一把拉过梁翠灵说："翠翠，你跟我回去，远离这种人。跟我回家。"

梁翠灵捂着脸，一屁股坐在地上，哭道："三姐，你不要怪我，别恨我们。"

梁小灵用力拉扯梁翠灵，说："这种品行的人，值得你爱吗？傻瓜！"

无论梁小灵怎么哀求，梁翠灵都无动于衷。

梁小灵拖着皮箱跑出房间，梁翠灵追出来，边哭边问："姐，这么晚了，你去哪儿？"

梁小灵"扑通"一声跪倒在地，哭着说："翠翠，求求你，离开这里，跟姐回去。"

梁翠灵抽噎道："对不起。我没有办法离开他，你原谅我。"

梁小灵缓缓站起来，拼尽全力喊道："翠翠，你早晚会后悔的！"说完，飞快地跑下楼梯。南国的春夜温暖舒适，梁小灵内心痛到窒息，仿佛掉进了冰窟窿，从头凉到脚。她不想在这里多待一分钟，打车来到火车站，买了离尚文最近的火车票。列车一路向北，窗外一片漆黑，梁小灵的内心，充满了迷茫和绝望。

一路舟车劳顿，下了火车赶班车，加上接连两日粒米未进，尚未走出尚文汽车站，梁小灵瘫软在地。工作人员跑过来扶起她，地上血红一片——她小产了！

梁母赶到医院时，梁小灵已经下了手术台，孤零零地躺在病床上。

梁母小声问道："死妹子，怎么搞出这事来？"

梁小灵小声唤道："妈，您怎么来了？"

梁母质问道："是不是邱家那王八崽子干的？他人呢？"眼泪在梁小灵眼眶直打转，她仰起头，努力不让泪水滑落。

梁母咬着牙，低吼道："你倒是说话呀！"

梁小灵摇了摇头说："妈，您别问了。我自己的事，自己承担。"

梁母抹起了眼泪，说："你糊涂啊，快打电话喊他回来，让他看看你受的罪。把身体养好，把婚结了。"

梁小灵捂着脸哽咽道："妈，求求您，别讲了。"

梁母又气又急道："傻妹娃啊，你自己造孽不说，将来怎么找对象？"

梁母生了四个女儿，一向叫人看轻，说她断了梁裁缝的后。好在梁小灵争气，考上大学，吃了皇粮，是全家的骄傲，现在闹出这种事，又免不了叫人嚼舌根。

梁母悲从中来，捂着脸大哭起来。

第九章

梁小灵出院后，决定去一趟秀水村。年轻人大多外出谋生，留守在家的，除了年迈的老人，就是孩子。

梁小灵走过秀水桥，看到几个中老年妇女在茶园摘茶叶。

梁小灵扬声问道："婶娘，邱家平家怎么走？"

喜娥站直身子，问道："妹子，你找他有么子事？"

梁小灵踢了踢脚边的石头，说："我和他是同学，顺路来看看他。"

"他在屋里忙。"喜娥眼底泛起泪光，拎起背篓走出茶园，边抹眼角边说，"难为你还来看他。"

梁小灵不安地说："耽误您工夫了。"

喜娥说："耽误么子，我是他妈。"

刚走进禾场，听到邱家平在背单词，梁小灵惊喜地问道："婶娘，他在复习功课吗？"

喜娥苦笑着摇了摇头道："千万冇要提上学的事。"

邱家平在后院劈柴，昔日清俊的少年，变成反应迟钝的胖小伙。梁小灵喉头一紧，迟疑了片刻，轻声唤道："邱家平，还记得我吗？"

邱家平放下斧头，木然地盯着梁小灵看，没有应声。

喜娥笑着接过斧头说："家平，同学来看你咧。"

邱家平抹了一把汗说："谁家亲戚呀？我没见过咧。"

梁小灵悄悄拭去眼角的泪花，挤出一丝笑容说："我是梁小灵呀。"

邱家平咧着嘴笑道："哦，你姓梁啊。我要劈柴了，闪开一下。"

喜娥招呼梁小灵进屋，说："妹子，来喝茶。"

邱金山在里屋整理账目，他推开房门问道："喜娥，这是哪家妹子?"

喜娥小声应道:"家平的同学。"

梁小灵笑着打招呼:"邱叔叔好,我叫梁小灵,伏龙街上的梁氏裁缝店是我家的。"

喜娥惊呼道:"是梁裁缝家妹娃呀?"

"是咧。"梁小灵呷了一口茶,小声问道:"邱家平突然发病,你们晓得原因么?"

喜娥叹了一口气说:"高考没考好,没想到他这么想不开。还好今年好些了。你看,能帮忙干活了。"

梁小灵的脸色凝重起来,她张望了一下屋外,用小得不能再小的声音说:"你们村的邱家宝,上大学的学名是邱家平,你们不晓得?"

喜娥疑惑地问道:"他用家平的名字,有什么用?"

邱金山惊呆了,半晌才回过神来,他低声喝道:"猪脑壳,除了顶替家平!还有么子用?"

喜娥拔腿朝门外走去:"我去问个清楚。"

梁小灵一把拉住她说:"您现在去问,谁会认账?"

邱金山颓然地坐在椅子上,问:"梁妹子,你从哪儿听说的?"

梁小灵小声应道:"我和邱家平是高中同桌,他成绩比我好很多,我能考上大专,他却落榜了,我总感觉有蹊跷。前段时间到广州出差,去华南科技大学看望老乡,才知道邱家宝改名邱家平了。"

喜娥"哇"的一声哭道:"怪不得家平从学校回来就病了。这帮剁脑壳的!"

邱金山脸色铁青,快步走到大门口,把门关严,闩好,对喜娥说:"哭么子哭,小心家平听见。先想个法子,接下来怎么办。"

喜娥呜咽道:"还能怎么办,告那些狗养的!"

梁小灵应道:"肯定要告,但要先把证据找齐。"

邱金山想了想,说:"这事急不来,先忍一段时间,不能让人看出我们晓得实情。"

梁小灵坚定地说:"证据收集好,来个一招致命!"

在梁小灵的建议下,邱金山拿着邱家平的身份证、户口本,前往华南科技大学，经仔细核查，邱家宝的资料都套用了邱家平的。

邱金山气愤难耐，拟了两份检举状，一份递交华南科技大学，一份递交本省教育厅。

证据确凿，事实清晰，且造成严重后果。省教育厅成立了专项调查组，尚文县教育部门乱了套。邱家宝给梁小灵打来电话，声泪俱下请求原谅。梁小灵冷冷地说："我们之间的事，早就过去了，我不想再提。"

邱家宝话锋一转道："你去过秀水村？"

梁小灵反问道："我去没去秀水村，关你么子事？"

邱家宝说："我们好歹好过一场，你忍心赶尽杀绝？"

梁小灵应道："我听不懂你讲什么。"

邱家宝恼羞成怒道："别跟我装糊涂，有人看见你去过邱家平家。你们到底想怎样？"

"我最近身体不好，请不要再骚扰我。"梁小灵说完，当即挂了电话。

让梁小灵始料不及的是，邱家宝找上门来了。她远远看到他，绕路走开了，邱家宝追上来，不断赔着笑脸说："小灵，你去帮我问问，他们要多少钱，才肯罢休。"

见梁小灵不搭理他，他"扑通"一声跪倒在地，一边抽自己耳光，一边哭道："我不晓得你怀孕了，你受苦了。小灵，我知道错了，你能原谅我吗？"

梁小灵不想外人知道她的私事，低喝道："别在这儿出丑，去外面谈。"说完，朝不远处的月亮河走去。

邱家宝小跑着跟上去，梁小灵小声问道："你怎么晓得我怀孕了？"

邱家宝讪笑道："我妈听医院的人说的。"

梁小灵骂道："你们一家人，真够阴险！"

邱家宝冷笑道："借刀杀人，你也好不到哪儿去。"

梁小灵停下脚步，厉声说："我要回家了，你再跟着我，我就去报警。"

邱家宝从背包内掏出一叠相片，威胁道："你要是不配合，我把这些都贴到伏龙街上!"

梁小灵一看,居然全是梁翠灵的裸照,顿时怒喝道:"这样对待自己的女人,你有没有人性?"

邱家宝"哼"了一声:"你这样对待我,对待我全家,对待恩师,你有没有人性?不用点狠招,我怎么应对?"

梁小灵又气又急:"你想要我怎么配合?"

邱家宝邪笑道:"你去劝邱金山一家,只要他们能撤诉,赔多少钱,我们都愿意。"

一边是亲情,一边是正义,梁小灵不知如何抉择。

过了小半晌,梁小灵开口道:"我可以去试试,他们答不答应,我没有把握。"

"我还没讲完呢。"邱家宝的笑意更深了,"喜娥放出话来,只要我家给她找个吃国家粮的儿媳,帮她家传宗接代,就不算吃太大的亏。至于赔偿款,他们说好商量。"

梁小灵瞪大眼睛问道:"你这话么子意思?"

邱家宝大笑道:"你不是要掺和他家的事么?不如掺和到底,掺和到邱家平被窝里,才算干了件大好事。"

梁小灵怒火中烧,骂道:"你真不是人!"

邱家宝扬了扬手中的相片说:"我无所谓的,大不了不要那学籍,你妹妹就精彩咯,让全世界的男人欣赏、意淫。"他又掏出一叠单据,"还有你,没有未婚夫就去流产,私生活真够精彩!"

梁小灵恸哭道:"不要逼人太甚!"

"我在尚文大酒店616房。随时恭候!"邱家宝扔下一句话,狂笑着离去。

梁小灵在月亮河边坐了许久,接二连三的打击,令原本单纯的女孩心力交瘁,她从随身背包内掏出笔记本和笔,趴在岸边的石块上,写下满满几页纸。

河水呜咽,寒风如泣,夕阳似血。

梁小灵踉跄着站起来,来到农贸市场,买了不少食材、几个饭盒、一瓶高度酒。回到宿舍,做了几个拿手菜,装进饭盒,和酒一起放进背包。她破天荒描了眉,抹了淡粉色唇膏,换上最喜欢的紫色长裙，套上外套，在穿衣镜前转了两圈，哽咽着对镜中人说："亲爱的，你今晚真美。"

梁小灵打车来到尚文大酒店。

听到敲门声，邱家宝喜出望外，急忙打开房门说："小灵，你终于来了。"

梁小灵反手关上门，仰头望着邱家宝，哀怨地说："家宝，我做这一切，都是因为太爱你。我想好了，你要我做什么，我都答应。"

邱家宝又惊又喜，问："你确定想好了?"

两行泪水淌过梁小灵双颊，她悲泣道："我爱你，更爱翠翠。我只有一个条件，你不要伤害翠翠，好好和她过一生，你能答么?"

邱家宝喜不自禁地点头道："我答应，当然答应!"

梁小灵掏出酒菜，哽咽道："离开这个房间，我们就没有任何关系了，喝个告别酒，纪念我们曾经的爱吧?"

邱家宝也动情了，他温柔地拥住梁小灵，轻吻道："小灵，对不起，如果你愿意，我会常回来看你，绝不会让你受委屈。"

梁小灵扑进邱家宝怀里，两人紧紧纠缠在一起，难舍难分。

邱家宝在巅峰中迷茫了，梁家姐妹俩，他分不清究竟更爱谁。或许，他只爱自己。

趁邱家宝去洗澡，梁小灵把他包里的相片、底片都翻出来，塞到内衣里面。邱家宝出来后，她走进洗手间，把它们全都丢进水池泡了一会，捡出来用厕纸包好，扔进垃圾桶。

情到深处嫌夜短，酒至微醺恨杯浅，不知不觉间，酒瓶和饭盒都见了底，邱家宝趁着醉意，想再和梁小灵云雨一番，肚子不识时务地剧痛起来。他呻吟道："你买的菜，是不是不新鲜?"

梁小灵捂着肚子惨笑道："今夜，是你我的告别酒，不能同年同月同日生，却能同年同月同日死，多好，多浪漫……"

邱家宝扑向床头，颤抖着拨通急救电话，求救道："有人中毒了! 尚文大酒店 616! 快……快……"

梁小灵蜷卧在床头，又哭又笑地说："没，没有用了……我把剧毒药放……放酒里了……"

急救中心赶到时，两人早已陷入深度昏迷，医生奋力抢救了好几天，都没有救回来。

警察从梁小灵的遗书中找到了答案，所有谜团迎刃而解。

尚文教育局发生了天翻地覆的变化，凡是参与过邱家平事件的人，都得到了应有的惩罚。曾经风光无限的教育世家——蔡家，成了人人唾弃的过街老鼠。

第十章

几天后，邱家宝的遗体运回秀水村。

第二天，老爷子邱振轩突发心脏病，也撒手人寰。艾香哭得死去活来。

邱家燕坐在凳子上默默流泪，邱高山递给她一张草纸，吩咐道："燕子，照着我写的字，去镇上给你二哥发个电报。"

邱家燕问道："二哥收到电报，再请假回来，能赶上爷爷和大哥下葬吗？"

艾香哭喊道："叫他回来做么子？家里还不够乱？"

邱高山吼道："乱！再乱也不是他惹的。"

艾香匍匐在地，号啕大哭道："谁也不想出事咧……就算我们有错……也不至于抵命咧……我的家宝咧……你死得太冤……"

邱高山大喝道："够啦！这时候还嚎这些，有用么？"

艾香扑过来，对着邱高山又抓又挠，吼道："棺材里躺着的，是你亲爹和亲崽！你有没有良心？"

邱高山边躲边应："你不瞒着我搞那破学籍，能出这些事？"

艾香揪着邱高山的头发悲泣道："不瞒着你，你能让搞吗？我不想家宝扛一辈子锄头……"

邱高山抓住艾香的双手，悲泪双流道："昧着良心做事，害了两个娃娃，你还不思悔改？"

艾香撞向墙壁，声嘶力竭地喊道："天老爷咧……把我也收了咧……我不想活了咧……"

邱高山死死拉住艾香，任由她在他身上撒泼出气。正撕扯纠缠间，蔡槐生骑着摩托来了，艾香扑过去，边行跪拜礼边恸哭道："哥咧……你总算来咧……妹对不住你咧……"

蔡槐生扶起艾香说："你千万不要太伤心，要保重身体，多想想家龙和家燕。"

邱高山给蔡槐生行过礼，边抹眼泪边问："哥，对你影响大不大?"

"我没有参与，能有多大影响? 长远的影响，自然避免不了。不谈了，不谈这个……"蔡槐生挥了挥手，"有没有问过律师，怎么追究梁家责任?"

艾香止住哭声，问道："梁家三妹子也没人了，还能怎么办?"

蔡槐生搓了搓手，说："可以找她父母赔钱。"

邱高山叹了一口气道："家宝对人家两姐妹干的事，也上不了台面，到此为止吧。"

蔡槐生背着手走了几步，说："法不容情，具体怎么弄，法院说了算。"

艾香点头附和："嗯，我看哥说得在理。"

邱高山蹲下身子，怄哭道："我不想搞事，我还要这张脸。也不想家龙和家燕一辈子被人戳脊梁骨。"

丧事办完了，邱家龙没有回来，也没有回信。邱高山急了，发了加急电报到厂里，续了半个月假。

他买了去西藏的车票，前往邱家龙学校一探究竟。几经周折，在医院里找到了邱家龙。

原来，学校开学没几天，班上一名学生，迟迟未到教室。邱家龙安排学生自习，冒着大雪去找寻，在一个背阳的坡底找到了学生。孩子躲避风雪时，不幸被捕兽夹夹住脚踝。邱家龙想方设法掰开捕兽夹，扶着他刚走出没多远，身后的雪墙崩坍了，邱家龙推开学生，自己的半边身子被压在雪墙下，学生拖着伤脚，拼命赶去学校找人施救。送到医院后，邱家龙的命保住了，左胳膊骨折，因冰冻太久，伤口处供血不足，只能截肢处理。

看着黝黑消瘦的小儿子，摸着他缠满绷带的断臂，想起家里接二连三的遭遇，邱高山悲从中来，掩面悲泣。望着苍老憔悴的父亲，邱家龙眼角也湿润了。

邱高山呜咽道："你在这儿太苦了，跟爹回家吧。"

邱家龙应道："我才来了两年，还差三年呢。"

邱高山说："我问过领导了，你这次见义勇为，可以申请提前走。"

邱家龙望着窗外，说："我来的时候，和孩子们发过誓，要带他们到小学毕业，我不能言而无信，伤孩子们的心。"

邱高山静坐了一会，说："你安心养伤，爹陪你几天。"

邱家龙问道："我没让学校通知家里，您怎么来了？"

邱高山干咳一声："你出来后，就没回去过，爹想你了，特地请假来看你。"

邱家龙哽咽道："爹，我收到电报了，家里肯定出事了。"

邱高山掩饰道："就是想叫你回去看看。"

邱家龙知道父亲在说谎——回家看看？也应该是寒暑假才对。他没有追问，在这个家里，他早已习惯了沉默。父子俩相对无言，都安静地坐着。天快黑了，负责护理邱家龙的同事送来晚饭，他对邱高山说："叔，领导给您订了旅馆，吃完饭，我领您过去。"

邱高山说："小伙子，替我感谢领导，这些日子辛苦你了。我哪儿也不去，就在这儿照顾家龙，你也好回去上课。"

第二天一大早，邱高山上街买来猪筒骨，借医院的锅灶炖了一锅浓浓的骨头汤，守着邱家龙一口一口喝完。邱家龙行动上没有大碍，邱高山坚持陪他上厕所，为他打水洗漱、洗脚……

父子俩交流不多，却感到前所未有的温暖、踏实，难得的温馨时光让他们倍感珍贵。

假期转瞬即逝，邱高山快要离开了，邱家龙突然问道："爹，您和我说实话，到底发生什么事了？"

邱高山应道："真没什么事。"

邱家龙的声音哽咽道："爹，只有您，把我当家里的重要成员，您不要瞒我。没有什么能打垮我。相信我。"

邱高山犹豫了许久，艰难地说："你爷爷和哥哥……都不在了。"

对于父亲的到来，邱家龙猜过无数种可能：爷爷或母亲出了状况？父亲身患不治之症？万万没想到，邱家宝会出事。他瞬间一片混乱，完全理不清头绪，内心仿佛被挖去一角，凉飕飕地空洞着，

/ 窑 /

又冷又痛。这么多年来，他确实讨厌他，他们从未有过善意的交流，那种生疏和排斥，仿佛电磁的正负两极，与生俱来、无法排解。

邱家龙递给父亲一包烟，默默披上外衣，走了出去。再回病房时，他手上多了一个塑料袋，里面装满方便食品和饮料。他掏出两千块钱，塞到邱高山手上，说："您出门在外，不要太苦自己。从今往后，妹妹的学费，我出。"

邱高山塞回给邱家龙："钱的事，不用你操心，我还干得动。"

邱家龙瞬间泪流满面："爹，您要是认我这个崽，就收下。"

邱高山拍了拍邱家龙的肩膀，说："好，好！我收下，你好好保重身体。爹妈等你早日回去。"

回东莞前，邱高山放心不下艾香母女，回了一趟家。听说邱家龙断了一条胳膊，艾香不免又恸哭一场。

邱高山把钱递给艾香，沉声道："这是龙伢子给的，叫你不要太节省。"

艾香边抹泪边说："算他还有点良心。"

邱高山仰头喝了一大碗水，抹了抹嘴，说："来日他回来，待他好一点。"

艾香呜咽着应道："不用你讲，我晓得。"

邱高山在家住了一夜，第二天就南下了。不是春运、暑运高峰期，长途汽运站乘客不多。邱高山挑了个靠窗下铺，正想躺下眯一会儿，外面传来吵闹声，他趴在车窗上一瞧，是艾香的堂嫂邹红莲和她女儿蔡佳敏。

邹红莲拽着蔡佳敏的行李袋，哀求道："敏敏，妈求求你，回学校去。"

蔡佳敏掰开邹红莲的手，面无表情地说："说过多少次了，我不会去上学了！你松开！"

邹红莲哭着说："宝贝，你不能耽误自己的前程啊。"

蔡佳敏冷笑道："前程？我还有么子前程？毕业了上哪去？回尚文？叫人看笑话？"

邹红莲抽噎道："你只管安心念书，工作的事，我会想办法。"

蔡佳敏喊道："同学们都知道我家的事，我怎么安心念书？你想

180

办法？你们想的办法，会害死人的。"

邹红莲松开手，无力地说："敏敏，你会后悔的。"

"妈，对不起。您保重！"蔡佳敏丢下几个字，头也不回上了车。

邱高山没脸见她们，连忙侧过身子，扯过毯子蒙头躺下。

汽车徐徐启动，看着母亲越来越小的身影，蔡佳敏趴在窗前哭了。她永远忘不了那一天，一个女同学跑进教室，指着她的鼻子大喊："大家快来看，这就是蔡佳敏，她的家人滥用权职，把考上大学的学生学籍换给亲戚，害得人家变成精神病！现在被人举报，顶替人家上学的学生，又被人下毒毒死了。"

辱骂蔡佳敏的人，名叫田秋霞，是她竞选学生会干事时的手下败将。

蔡佳敏应道："你不要无中生有，血口喷人！"

田秋霞冷笑着抖了抖报纸，说："报纸都登了，你可真会装！"

蔡佳敏一把夺过报纸，瞬间惊呆了，新闻栏详细刊登了伯父和父亲的卑劣行径。一向敬重的亲人，怎会做出如此无耻行径？她趴在课桌上，半天不敢抬头。那些嗤笑声、咒骂声，如小虫般抓挠着她的心。

没过多久，谈了半年多的男朋友提出了分手，蔡佳敏心如刀绞，却没有颜面挽留。一切都变了，她不再是骄傲的教师接班人，宿舍墙上的入学宣言："接过父母教书育人的接力棒，做阳光下最耀眼的园丁，把爱的种子，撒进祖国花朵的心田，是我的毕生追求。"被人画上大大的红叉，旁边写满"无耻""骚货""卑鄙""臭不要脸"等字眼，她成了华中师范大学最大的笑话。辅导员多次开导她，这些都不是她的错，要安心学习。但她还是受不了那些指责和眼光，选择了逃离……

第十一章

返回深圳后，桃红从租客手里收回三楼一个套间，请工匠装修一新。

这是小怜见过的最豪华的房子，全套暗红色实木家具，床上铺着红彤彤的绣花被子，带有热水器的卫生间，素雅的窗帘随风起舞……

搬进三楼的第一夜，勇亮早早冲了澡。小怜一会收拾衣服，一会擦拭茶几，勇亮催促好几次，她才慢吞吞地走进洗手间。小怜洗完澡，还没擦干身子，卫生间的门打开了，她来不及遮挡，勇亮全身赤裸搂住她。她想要挣脱，他迫不及待地咬住她的唇，忘我地舔过她的每一寸肌肤，慌乱间，撞开了沐浴龙头，两人笼罩在温热的水帘下。招架不住勇亮的凶猛进攻，小怜瘫软在他怀中，水流冲刷着他们，幸福一波一波撞击着他们……

两人折腾够了，精疲力竭地回到房间，勇亮拿来毛巾，笑着给小怜擦头发，笑道："没想到我们的第一次，在厕所里淋着水。"

小怜羞红了脸，埋着头笑道："还不是你太猴急！不过还挺浪漫，算是幸福的水帘洞。"

勇亮把头埋进小怜胸前，嬉笑道："我想再登一次幸福的双峰。"

小怜笑着推开他说："别闹了，明天还要早起呢。"

在勇亮的滋润和宠爱下，小怜变得容光焕发，浑身上下散发出迷人的魅力。店里的生意比以前更好了，不少顾客背地里称她为"包子西施"。

小两口每天同进同出，恩爱有加，桃红比吃了蜜还甜。把发面技巧和馅料配方一一传授给小怜。小怜手脚麻利、聪慧机灵，独自操刀的包子，丝毫不比桃红的差。桃红喜不自禁，暗自想道：勇亮行了大运，找了个勤快又旺夫的婆娘。

转眼中秋节快到了，桃红心底犯起了嘀咕：两人同居大半年，小怜的肚皮一点动静都没有？她忍不住悄悄问勇亮："亮亮，你们平时是不是太累了？"

勇亮应道："还好吧，都习惯了。"

桃红试探着问道："小怜是不是避孕了？"

勇亮扑哧一声乐道："没有没有。妈，你真搞笑，这事也打听。"

桃红板着脸说："能不打听吗？你现在的主要任务，不是赚钱，早日给我添个孙子，心里才踏实。"

勇亮小声应道："这事得看缘分，您不要急，我心里有数。"

收工上楼后，勇亮搂着小怜说："亲爱的，我们的夜间运动，要加强了，我妈都急了。"

小怜哭笑不得，皱着眉头问道："你妈这事也要管？"

勇亮笑着说："老人家想抱孙子了。"

小怜一边收衣服，一边应道："喊，结婚证还没扯呢，就想要孩子？"

勇亮惊叫道："你偷偷避孕了？"

小怜撇了撇嘴，应道："随你怎么想。"

中秋节晚上，桃红张罗着碗筷，说："小怜今年满二十了，你们抽空回趟老家，把结婚证扯了吧。"

小怜应道："不是说春节连酒一起办么？"

桃红顿了顿，说："先扯证，不耽误春节办酒。"

小怜犹豫了片刻，说："正想和您说，我这个月有几场考试。"

桃红惊呼道："你考么子试？"

勇亮连忙解释："妈，小怜一直在准备自考，想考大专文凭。"

桃红不屑地说："考么子文凭？在家做生意，不比打工强？"

小怜说："妈，我们还年轻，将来的路长着呢。多学点本领，心里踏实。"

桃红的脸色陡然变了，在这个家里，她向来说一是一，说二绝对不会变三。小怜居然背着自己考学，一向听话的勇亮也没透露半个字。儿子算是白养了，有了婆娘当家，翅膀也硬了，不把自己放眼里了。桃红越想越生气，碗也不洗了，"噔噔噔"爬上阁楼，澡都没有洗，就熄灯歇下了。

没想到自考会惹怒准婆婆，小怜把碗筷洗好，麻利地收拾好店铺，蹑手蹑脚上了楼。她不满地问勇亮："我还想去学电脑呢，你妈会不会也不同意？"

勇亮小声应道："妈妈说得没错，我们开个小吃店，用得到文凭和计算机吗？"

两人观念和想法，完全没在一个频道，小怜十分无奈。她洗好澡，先上床睡了。勇亮上床时，轻轻捅了捅她，没有反应，又亲了亲她，还是没有动静。他小声嘀咕道："就睡着了？"

小怜没有妥协，坚持完成了考试。

桃红对勇亮说："你这婆娘，看上去闷不吭声，主意大得很。我和你讲，该你拿主意时，就不能由着她。"

勇亮嘟囔道："她好学求上进，我也不好拦着。"

桃红拉着脸说："求上进？她想当经理、当厂长啊？女人的心太野，不是好事，到时想管都管不住！国庆节就回家扯证，她要是不肯，让她走。"

勇亮哭丧着脸说："妈，小怜勤劳又上进，您何苦逼我们？"

桃红说："就是要先杀杀她的威风，不然将来你有得气受。"

勇亮使劲刷着炒锅，没有答应，也不敢反驳。让小怜走——比剐了他的肉还难受；母亲的话，他却不敢不听，这么多年来，母亲含辛茹苦把他养大，吃过多少苦，受过多少累，他全看在眼里。

小怜考试回来当晚，桃红发话了："我专门请人算了一下，九月十九那天日子好，大利你们俩。先回家把证领了，酒今年就不办了，等娃娃满月了，保证给你们大办！"

小怜惊呆了，正要追问桃红，勇亮一把拉住她，连声应道："妈，好的，我们都听您的。小怜考了两天试，也累了，我们先上楼休息。"说完，不由分说架着小怜上楼。

进屋后，小怜正要发作，勇亮一把抱住她，对她耳语道："我知道你受委屈了，我们不和老妈计较。好么？"

小怜强压着怒火道："你妈讲的么子话，结婚不办酒，生娃再办？我没听错吧？"

"这是我存了好多年的私房钱，应该有三四万了，今天全都交给你。"勇亮一边哄小怜，一边从钱夹内拿出一张银行卡，"我妈更年期，我们不和她对着干。"

小怜没好气地推开勇亮说："我不要你的钱，滚远一点！你妈压根没把我放眼里。"

勇亮噘起嘴，亲了小怜一口，说："别生气，我的就是你的。日子是我们过，我对你好就行。"

小怜叹了一口气说："你妈管你可真严，钱都自己抓着。儿子还要存私房钱，真是笑死人。"

勇亮嘿嘿嘿笑道："她也是怕我乱花嘛。"

勇亮诚意十足，平日母子俩对她也挺好。小怜思来想去，接过勇亮的卡，笑着问道："结婚后，是听我的，还是听你妈的？"

勇亮嬉笑着搂住小怜说："当然听老婆的。"

看到那鲜红的结婚证，桃红乐开了花，让勇亮开车载她上街。回来后，笑眯眯地递给小怜一个纸袋："小怜，汇两万块钱给你爸。打电话告诉他，到时办酒不用他掏钱，也不用备嫁妆。"

小怜看了一眼勇亮，说："妈，这个钱我不能转交。要给我爸，也该勇亮亲自去。"

勇亮抢过袋子，塞到小怜手上说："妈给你的，你就拿着，废那么多话做么子？"

两人去邮政局途中，看到不远处的空地都被围了起来，不少建筑工人在拉砖，小怜好奇地问道："这里准备修什么？"

一个建筑工答道："修花园小区。"

小怜问勇亮："什么是花园小区？"

"就是带花园的洋楼。"勇亮感叹道，"这么大一片，起码得修十几栋高楼吧？"

小怜张望着路边的街巷，说："不去汇钱了，回家和妈商量一下，不如拿这钱，在这找家店，生意肯定好做。"

勇亮踌躇道："我们就三个人，顾不了两家店的。"

小怜说："你和妈之前两个人守店，再请个帮手，四个人可以守两家。"

勇亮摸了摸头皮，说："和妈商量一下吧？"

听了小怜的提议，桃红当即反对："等你生了娃，哪有精力管店？"

小怜不假思索地应道："可以再招人手呀，您和勇亮各带一个人守店，不正好么？"

桃红不悦地说："你们现在的任务，不是赚钱，晓得了吧？"

小怜坚持道："妈，那边正在开发，我们不抢占先机，将来想开都没办法。"

"才进这个门，就想做我的主？"桃红黑着脸说，"你别想打那两万块钱的主意，要么汇给你爸，要么退给我！"

小怜小声应道："妈，我哪敢做您的主。"

勇亮始终一声不吭，小怜剜了他一眼，问他："你说怎么办？"

勇亮支支吾吾说："还是汇给爸爸吧。"

看到勇亮懦弱的样子，小怜非常失望。更让她沮丧的是，订婚前，婆婆每月按时给她发工资，现在零花钱都舍不得给，小两口没有一点经济自由。想到残疾的父亲、年迈的奶奶和年幼的弟弟，她既内疚又无奈。想用两万块钱买断她和娘家的亲情？怎么可能？

"一定要自强自立，用自己的肩膀，挑起颜家的重担。"小怜对自己说。

几天后，小怜独自去看正在筹建的花园小区，围墙旁立着一块牌匾：馨语苑项目部。生意人对商机的把握很精准，项目部还没筹建好，周围的空铺早已抢租一空。

小怜默默数了数，有装修店、门窗店、瓷砖店、五金店、劳保店、自行车维修店、服装店、鞋店、水果店、夜宵排档、快餐店等，唯独没有包子铺。

小怜唯有叹息："还是来晚一步。"突然，一个念头闪过脑际，嘴角弯出一抹微笑。她对自己说："事在人为，加油，颜小怜，你肯定能行！"

第十二章

吃过晚饭，小怜对桃红说："妈，天凉了，我和勇亮去买几件衣服，您要不要一起？"

"你们去吧，我还要和面呢。"桃红从腰包内掏出两百块钱，想了想，又掏出两百，递给勇亮，"给小怜挑两件好看点的外套。"

走出店门，勇亮不解地问道："前几天我说去买衣服，你死活不肯，太阳打西边出来了？"

小怜笑了笑，没有应声，快步朝前走去。勇亮追上来问道："超市在那边呢，你葫芦里卖么子药？"

小怜应道："等下你就晓得了。"

两人来到馨语苑对面，小怜朝一间大排档走去。尚未到吃夜宵的高峰期，老板正在看电视。勇亮恍然大悟，笑着说："晚饭没吃饱？你早说嘛。"

小怜走进店铺，笑嘻嘻地和老板打招呼："老板好生意呀。"

老板起身招呼："两位要吃点什么？"

小怜看了一眼勇亮，问："你想吃什么？"

勇亮愣住了，应道："不是你想吃么？"

小怜笑着说："来一份炒田螺吧。"

趁老板炒螺的功夫，小怜和他聊开了："老板，您这儿几点到几点开档呀？"

老板答道："一般下午四点到清早四五点，赚的都是辛苦钱。"

小怜点了点头道："是挺辛苦的，您这一个月租金多少？"

老板犹豫了一下，应道："不便宜，一千二百块一月呢。"

小怜附和道："还真不便宜，工厂上一个月班，还赚不到这么多。"

老板边颠锅边说:"可不是嘛,压力大呢。"

小怜试探着问道:"老板,如果早上租您店铺用,可以么?"

老板不解地问道:"就租早上?用来做什么?"

勇亮明白了小怜的意思,应道:"卖包子。"

老板把田螺端上桌,拖来一张凳子坐下:"卖包子得早早就过来包,时间上有冲突。"

小怜笑着说:"我们有地方包,只放一套炉灶和长桌,您看收多少租金?"

老板开了一瓶啤酒,一人满上一杯,说:"这样的话,我不营业的时间,都可以给你们用。租金一人一半,怎样?"

小怜端起杯子,说:"大哥,我也用不了那么长时间,再讲我是小本生意,赚不到多少钱,您空着也是空着,便宜点给我们,三百五!"

老板和勇亮、小怜碰了一下杯,一口气喝下去,说:"这样吧,四百,四季发财!"

小怜也一饮而尽,笑着应道:"好,就这么说定了。"

小怜如实向桃红汇报情况,她搓了搓手,小声说:"妈,我们在家包好蒸熟,勇亮开车送过去,他再回来帮您。我卖完就回来,也不耽误卖粉。要是我怀孕了,还请不到人,就把那边退掉。"

小怜不仅头脑灵活、善于变通,考虑得也很周全,桃红十分欢喜,却丝毫没有表露出来,只是应道:"你们都谈好了,我还能讲么子?去买套炉灶,多备些料吧。"

开业第一天,勇亮送了十屉包子和馒头过去,小怜一个人守在那里,九点不到就卖光了。原来工地好多建筑工来自北方,都喜欢吃面食。桃红高兴得合不拢嘴,笑道:"好好,明天再多做十屉。"

接过小怜递过来的钱,桃红想了想,又塞回给她说:"你两边跑,也挺辛苦的,以后那边收的钱,你们自己存起来。"

小怜推辞道:"妈,我们没有篡您权的意思,这个家,还得您来当。"

桃红笑着说:"不是全归你收,进货也要出钱的。"

勇亮一把抢过来,嬉笑道:"都不要是么?给我!"

第二个月，小怜的营业额和老店持平了，桃红说："下个月，轮到你进货了。"

小怜笑着应道："我也是这么想的。"

勇亮开车带小怜去菜市场进货，先去干货区买了面粉、豆子、豆沙等，再去肉类区买猪肉。档主是合作多年的老宾主，未等他们开口，他拎出一个大大的黑色袋子，扔上秤，随即伸五个手指，说："老价格，一百块。"

小怜不免有些吃惊，暗自想道："这么大一袋，起码有几十斤，这么便宜？"

勇亮边付钱边说："还是麻烦帮忙绞碎，谢谢。"

档主开启绞肉机，朝斗内丢了几块暗红色碎肉。小怜愣住了，拉开袋子一看，质问道："老板，这都什么乱七八糟的？"

档主紧紧捂着袋子，紧张地问勇亮："她不是和你一起的？"

"不好意思，是我老婆。"勇亮边答应边拉开小怜，"你别瞎嚷嚷。"

小怜气愤地说："这么难看的肉，能吃吗？"

勇亮低声应道："配上酱料就好看了，怎么不能吃。"

档主松了一口气说："老板娘，食堂、快餐店都抢着要，要不是和红姨熟，能一个电话过来就留给你们？"

回店途中，小怜越想越恼，质问勇亮："你们这么多年，一直这样赚黑心钱？"

勇亮不屑地说："怎么讲不清了？你去看看，哪家包子店不是这样搞？老板都说了，人家抢着要呢！"

小怜瞪大眼睛说："疙瘩肉、带毛肉、臭肉，你吃给我看看？"

勇亮解释道："你想多了，我们自己吃的，没用这种肉。"

小怜刹那间明白了，怪不得每天早上，婆婆会单独端出一屉给全家吃，原来大有文章！她叹了一口气说："昧良心的事，我可做不来，从明天开始，我那边不卖肉包子和小笼包了。"

勇亮赔着笑脸道："别闹了好不好？你要相信妈的手艺，什么肉都能调成美味，肉包子是她的招牌，你不卖肉包子，不是打她脸吗？"

小怜反问道："吃坏人何止是打脸?"

勇亮忍不住笑道："都卖多少年了,没见吃坏过人。"

小怜说到做到,第二天当真拿肉包子和小笼包去分点。

起初桃红没有发觉,卖到一半才感觉不对劲,勇亮支支吾吾道出小怜的质疑。桃红骂道："哪来这么多鬼名堂?她以为家当都是大风刮来的!"

下午小怜回来时,桃红板着脸问道："看你这架势,是想自己单干了?"

小怜边整理蒸笼边说："妈,这可是您说的。"

桃红扔掉手上的抹布,大声吼道："勇亮,你说,你是要娘老子,还是要婆娘?"

勇亮吓得菜勺都掉落在地,慌忙走过来劝道："妈,您消消气,小怜和您开玩笑呢。"

桃红推开勇亮,怒骂道："开玩笑,光卖花卷、馒头、豆沙包,像是开玩笑吗?"

小怜应道："我想了一上午,可能我们都没错。"

桃红拍着胸脯说："我都昧良心了,还没错?"

小怜放下蒸笼,小声应道："妈,您别动气。要不就按您说的,您按您的做,我按我的来,亏了我自己认,好不好?"

桃红气得全身发抖,扶着桌子坐下来哭道："造的哪门子孽?讨了个造反派回来。"

勇亮推了小怜一把说："看你把妈气的,还不快认错。"

小怜端来一杯茶,递给桃红说："妈,我不该说店里赚昧良心的钱,但我也不想卖烂肉包子。您和勇亮商量好,我先上楼了。"

傍晚时分,勇亮推开房门走进屋,小怜在书桌前温习功课。他轻咳一声,小怜转过头,问道："准备怎么处置造反派?"

勇亮瓮声瓮气应道："还能怎样?你赢了呗!"

小怜仰起头,笑着说:"妈不生气啦?"

勇亮叹了一口气说:"妈说了,你真想单干,就不要我们帮忙,有困难自己想办法。"

小怜笑着应道:"好咧!"

初生牛犊不怕虎，说干就干。小怜买来一辆脚踏三轮车，在门前人行道上练习了一上午，下午去菜市场买了新鲜五花肉及其他物料。

凌晨两点不到，小怜就起床了，她哼着歌谣忙碌着，桃红在阁楼上小声骂道："这么早起来，我还以为进野猫了。"

小怜笑着应道："妈，不好意思啊，吵到您瞌睡了。"

第一屉肉包子出笼了，勇亮抓了一个来尝，他看了一眼小怜，又看了一眼桃红，笑着说："手艺跟妈比，还是差了一点，不过应该能卖掉。"

小怜问桃红："妈，您尝尝？"

桃红摆了摆手说："吃了十几年包子，我现在一吃就反胃。"

小怜拿起一个，轻轻咬了一口，肉香浓郁、鲜甜耐嚼，口感明显比之前的要好。她心里有了底，把蒸笼搬上三轮车，勇亮喊道："你还没骑顺呢，还是我送吧。"

小怜边码蒸笼边说："一回生二回熟，不能总让你送。"

小怜整齐地码好蒸笼，再用绳子固定好，小心地扶住龙头，勇亮帮她把车推上马路，看她歪七扭八拐过弯道，倒吸了一口气说："幸好天色还早，不然这技术怎么上路？"

桃红应道："先让她犟几天，等吃够苦头，就晓得回头了。"

小怜来到夜宵档前，额角渗出细密的汗珠。她擦了一把脸，忙着下车搬蒸笼，燃炉子，没多大一会儿，就有熟悉的建筑工过来了。

一个大叔吃了一口肉包子，笑着问道："姑娘，你家换师傅啦？"

小怜笑呵呵地应道："大叔，不合胃口吗？"

大叔大笑道："好吃！香！我得多给你宣传宣传。"

这年春节前，小怜拼命干了大半个月，销量越来越大，利润却比之前还要少些。勇亮看她坐在书桌前算账，问道："赚了多少呀？"

小怜应道："在我的预料之中。"

"也在我的预料之中。没往常赚得多吧？"勇亮笑了，"依我看，还是和我们一起搞，瞧你忙得傻包一样，何苦呢。"

小怜把钱分类清点好，用皮筋绑起来，塞进挎包内，坚定地说："相信我会越做越好。"

第十三章

馨语苑的楼房越修越高，小怜的包子铺越来越红火。她请了一个帮工，把汤粉、炒粉也做起来了，虽然每天四点前要准时收工，收入还是很可观。

馨语苑售楼大厅装修一新，来了不少青春活泼的售楼员。

这天中午，小怜正在烫粉，门口传来惊呼声：“颜小怜！”

小怜抬头一看，居然是蔡佳敏！她丢下漏瓢，惊喜地问道：“你怎么来深圳啦？”

蔡佳敏笑嘻嘻地说：“我都来两年多了。”

“你不是在华中师范上学么？”小怜更加迷糊了，“又考来深圳啦？”

“除了上学，我就不能做别的么？”蔡佳敏指着自己的工牌，说，“诺，我在馨语苑上班。”

小怜捂住嘴，惊呼道：“我的天啦，你也退学啦？”

蔡佳敏搂住小怜说：“世事无常，别来无恙？”

小怜眼眶湿了，沉声道：“想吃点什么？随便点。”

蔡佳敏歪着脑袋想了想，应道：“好久没吃家乡米粉了，来一碗！”

小怜脆声应道：“好咧。”

小怜端来的大碗内，臊子比米粉还多。蔡佳敏噘着嘴说：“你这是喂猪吗？”她尝了一口粉，伸着大拇指说，“手艺不错哟！”

小怜不解地问道：“好好的书不念，跑出来打工？到底怎么了？”

蔡佳敏小声应道：“我们家发生的事，你没听说么？”

小怜抿了抿嘴，说：“听说了，但不关你的事，何苦跟自己的前程过不去？”

蔡佳敏长长嘘了一口气："我对亲人和知识都失望了，真的！不想在他们的阴影下活一辈子，相信凭自己的能力，也能闯出一番天地。"

小怜纠正道："知识没有错，有知识才会更有前途。"

蔡佳敏苦笑道："那场变故，颠覆了我的一切，身边人看我的眼光，全都变了。"

小怜握住她的手说："我能理解你的苦衷。"

蔡佳敏经常来小怜店里吃粉，还介绍不少同事过来。放假时，等小怜收档后，两人相约逛街，去书店蹭书看。

小怜屡次晚归，桃红难免心生疑虑，悄悄对勇亮说："你们在一起都两年多了，一直也怀不上，她心思是不是没在你身上？最近总是很晚才回来，你也不管管？"

勇亮说："她和老同学去玩，您别瞎想。"

桃红翻了翻眼皮，说："不听老人言，吃亏在眼前。多长个心眼吧，傻宝崽。"

馨语苑售楼员小何也常来小怜店里，这天她吃完粉，突然问小怜："老板娘，蔡小姐没带您去看我们的房子么？"

小怜应道："我哪有钱买房子？"

小何认真地介绍道："现在是认购期，首付不要多少钱，总价也不高，小户型十几万，大户型三十万出头。最低两万块钱，就能认购一套，蔡小姐自己也买了呢。"

小怜惊呼道："难道不用全部付款？"

小何笑着说："有钱当然可以付全款，大多数都是先交预付款，再补齐首付，剩下的去银行贷款，银行每月从银行账户扣钱，房子一建好，就归你了。"

小怜想了想，说："我家有栋小楼房，应该不会考虑买房。"

小何说："现在买商品房，送深圳户口，有了户口，将来孩子上学就方便啦。"

对于一心想跳出农门的外乡人来说，深圳户口有着非一般的吸引力。小怜回家后，向勇亮提出了想买房的想法，勇亮不屑地说："家里房子不够住？你癫了吧？"

小怜应道:"买房送户口,到时孩子能上公办学校了。"

勇亮摸了摸脑袋,问道:"一套房子多少钱?"

小怜说:"小一点的十几万,三十几万的也有。"

勇亮犹豫着说:"我们也没钱呀,问妈要的话,非骂死不可。"

小怜解释道:"可以不用付清,先交一部分,剩下的贷款。"

勇亮试探着问道:"我们存到多少钱了?"

小怜笑着说:"加上你之前的,差不多十万块。"

勇亮说:"不就想要户口吗?买套最便宜的!"

得知小怜想买房,蔡佳敏笑着说:"我不好意思向你推房子,怕你误会我光想赚钱。"

小怜笑着挽起蔡佳敏的胳膊,问道:"我是那样的人吗?"

蔡佳敏说:"我买了一套两房,如果你相信我的眼光,就和我同一栋吧!"

蔡佳敏虽然才做地产两年多,业绩比很多老职员都好。每到一个新楼盘,同事们还在寻找周边美食、购物街,她却在用心研究,开盘前就对户型、结构、朝向、周边环境都了如指掌。她儒雅的气质、灿烂的笑容和得体的谈吐,加上专业分析和合理化建议,很容易得到客户认可。

蔡佳敏带小怜夫妇去施工现场看房,小区很大,有十几栋六至八层高楼,有些快封顶了,蔡佳敏买的房子在三楼,小怜看过后,说:"我们选二楼吧,将来婆婆年纪大了,爬楼不用太辛苦。"

蔡佳敏小声问道:"就两房而已,你还想和婆婆一起住?等她老得爬不动楼了,说不定早换大房子了。"

小怜笑道:"哪有这么容易。"

听说蔡佳敏能申请内部价,勇亮说:"先看看吧。"

小怜问道:"带妈过来看一下吧?"

听说勇亮想买商品房,桃红问道:"你们应该看中了吧?"

勇亮吃惊地问道:"妈,你是神算子吗?"

桃红撇了撇嘴说:"你们哪次不是决定好了,再通知我的?"

勇亮讪笑道:"决定权还是在您手上。"

听说买房送户口,桃红说:"买吧。"

勇亮欢喜地应道："要您把关才行呀。"

几天后，桃红和勇亮去馨语苑转了个遍，她问蔡佳敏："你和小怜是同学？"

蔡佳敏应道："是的，阿姨。"

桃红说："你说的那个两房，哪够住啊。最少也要三间房，到时生几个娃，男男女女能住一屋？"

蔡佳敏笑道："阿姨说得对！"

桃红挑中蔡佳敏楼下的三房。当天就付了预付款，她对小怜和勇亮说："勇亮就是没有本地户口，才耽误了学习。这个首付我来出，贷款就归你们还了。"

小怜笑着说："谢谢妈妈。"

桃红说："谢么子？房子搞好了，有人住才好。"

勇亮笑嘻嘻地应道："我们知道啦。"

桃红瞟了勇亮一眼，说："光会翻嘴皮子，有么子用？"

回到家后，桃红对勇亮说："我找人算过了，馨语苑朝东的房子人财两旺，比我们这栋小楼的风水好，房子拿到手就装修吧，你们好快点搬过去。"

勇亮焦急地说："您不搬过去？"

桃红应道："我就住这边，方便干活。"

勇亮说："我住那边也不方便呀！"

桃红笑着说："你开车来回，不是挺方便？"

勇亮也笑了："我开车方便，您坐车不方便？"

桃红有些恼了，说："少跟我油嘴滑舌，还管起我来了？"

房子交付后，蔡佳敏约小怜一起找设计师策划装修，小怜说："我婆婆会找人搞，我就不管了。"

蔡佳敏吃惊地说："说好给你们两口子住，装修还不能自己做主？"

小怜应道："我也不懂装修，只要能住人就行。"

蔡佳敏说："我的第一套房子，一定要装成想要的样子。有了房，就有了家，心里才踏实。"

小怜笑道："找个好对象，就完美了。"

蔡佳敏望着高远的天空，幽幽地说："工作和房子才是我心仪的对象，男人？去他个大头鬼。"

小怜劝道："不能因为一个负心人，就否定所有男人。"

蔡佳敏苦笑道："需要多好的运气，才能碰到好男人？"

国庆后，小怜和蔡佳敏的房子装修好了，户口也迁过来了。两家在元旦前搬进了新居。蔡佳敏家的欧式装修高贵、典雅；小怜家的中式风格庄重、内敛。

春节快到了，小怜这天收档回家，蔡佳敏来找她，叫她上楼看点资料。她打开电脑，点开一个图片，说："我在广州上班的校友发来的，他女朋友上班的医院，发现一种特别诡异的呼吸道传染病，医生都束手无策。我在论坛也看到过，但那些帖子很快就找不到了。事情太诡异，我不准备在深圳过年了，今天刚请了长假，回家避一段时间。你也和家里人商量一下，回乡下更安全。"

小怜将信将疑地说："从来没听说过这种病呀，造谣的吧？"

蔡佳敏打开手机说："这是他发的短信，他从来不会乱讲话的。你就算不回家，也不要开门营业了，安全第一。"

小怜想了想，说："如果真有危险，新闻肯定会放的。"

蔡佳敏无奈地说："别傻了，全都知道了，就来不及了。"

小怜应道："广州离深圳这么远，应该没事吧？"

蔡佳敏喊道："拜托把你上学时的脑子重新开启。听说比肺结核还恐怖！明白了吗？打个喷嚏都会感染的！"

感觉蔡佳敏不像开玩笑，小怜意识到了事态的严重性，和勇亮商量全家都回老家避一避。他不屑地说："你们这空穴来风，就搞得兴师动众，不是很搞笑？"

小怜不安地说："佳敏校友说消息千真万确。"

勇亮大笑道："还记得小时候日本的绝育药水么，传得那么真，不也是谣言吗？"

小怜犹豫了片刻，说："这可是性命攸关的事，还是宁可信其有吧。"

勇亮冒出一句："她让你关门停业，是嫉妒你赚钱比她多吧？"

小怜不满地应道："佳敏才不是这种人！"

勇亮连忙说:"好,好,我们和妈商量一下。"

在这个家里,无论发生什么事,勇亮都要先征求母亲的意见,不管对错与否,母亲的话都是圣旨。小怜的大专文凭考到了,电脑操作也学会了,却懒得告诉他们,免去许多口舌烦恼。没有共鸣的夫妻生活,让小怜倍感压抑。多数人都认为,是小怜高攀了勇亮。不对等婚姻衍生的轻蔑和无视,是幸福的绊脚石,吞噬着努力堆砌起来的爱。

第十四章

随着春节临近，回家乡过年的人越来越多，包子铺的生意冷清下来，全家不准备回乡过年。勇亮把传染病的事讲给桃红听，她满不在乎地说："人家生病，关我们么子事？"

勇亮应道："小蔡说这个病传染性特别强，她早就请假回了尚文，暂时不回深圳了。"

桃红惊叫道："这个蔡妹子，真是一点规矩都不懂。哪有不在新房子过年的？也不怕走霉运？"

勇亮说："谁知道呢？反正我们正月里生意也不好，不如先在新屋过年，正月初二三开车回去，万一她说的是真的，在老家待着也安全。"

桃红说："就算广州有，政府也会管控好，还能传到深圳来？快搞好卫生，还要去办年货呢。"

勇亮小声应道："万一传过来了呢？"

桃红骂道："阎王叫你三更死，还能留你到五更？人命自有天注定，瞎担么子心？"

刚过完新年，不少街坊开始抢购板蓝根和白醋，据说都能有效预防传染病。

桃红顿时慌了，马上叫勇亮和小怜去买。两人来到超市，一瓶普通白醋居然卖十几块钱，勇亮准备打电话问桃红。眼看货架上的货越来越少，小怜眼疾手快，抢了六瓶放进购物车，她大声对勇亮说："别磨叽了，我们分头行动，你去结账，我去药店！"

两人拎着物资回到店里，桃红紧张地问道："怎么样？都买到了吧？"

小怜气喘吁吁地说："买到了，价格都涨到天上去了。我还买了几包口罩。"

桃红不满地说："没人说要买口罩，你花那冤枉钱做么子？"

小怜应道："肺病打个喷嚏就能传播，戴着口罩更安全。您想想看，戴着口罩卖包子，顾客也更放心。"

桃红不安地说："菩萨保佑，千万不要传到深圳来！不晓得我们这里有没有？你们要注意打听，要是有了，我们就不要开门了。"

勇亮附和道："好，就当给自己放个假。"

几天后，有消息称深圳有人感染了，工厂上下班开始测量体温，全民防疫宣传工作开展起来。

上街的人比平时少了许多，大多数店铺的生意都不如从前。

小怜和帮工每天开门都戴着口罩，生意居然没有太大影响，桃红起初觉得戴口罩太麻烦，听勇亮说小怜生意还不错，才跟着效仿。

一个多月后，香港出现聚积性医护人员感染。街坊们更慌张了，街道也进入紧急状态，加大了宣传、检疫力度。

四月中旬的一个下午，桃红打电话给小怜，焦急地说："小怜，不好了，我们这条街，有个人染病了，和他有来往的人，都给关起来了！快给你爹打电话，我们回乡下避避。"

小怜淡定地应道："妈，如果春节回乡下，我十二分赞成，现在都在扩散了，我们再回去，是把风险带回家呀。"

桃红几乎要哭了，说："我们又没有病，对吧？你看，你、亮亮、我，都没有咳嗽，也没有发烧，对吧？"

小怜无奈地说："妈，我们可能都没问题，但深圳现在有不少病例了，我们的车要经过广州吧？要加油吧？这都是潜在危险。"

桃红怒骂道："哪来那么多歪理！我和亮亮没亏待过你吧？现在大难临头，你推三阻四，你娘家人的命值钱，我们的命就不值钱？"

小怜也急了，说："我不是这个意思，我觉得，大家都不乱跑，病才不会传播得那么快。"

"你不跑，人家会跑啊！"桃红哭喊道，"你良心叫狗啃了啊？我是老了，亮亮还年轻啊！可怜的亮亮，一儿半女都没得……"

小怜连忙打断她："妈，您别急，我打电话问一下家里情况。"

颜青山对小怜说："我们县也有这个病了，是从广州跑回来的，搞得大家都不敢出门。村头的桥也堵了,前几天陈运水一家开车回来,村干部把他们劝走了,路边那些店子,一看广东的车牌,都不让他们下车,又饿着肚子下广东了。现在不管是广东,还是别处回来的,都不让进村。"

桃红哪里听得进这些,认定颜家没把她和勇亮放在眼里,才编了理由来搪塞她,跑到小怜这边大发脾气,差点把锅灶都砸了。

小怜气得直哭,说:"是村长说的,您要是不相信,我把他电话给您,你自己打电话问。"

桃红拧了一把鼻涕说:"村长是你家堂叔,当然帮你家说话!"

小怜也提高了嗓门说:"那您去问艾香婶,问县上的人,何苦揪着我家不放?"

桃红这才息了声,气呼呼地走了。勇亮收档回家时,搬回几袋大米,两大箱肉菜、水果,他对小怜说:"妈说从明天起,不开档了,都在家休息。"

小怜问道:"怎么不接她过来?"

勇亮苦笑道:"才砸了你的场子,哪好意思来?"

小怜边整理东西边说:"一码归一码,我们小区只开放一个出入口,保安又管得严,比老屋那边安全得多。明天我去给她开张出入证,你接她过来吧。"

第二天一大早,勇亮开车去接桃红,她死活不肯走,勇亮哀求道:"妈,小怜让我来的,您就跟我过去吧。"

桃红不屑地说:"她让我过去?电话都不打给我?"

勇亮哭笑不得:"她早饭都没吃,就去给你开出入证了,哪有工夫打电话?"

母子俩正僵持着,小怜过来了,她顺手把卷帘门拉下,问道:"还没走呀?"

勇亮没好气地问道:"你怎么来了?"

小怜笑着说:"妈,您把身份证拿给我,开出入证要用。"

桃红别过身子,说:"办么子出入证,我又不过去。"

小怜说:"您一个人在这边,又不能开档,还要单独开伙,何必呢?"

桃红冷笑道："老了，不中用了，伙食费还掏得起。"

小怜转身对勇亮说："既然妈不愿意过去，我先过去开档了。"

桃红跳了起来，骂道："你疯了吗？这时候还开档？"

"您都不害怕，我这么年轻，身体又好，怕么子？"小怜边往门外走边说，"刚才过来的时候，看到好几家早餐店没开门，正是拉顾客的好时候。"

桃红急了，边上楼边说："等我一下，我拿几套衣服！"

勇亮把店里的粮食、菜蔬都搬上车。桃红惊呼道："楼上的鸡怎么办？"

勇亮笑着说："还能怎么办？总不能天天过来喂吧？杀了呗。"

勇亮和桃红上楼抓鸡，小怜打开炉灶烧水。三人忙活半天，把十来只鸡全处理了。

桃红抹着眼泪说："你们结婚后，我就多养了几只母鸡，想着小怜生了，坐月子有老母鸡吃。"

小怜小声劝解："妈，你别难过。"

桃红抬起头，说道："小怜，你是个好妹子，什么事都让着妈，妈心里清楚。你们平时太累，顾不上好好过日子，妈也能理解。趁这段时间有空，妈给你们补补，好好努力。"

勇亮尴尬地笑道："妈，快点收拾，我们还没吃早饭呢。"

桃红拍了拍脑袋说："哎呀，怎么不早讲？我现在就煮，现成的鸡血，煮粉丝吃好得很。"

搬到馨语苑后，桃红每天变着花样做美食。每天吃过晚饭，她就催促小两口进房间。每晚的厮守亲热，只为完成母亲的心愿，小两口既尴尬，又无奈。

然而，却并不能尽如人意，直到疫情结束，小怜的肚皮仍然没有任何变化。

桃红脸上又挂不住了，把两口子叫到客厅，说："反正也关档这么久了，迟两天开门也无所谓。你们都去医院检查一下，看是不是身体有毛病？"

勇亮小声嘀咕道："妈，我们身体都好得很！"

桃红严肃地说："好得很？能种了几年地不长一棵苗？不是种子

有问题，就是地不行嘛。"

小怜扑哧一声笑了，说："妈，您可真逗。"

挨不住母亲的软磨硬泡，勇亮开车载全家去医院检查。

当天就出了结果，勇亮没有一点问题，小怜因盆腔炎引发输卵管阻塞，导致受孕困难。

桃红焦急地问道："医生，她年纪轻轻的，怎么会得这种病？"

医生看了看 B 超单，说："从检查结果来看，应该是产后护理不当引发的炎症。"

桃红脸色一沉，一声不吭朝门外走去。

勇亮迎上来，紧张地问道："妈，您怎么啦？我们有病治病，您千万别动气。"

桃红黑着脸应道："你去问她，之前干过么子好事！"

小怜踌躇着走出门诊室，脸上红一阵白一阵，小声说："我也不是故意隐瞒的。"

勇亮问道："你们都怎么啦？有话也不明说，想急死人么？"

小怜咬了咬嘴唇，艰难地说："我在东莞上班时，上了表姐和她男朋友的当，生过一个女儿，还没满百天，就被他们抢走了。"说完，她瘫坐在椅子上，掩面悲泣。

如同一记惊雷，在勇亮头顶炸响，他扶住墙壁，无力地说："那，那医生……有没有说？还能不能生？"

桃红怒喝道："输卵管都堵了，怎么生？不要脸的骚货，就算能生，我也不要！"说完，大步朝外面走去。

看着梨花带雨的妻子，望着渐行渐远的母亲，勇亮捶着自己的脑袋，一筹莫展。桃红停下脚步，大喊道："还不快死过来，要看她演戏演到么子时候？"

小怜慢慢踱出医院，勇亮的汽车早已无影无踪。迎面走来的人们，脸上洋溢着劫后余生的欢欣。头顶的凤凰花红火艳丽，像一团团胜利的火炬，和庆祝抗疫胜利的条幅相互辉映。

小怜漫无目的地走着，心底的伤疤又被撕裂，痛过后，就麻木了。

命运之神啊，你何时才能放过这个努力、善良的女孩？

窑

第一章

勇亮追出门诊楼，桃红怒气冲冲站在车边。他快步走过去，小声问道："妈，等等小怜吧？"

桃红大声说："开门！开车！"

勇亮一边发动汽车，一边小声说："就这样走了，不太好吧？"

桃红骂道："你是猪脑壳啊！人家早当娘了，还护着她？如果那孩子找过来，你养？她的病治不好怎么办？回去就把门锁换了，不让她进屋！马上领她回尚文，早点离了，再找个好的。"

勇亮也气愤难耐，窝了一肚子火，却没想过离婚。见小怜那天起，他就深深喜欢上她，她顾家、肯上进、识大体、能吃苦，和那些好吃懒做、整天逛街扮靓的女孩相比，不知要强多少倍。虽然也会发点小脾气，但不会不讲理。和她在一起的每一天，让他感觉温暖安定。真要和她分开吗？他突然感觉心里空荡荡的，没有了着落。

汽车经过一间五金店，桃红说："停车，下去买把锁。"

勇亮一脚油门踩下去，桃红破口大骂："你耳朵聋了吗？"

勇亮没有吭声，径自把车开到老店楼下，桃红火冒三丈道："你翻了天啦？"

勇亮咬了咬牙，说："妈，我一直都听您的话。我知道是小怜不对。这次，我想自己解决。"

桃红暴跳如雷，吼道："你脑壳叫门夹了吗？"

勇亮应道："刚才想了一路，我真舍不得她，就算她千错万错，至少她结婚后没有对不起我。求求您，给她一次机会，给我们一次机会。好吗？"

桃红痛心疾首道："傻宝崽唉，你是不撞南墙不回头啊！"

勇亮说："妈，您先回店，让我一个人待会儿，好吗？"

桃红叹了一口气说："你一定要考虑清楚，别犯糊涂，晓得了吧？"

勇亮驱车来到医院，早已不见小怜的踪影，他拨打她的电话，一直无人接听。他调转车头回家，家里也空荡荡的。勇亮吓坏了，接连打了几次电话，都没有接通。他坐在沙发上，焦急万分：是不是刚才母亲的话太狠了，她受不了刺激，想不开？应该不会，估计是不敢面对自己……越想脑袋越乱，索性发了一条短信给她：老婆，告诉我你在哪儿，我去接你。

夜幕降临时，勇亮的手机终于响了，是小怜的短信：我换了一家医院复查，还是一样的结果，我办理了住院手续，你不用管我，照顾好妈，无论什么结果，我都能接受。对不起。

心中的石头终于落了地，眼泪瞬间涌出勇亮的眼眶，他飞快地回复道：在哪家医院？我马上过去照顾你。

小怜回道：趁这个机会，我们都冷静一下。谢谢你。

听说小怜自己去做手术了，桃红冷笑道："趁还没赶她走，先治好自己的病，真不简单呢！"

勇亮兀自说："我打电话给小何说了，让他来你这边帮你，等小怜出院，我和她守那边。"

桃红无奈地说："要和我分家吗？你真不肯听妈妈的话？我不会害你的。"

勇亮应道："妈，我晓得，我相信小怜也不会害我。"

小怜出院那天，勇亮开车去接她。生活仿佛恢复了平静，却不复平静。

小怜和勇亮每天同出同进，蔡佳敏取笑道："几个月没见，变得这么恩爱了？"小怜笑了笑，岔开了话题。

勇亮虽然一直告诫自己，不要在乎，不要在乎！可每次亲热时，脑海里不自觉臆想着陌生男人趴在小怜身上的场景，动作不自觉就粗暴起来，小怜自然感觉到他的变化，唯有默默承受。

有些罅隙一旦出现，就永远横亘在心底，怎么都无法跨越。

国庆节前，夜宵店老板突然通知小怜夫妻，他准备二十四小时营业，店铺不能继续合租了。

小怜撤场后，夜宵店老板请来几个帮手，经营起了包子、汤粉生意。

勇亮气得在家直骂娘，小怜劝道："本来就是人家的地盘，没什么好气的。"

馨语苑的熟客碰到小怜，忍不住问她："老板娘，你还不快点找个租面，你之前那个档口，卖的包子哪有你做的好吃。"

小怜笑着应道："应该差不多吧？"

听说小怜在找店铺，蔡佳敏打电话跟她说："我们小区二期三期都卖完了，售楼大厅准备重新装修，分成几个铺面出售，要不要考虑买一间？如果想要，我帮你通融一下，让他们隔一间你想要的面积。"

小怜说："二三十平方就差不多了。会不会很贵？"

蔡佳敏说："放心好了，还给你申请内部员工价。"

原售楼处就在小区门口，位置比之前合租的铺面好得多。小怜和勇亮一合计，他们的存款，交首付绰绰有余，小怜说："你去和妈商量一下吧。"

勇亮沉思了一会，说："商量什么？买了吧。"

小怜吃惊地问道："妈问起来，怎么说啊？"

勇亮应道："就说是租的。"勇亮这一年变化特别快，小怜有点捉摸不透他。多一事不如少一事，索性由他处理。

等待交铺的空闲期，小怜应聘到一家港式早茶店做点心学徒。那些精美绝伦的包子、点心让她大开眼界，她每天早早到店，用心学习每一道步骤，偷偷琢磨每一种馅料。放假时，买了材料在家实验，慢慢学会了十余种新品。

店铺元旦前交付了，小怜找来招牌师傅量好尺寸，做了个醒目的灯箱招牌。

开业前一天，她挂出一条条幅：开张期间，包子买一送一，现磨豆浆、点心免费试吃。

桃红站在马路对面瞧了瞧，背地里跟勇亮嘀咕："你们新租的店，位置是不错，她弄那些花里胡哨的做么子？糟蹋钱。买一个送一个，还有钱赚吗？"

勇亮笑着说："送东西是拉拢人气。"

小怜的定位非常准确，主推产品鲜肉包，皮软馅足，肉鲜汁美，吃后满嘴生香，回味无穷。各式包点做工精巧、松软可口，虽然比其他店贵一些，还是吸引了大批顾客。

新年过后，馨语苑进驻一家购物商场，在包子铺旁设了入口，随着人流量的增加，生意更加火爆。两个人根本忙不过来，小怜请了两个员工，一个跟着勇亮负责销售，自己带着熟手面点师傅加工。

商铺产权证下来了，只写着小怜一个人的名字，她问勇亮："怎么没写你的名?"

勇亮说："我忘记带身份证了。"

小怜笑道："你也是奇葩。"

直到次年冬，小怜依旧没能如愿怀上孩子。

店里生意太忙，一直没去医院复查。春节临近时，才抽空去了一趟医院。检查显示，上次的手术没有成功。勇亮安慰她："没关系，事在人为，我陪你再做一次手术。"

小怜出院那天，桃红破天荒买了一只鸡炖好，叫小何送到小怜店里。

勇亮笑着说："老婆你看，妈还是挺关心你的。"

全家照例在馨语苑过春节，吃年夜饭时，桃红突然说："你们正月要不要回去一趟?"

小怜应道："妈，我准备端午前回去，给我奶奶过八十大寿。"

桃红笑道："那要好好办一场酒。"

勇亮说："妈，你和我们卖同样的产品吧。还和之前一样，在一间店做好，两边同时卖。"

桃红说："我那边卖不起价钱，便宜了又不划算。"

小怜说："您可以先搭着卖，万一有人喜欢呢?"

桃红本想和之前一样，独自在老屋过年，眼看勇亮没有和小怜分开的意思，她只能选择妥协，藏起心中的不甘，维护儿子的面子。另一方面，小怜生意做得红红火火，大大出乎她的意料。她对小怜的感情极其复杂，既盼望她离开，又舍不得她离开。

第二章

张氏老母的寿宴办得很体面，亲戚邻居都夸小怜有孝心、能干。

颜青莲打进门起，就一直闷闷不乐，小怜和她打招呼，也没有往日那么热情，好像有话要说，又憋了回去。小怜想打听艳红的近况，勇亮在门外叫她："蛋糕到村口了，我们去接一下。"

八层高的生日蛋糕，饰着寿桃、寿星，让来宾大开眼界。张氏老母笑得见牙不见眼，一个劲地说："你们千里路上回来，我就是欢喜的，浪费这个钱做么子？"

颜金莲打趣道："不如把蛋糕钱给你，是吧？"

张氏老母笑骂道："早就给过啦，还要给多少！不会讲话就不要讲。"

颜香莲说："我们家，就数小怜最有出息，店开得那么兴旺。把你哥哥、姐姐都带去，一起发财咯。"

小怜笑着应道："做生意有风险的，我也才起步，到时再看嘛。"

颜金莲说："带他们做上路就行，哪还能都包了？"

大家聊得开心，颜青莲突然说："怜妹子，你艳红姐回来了。她今年没找到事做，问你有空去玩么？"仿佛一记重槌，狠狠敲在头顶，小怜瞬间蒙了。

张氏老母皱着眉头说："艳妹子回来了，怎么不过来？"

颜青莲苦笑道："她身体不太好，妹娃又认生，不肯跟我。她说等身体好点了，再过来看您。"

小怜稳了稳神，问道："她几个娃娃了？"

颜青莲叹了一口气道："还是那个妹娃，后来一直没生养，死鬼马长荣才变心的。"

小怜轻咳一声，说："你们聊，我去厨房看看可以开席了么。"

才转过身，眼泪汹涌而出。

"恋恋！"小怜在心里喊道。

堂屋宾客满座，人声鼎沸；厨房热气腾腾，菜香扑鼻；室外阳光灿烂，春意盎然……

满眼都是喜气洋洋的景象，小怜感觉眼前的一切都越飘越远，心里只有孩子，阔别六年的孩子！

"恋恋！"小怜跑到屋后，躲在一棵大树下，捂住脸默念着，"我的恋恋……"

夜深了，喧闹的小院恢复了平静。田野一片寂静，天空星光闪烁，窗外树影摇曳，远处的几声犬吠搅乱小怜的心。她躺在床上辗转反侧，久久无法入眠。

勇亮关切地问道："你怎么啦？是不是挑床，睡不着？"

小怜突然安静下来，蜷在被窝内没再动弹。半晌过后，她轻声说："勇亮，我想去看女儿。"

"我说呢，平常一沾枕头就打呼，今天困不落觉了呢。"勇亮愣了愣，笑着搂住她，"安心睡吧，明天我陪你去。"

小怜转过身子，紧紧搂住勇亮说："对不起。"

勇亮拍了拍小怜的背，柔声说："别瞎想。"

小怜依偎在勇亮怀里，首次敞开心扉，把之前的遭遇一股脑倾诉出来，她抽泣着说："谢谢你和妈妈收留我、包容我，给我一个安稳的家。"

勇亮轻轻吻了吻小怜，安慰道："不要多想了，都不是你的错。"

小怜搂住勇亮，动情地说："我爱你。"

这是小怜第一次向勇亮表白，他心中五味杂陈，颤声说："我也爱你。"两人依偎在一起，进入未知的梦境。

天刚蒙蒙亮，小怜就醒了。满脑子都是恋恋，给她备点什么礼物呢？糖果？玩具？儿童读物？衣服？她突然泪流满面——孩子最爱吃什么？喜欢什么玩具？爱看什么图书？长多高了？她一无所知。

吃过早饭，勇亮和小怜驾车去颜青莲家，顺道送另两个姑姑回家。

路边不时闪过新修的楼房，颜金莲说："小盼今年满十八了，很快就能讨婆娘了，来日领个妹子回来，还是老木屋，不像样的。你们两口子要想办法，帮你爹把房子翻修好。"

勇亮应道："姑姑，我们前两年才买了新房，贷款压力有点大，我们就一个老弟，等经济宽松些，肯定会帮他。"

颜香莲说："你们在深圳有一栋楼房，又花那么多钱买新房，住得过来么？"

小怜说："我和小盼讲过了，他肯攒劲读书，读到哪儿，我送到哪儿。如果他没考上大学，翻修房子的事，就得他唱主角。"

颜香莲说："那倒是，帮得了一时，帮不了一世。要给他压力，才有长进。"

颜金莲说："小盼成绩一直不错，再加一把劲，考大学应该没问题。"

小怜应道："等他考上大学，工作稳定了，争取在外面安家，也不会回家长期住。家里再修房子，也没必要了。"

颜金莲说："人要讲面子，也要讲里子，家里也要搞好看。"

小怜笑着说："面子也好，里子也好，只要肯上进，自己辛苦得来的，不管是好是丑，都不会叫人看轻。伸手向别人要，再好看也教人笑话。全都给他包办了，反倒害了他。"

颜金莲讪笑道："讲到底，也该你爹来开这个口，今日是我多嘴，你们别见怪。"

勇亮笑道："怎么会见怪呢？我们和姑姑的心情一样，都希望家里人过得好。"

颜香莲说："勇亮到底是大城市长大的，通情理，讲仁义，是个好儿郎。"

小怜没有再接腔，很快就能见到恋恋，她哪有心思闲扯。

几个姑姑很会打算，当年父亲遭遇变故，她早早辍学养家，没见她们伸手帮一下；姑姑们和奶奶一样，极度重男轻女，家里的女娃出去打工前，都会交代她们，发了工资就快点寄回家。用女儿的钱帮儿子修楼房、讨婆娘，在她们看来天经地义。

送完两个姑姑，再去路程最远的颜青莲家。

经过伏龙镇时，勇亮对小怜说："买点东西给孩子和姑姑吧。"

两人下了车，买来两大袋糖果、糕点。

离颜青莲家越近，小怜越忐忑。汽车在屋前的院坝停下，一个小女孩从堂屋蹦跳着跑出来，欢快地扑向颜青莲道："外婆回来啦！"

"宝宝，你吃饭了么？"颜青莲俯身抱起小女孩，笑着说，"快叫姨姨和姨爹。"

小女孩甜甜地叫道："姨姨好，姨爹好！"

孩子白白嫩嫩、笑容可掬、衣着整洁，像极了小怜。小怜眼前一黑，差点摔倒在地，勇亮一把搀住她，艳红在堂屋门口招呼道："小怜来啦，快进屋坐。"

艳红又黑又瘦，虽然化了妆，还是无法掩饰憔悴和老态，和当年意气风发的廖主管判若两人。她把孩子搂在怀里，笑着问道："好多人都讲，孩子长得像我，你们看，像不像？"

小怜张了张嘴，却不知道说什么，眼泪如断了线的珠链，怎么也止不住。

孩子好奇地问道："姨姨，谁欺负你啦？你不要哭，我给你吃糖，好吗？"

小怜一边抹眼泪，一边努力微笑说："好的，谢谢恋恋。"

孩子应道："姨姨，我不叫恋恋，我叫亦心。"

小怜把糖果递给她，说："亦心宝贝，真乖。"

见艳红点头示意，亦心接过袋子，仰着脑袋说："谢谢姨姨。"

艳红对颜青莲说："妈，家里没什么菜，你带宝宝去割点肉回来。"

亦心拍着小手说："外婆给我买两个棒棒糖，一个我自己吃，另一个送给姨姨吃，好不好？"

颜青莲应道："好，我们宝宝最懂事了。"

祖孙俩走远后，艳红对勇亮说："妹夫，你先坐一会儿，我和小怜进屋聊点姊妹话。"

勇亮笑着说："要是谈孩子的事，不用背着我。"

艳红吃惊地望着他们，小怜点了点头，说："我早跟勇亮讲过了。"

"小怜，你好福气。"艳红愣了愣，眼眶瞬间红了，"姐先跟你们

211

道个歉。"

小怜面无表情地说:"现在讲这些,没有意义了。"

"是我对不住你,我鬼迷心窍。"艳红低下头,小声说,"我有个请求,不知勇亮会不会反对。"

勇亮说:"你们之前的恩怨,我不参与。"

艳红抬起头来,说:"我想把亦心还给你。"

小怜和勇亮都惊呆了,小怜颤声问道:"真的?"

艳红坚定地点了点头:"我和马长荣离婚了,本来就是你的孩子,当然要还给你。"

小怜冷笑道:"马长荣是她亲爹,他不管孩子?"

艳红苦笑道:"他后来的对象,宁愿让他出钱,也不肯带她。我想来想去,只能来求你。"

小怜看了看勇亮,他没有说话,表情出奇的严肃。她心底叹息了一声,问道:"孩子知不知道你的想法?"

艳红说:"她只知道她爸不要我们了。"

勇亮想了想,说:"首先申明,我不是反对,但是,盲目领走孩子,对她无疑是二次伤害。你有困难,我们尽量帮忙,出抚养费,都没有问题。"

小怜百感交集,万分难受。她当然想和孩子一起生活,可勇亮的话不无道理,她的心如针扎了般,疼痛难耐。她哭喊道:"你把孩子当什么了?维持你婚姻的工具?当她是布偶吗?想拿走就拿走,想丢掉就丢掉?"

艳红边哭边道歉,小怜没有搭理她,望着门外的小路,默默流眼泪。

艳红抽噎道:"我带了她六年多,爱她都来不及,怎么舍得丢掉?我发病了,很难治。"

小怜吃惊地问道:"什么病?这么严重?"

艳红小声应道:"之前一直有肾炎,这两年恶化了,医生说转为尿毒症了。"

小怜惊呼:"天啦,怎么会这样?"

这个结果,小怜夫妻始料未及,大家都息了声,不知说什么好。

勇亮首先打破沉默："你离婚后，靠什么生活？"

艳红抹着眼泪说："我们在惠州开了一家小超市，生意一直不错。离婚后，他分给我一笔钱，我也找过工作，总要请假去医院，都做不长久。深圳买的那套房租出去，每月还有点收入。我自己倒没什么，万一病情加重，卖掉那套房，还能撑一段时间。我最担心的是亦心，万一哪天我死了，她就没了依靠。"

勇亮问道："你这种情况，什么工作合适？"

艳红应道："没离婚前，我一直在卖货的。"

几人正聊着，颜青莲和亦心回来了。孩子跑进屋，笑着递给小怜一颗棒棒糖，说："姨姨，这是我给你留的。"

小怜把亦心搂在怀里说："谢谢你，我领你去我家玩，好不好？"

亦心抬头看着小怜，认真地说："我要在家陪妈妈，她总是一个人哭。"

艳红笑着问："别乱讲，我哪有一个人哭？"

亦心扑进艳红怀里说："反正我看见了。"

艳红亲了亲亦心的小脸，眼眶瞬间红了，她柔声说道："心宝，妈妈经常要去医院，没空照顾你。你不是想回广东么？姨姨家也在广东，你跟她去，就能上学了。"

亦心眼巴巴地仰着小脑袋，噘着嘴说："我不想去广东了，我跟你在乡下，在村里上学。"

看着她们亲密无间的样子，小怜努力抑制情绪，终究还是泪如雨下。她跑到屋后，蹲在墙角掩面悲泣。勇亮跟出来，靠着小怜蹲下。过了好一会儿，他小声说："妹娃长得像你，蛮招人喜欢。你们都别只顾哭，总得想个办法。"

小怜抽抽噎噎问道："有么子办法？"

勇亮顿了顿，说："不如让你表姐带上孩子，跟我们一起走，房子也够住。店里不是忙不过来么？叫她去帮忙，给孩子找好学校。万一将来她有什么事，孩子自然和我们熟了。"

小怜抬起头来，欣喜地说："是个好主意。谢谢你，老公。"

勇亮捋了捋头皮说："我不想你太难过。"

两人依偎在墙角，头顶的瓦楞上，漏下几束阳光，亮得晃眼。

不远处的杨梅树青果累累，树冠向阳处，探出几颗泛着红晕的杨梅，分外夺目。两只小鸟在树枝间跳跃，不时啄着对方的羽毛，偶尔传来几声清脆的啾鸣，悦耳动声。

第三章

艳红没想到小怜会如此善待她，经过深思熟虑，决定带亦心南下。临行前，她对小怜说："将来万一有个三长两短，我深圳的房子，就留给亦心。"

小怜说："医好自己的身子要紧，有要胡思乱想。"

抵达深圳后，艳红说："我的房子离你这儿不远，踩单车十几分钟就到了。"

小怜应道："你们之前的厂，离这儿也不远。"

艳红尴尬地笑了笑，转过身去整理行李。

得知小怜不仅接回女儿，还带来病秧子表姐，桃红生了很久闷气。在勇亮的劝解下，到底没来闹腾。

艳红每天到店里坐镇，利用自己的专业知识，帮小怜完善了员工制度、薪资标准、奖惩原则，员工的工作态度和积极性，很快被调动起来，营业额节节攀升。有了稳定的收入，艳红郁结的心渐渐开朗起来，病情没有持续恶化。

经过多番比较，小怜在小区附近找了一所私立学校。秋季开学时，亦心乐悠悠地背上书包，正式成为一名小学生。孩子聪明懂事，很快适应了学校生活。

国庆节那天吃过晚饭，亦心突然问艳红："妈妈，可不可以去看看爸爸？"

艳红愣了一下，应道："宝贝，妈妈要上班，哪有时间去？他没说要你去，去了也没意思，对吧？"

"好吧，我知道了。妈妈经常要去医院，不能去太远。"亦心低下头，小声说道，"好久没见爸爸了，我好想他。"

小怜安慰道："亦心，有妈妈爱你，还有姨姨和姨爹，我们都爱你。"

亦心嘟着小嘴说:"可是,你们都不是爸爸呀。"

小怜眨巴着眼睛说:"不如要姨爹做你干爸咯?"

亦心瞪大眼睛说:"您做干妈么?"

小怜笑着刮了刮亦心的鼻尖说:"干妈不好听,叫妈咪。"

亦心仰头看向艳红,艳红笑着说:"宝贝,快叫干爸、妈咪。"

亦心应道:"谢谢干爸、妈咪。可是,干爸不是真爸爸。"

小怜眼眶红了,她轻咳一声,对艳红说:"深圳离惠州不远,不如和她爸联系一下,趁放假带孩子见见他。"

艳红沉默了半晌,小声说:"我不会去找他的。"

亦心瘪了瘪嘴,"哇"地哭道:"妈妈,对不起,我不该惹你伤心的。"

艳红哭着把亦心搂在怀里说:"宝贝不哭,不是你的错。"

小怜走进房间,坐在梳妆台前,默默地流泪。窗前微风轻拂,淡雅的桂花香扑鼻而来;窗外华灯初上,夜色阑珊;楼下孩童的嬉闹声、门外亦心和艳红的轻语声,一声接一声,撞击着她的心。

第二天中午休息时,小怜辗转问到马长荣的号码,电话接通后,熟悉的声音传来:"喂,这里是兴荣超市,请问你是哪位?"

小怜突然感觉心里堵得慌,她深深吸了一口气,应道:"我是颜小怜,亦心和艳红姐都在我家,孩子想你了,闹着要去看你,有空和她视频吗?"

空气仿佛凝固了,半晌才传来声音:"请记一下我的 QQ 号,你的也麻烦给我。晚上我去网吧发图给你选,谢谢!"

收档回家后,小怜对艳红说:"我今天问到马长荣的 QQ,带孩子去佳敏家和他视频一下?"

艳红摆了摆手道:"我不会电脑,也没有 QQ,你带她去吧。"

小怜犹豫了,时过境迁,对马长荣的恨意慢慢淡去,但她不敢肯定,有没有勇气面对他。可是,想起亦心可怜巴巴的眼神,她的心就痛到不能自已。那种思而不得的心情,不正是自己的现状?

小怜平复好情绪,牵着亦心上楼找蔡佳敏,蔡佳敏逗着亦心说:"你妈妈和姨姨,谁更漂亮呀?"

亦心脆声应道："都很漂亮，蔡阿姨也很漂亮。"

蔡佳敏大笑道："小嘴抹了蜜似的，太招人喜欢了。"

小怜说："孩子想爸爸了，借你电脑上一下网，看能不能加得上他 QQ。"

蔡佳敏打开书房的电脑说："你随便用，我先去冲凉。"

小怜登上 QQ，收到一条好友申请，点开一看，果然是马长荣。她咬了咬嘴唇，通过了申请。

小怜，真的是你吗？这些年，你还好吗？

嗯，很好。

我以为你一辈子都不会再联系我。

是孩子想你了。

我听家里人说了，你把孩子和她都接去身边照顾。谢谢你！

这是我自己家的事，不用你谢。

她和孩子都在旁边吗？

孩子在。

我知道我伤害你很深，当年也是迫不得已。这么多年来，只有你留在我内心最深处。我最愧对、最牵挂的，就是你。

孩子等着和你视频。

孩子出生后发生的一切，都不是我的本意，我知道你恨我，为了保留恋恋的名字，我和她吵了大半年。

小怜没再回复，叫亦心坐在凳子上，帮她点开视频，大步走出书房。身后传来亦心惊喜的声音："爸爸，爸爸!"

马长荣唤道："宝贝，想爸爸了吗？"

亦心哽咽道："爸爸，我想你了，可是，妈妈没时间带我去看你。"

马长荣说："好好听妈妈和阿姨的话，爸爸有时间过去看你，好吗？"

亦心欢快地应道："好的，爸爸说话要算数哟。我上小学一年级啦，还当了小组长呢。"

亦心和马长荣聊了很久。挂断视频后，孩子抹着眼泪走出书房。

小怜神情还有些恍惚，她对亦心说："恋恋，跟蔡阿姨说拜拜。"

亦心仰起小脑袋，满脸疑惑地问道："姨姨……哦，不对，妈咪，只有爸爸才会叫我恋恋，你怎么知道我的小名?"

小怜连忙掩饰道："刚才听你爸爸叫你，我就知道了。"

亦心小声应道："还是叫我亦心吧，妈妈会不高兴的。"

小怜摸了摸孩子的头，鼻子又酸了。

还没走进家门，亦心欢快地喊道："妈妈，爸爸说有空过来看我。外婆说爸爸不要我了，我才不信! 我知道爸爸是爱我的。"

艳红不屑地说："他爱你个……"

小怜悄悄拉了拉艳红的衣角说："哪有不爱孩子的爸妈。"

艳红改口道："外婆老了，会讲胡话，别放心上。"

亦心点了点头，应道："哎。"

直到放寒假，亦心都没等到爸爸，她背着书包坐在沙发上，满脸沮丧。勇亮逗她道："是不是没考好? 嘴巴都能挂水瓢了。"

亦心叹了一口气说："考得再好也没用，我爸还是没来。"

小怜说："应该有事耽误了。别难过了，妈咪请你去吃麦当劳!"

亦心含泪的双眸内，仿佛落进几颗星星，瞬间亮闪闪的，神情也飞扬起来，说："谢谢妈咪。"

艳红正在阳台上收衣服，她大声制止："少吃油炸食品，对身体不好。"

亦心怯怯地应道："妈妈，我很久没吃过了。"

勇亮朝亦心眨了眨眼睛，笑着说："不如一起去吃湖南菜。我请客。"

艳红说："我就不去了，你们去吧。"

艳红终日服药，需要忌口，外面的饭菜调料多，确实不宜多食，大家没再勉强。

下楼时，亦心小声说："妈咪，我不想吃湖南菜，太辣了。"

勇亮朗声笑道："我还不晓得你的小心思，吃肯德基去。"

亦心不安地问道："你刚才是骗我妈妈的?"

勇亮轻轻嘘了一口气："我们下不为例，好不好?"

小怜说："当然不能骗人，我们去吃烧鹅，下次再吃肯德基，好不好？"

亦心拍着手笑道："太好了！谢谢妈咪，谢谢干爸。"

春节过后，艳红对小怜说："总住在你家，也不太方便，我想去我小区附近找间店，我来经营，你们供货，怎么样？"

小怜问道："你身体吃得消么？"

艳红说："先让我爹妈下来帮忙，生意好了再请人也行。"

小怜想了想，说："你那边房子不是租出去了么？"

艳红说："租约正好快到期了，可以收回来。"

小怜说："孩子上学怎么办？多不方便？"

艳红低下头，小声说："她跟你们都熟了，我不带过去了。"

小怜焦急地问道："你有事瞒着我？"

"我真没什么。"艳红抿了抿嘴，说，"我开的铺子，想用你这个店名，算是你的分店。你看行么？"

小怜沉吟片刻，说："可以的。"

艳红笑了："你不要光守着这一家店，要把自己从加工间解放出来，学会管理，开拓更多市场。你看肯德基、麦当劳，满世界都是。"

小怜也笑了，说："我哪有那本事？"

艳红说："事在人为。"

艳红的店开张半年左右，生意终于走上正轨。她把亦心接过去住了几天。送孩子回小怜家时，带了几大袋衣服、玩具和学习用品。临走前，她不断叮咛亦心："你要好好学习，听妈咪和干爸的话。"

第二天早上，小怜起床后，收到艳红发的短信：无论什么时候，都要记得爱自己，靠自己。房产证在孩子新书包里，千万不要给别人。店子先让我爹妈干着，麻烦多帮帮他们。对不起。

小怜赶紧拨打艳红的电话，却显示关机。她把亦心送去学校，马不停蹄赶到艳红店里，只有大姑颜青莲和姑父在忙碌。她急切地问道："艳红姐呢？"

颜青莲应道："没起床呢。"

小怜焦急地说："快把钥匙给我！"

小怜冲到艳红家里，推开她的房门一看，床上的被子整整齐齐，找遍全屋也没见她的影子。小怜慌了神，不断对自己说："不会出事的，是我想多了，肯定是我想多了。"

第四章

小怜去还钥匙时，颜青莲问道："这么着急，有么子事?"

"艳红姐没在家。"小怜犹豫着说，"她这两天有没有说什么?"

颜青莲想了想，说："她给我们买了好多新衣服、鞋袜，昨天又给我一个新背包，说让我们不要太劳累……唉哟，这妹子，不会做傻事吧?"说完，把手上的包子递给顾客，拼命朝家跑去。

颜青莲手忙脚乱翻出一个猪肝色皮包，打开一看，里面装着两扎厚厚的钞票，还有一封信。

颜青莲不识字，连忙递给随后进门的小怜。

爹爹、妈妈：

二老见信好。

我的病，估计治不好了。我不想让你们，还有孩子看到我越变越难看。我走了，放心，我不会去寻死路。如果病没好，我可能不会回来了，别难过。放心，我会照顾好自己。

房子我抵押了，留些钱给你们，别尽顾着我哥，对自己好点。

亦心跟了小怜一年多，也带亲了，如果她不嫌弃，就给她养着吧，你们也省了负担。店子你们要是干不了，就给小怜，就当给孩子挣学费了。你们想回老家，就回去；不想回，就帮小怜做事。照顾好自己。

此致

敬礼

艳红

2006 年 9 月

廖青莲瘫坐在地，哭喊道："傻妹子唉，没得良心哦，自家跑了，怎么得了咧……丢下我们大家，怎么得了呢……"

小怜急忙打电话给勇亮，叫他马上去汽车站找艳红，如果见着了，无论如何要留住她。

小怜和颜青莲赶往艳红常去看病的医院，主治医生说："这几天都没见过她。她之前控制得还不错，上个月肌酐一直降不下来，我和她说了，要做好透析的心理准备说，本来约好这周复检，也没来。"

小怜对医生说："如果她来了，能不能通知我们？"

医生问道："发生什么事了？"

小怜如实道出实情，医生感叹道："你留个号码给我，一有她的消息，我就通知你。"

一整天都没有艳红的消息，大家都六神无主。

小怜有些恍惚，她搞不懂艳红葫芦里卖的什么药，房产证在亦心书包里，怎么告诉大姑抵押了？店子到底是留给大姑，还是给自己？她百思不得其解，可以肯定的是，艳红确实不见了。

即使天塌下来，日子也得继续。颜青莲夫妇想回老家，小怜极力挽留：守着店铺好歹有些收入，总比在家种地强；万一艳红姐哪天想通了，回来了呢？

大家都瞒着亦心。几个礼拜后，孩子突然问小怜："妈咪，我妈妈是不是也不要我了？"

小怜怔了怔，应道："怎么会呢？你妈那么爱你。"

亦心耷拉着脑袋说："她好久没来看我了。"

小怜摸了摸亦心的头："妈妈身体不好，去外地疗养了。"

亦心仰起细长的脖子，问道："哦？她不会有事吗？怎么不给我打电话？"

小怜想了想，说："可能，忘记带手机了吧。"

晚上临睡前，小怜恍惚听到隐隐的哭声，支棱起耳朵，又没有声音了，躺下去没多久，哭声又隐隐传来。她实在不放心，打开房门仔细聆听，房间里静悄悄的，什么声音也没有。她把房门关上，静静地坐在客厅沙发上。没多久，细若蚊吟的啜泣声再度传来。

是亦心在哭。

小怜推开亦心的房门，柔声问道："亦心，睡了吗？"

亦心轻轻"嗯"了一声。

小怜轻笑道："我能进来吗？"

亦心拧亮床头灯，应道："嗯。"

小怜走到床头，坐下来，轻声说："下午老师打电话来，你英语演讲得了第一名。忘记恭喜你了，想吃什么？妈咪周末带你去。"

亦心拉过被子蒙住脑袋，没有吭声。

小怜安静地坐着，没有再说话。灯光柔和轻软，照在衣柜上、书桌上、床铺上，这些浅粉色家具，都铺满橘黄色灯光，甜美温馨。可是，再美好的场景，也有无法摆脱的暗影。此刻，她们都置身人生的暗影中。

过了许久，小怜轻轻拧灭床头灯，亦心忽然呜咽着问道："妈咪，我妈妈是不是死了？"

小怜轻声安慰道："宝贝，别瞎想。她只是去疗养而已。"

亦心"哇"地哭出了声："我一直好乖的，对不对？我这么乖，他们都不要我。为什么都不要我？"

小怜把亦心搂在怀里，泪如雨下，说："恋恋，别难过，他们都很爱你。妈咪也爱你。妈咪不离开你，永远都不离开你。好不好？"

亦心哭得更大声了："我喜欢你们叫我恋恋……"

小怜不断拍着亦心的背。亦心仰着满是泪痕的小脸，说："妈咪，我好喜欢你。"

小怜努力咧了咧嘴说："妈咪也好喜欢你。"

亦心怯怯地低下头，小声问道："能陪我睡会么？"

小怜拼命点头。

亦心朝床铺内侧挪了挪，抹了抹床单褶皱，没平，又抹两下，还是没完全平整，她的脸红了。小怜握住她的小手，说："我们睡吧。"

两人钻进薄被内，都有些小心翼翼。亦心的拘谨窃喜、小怜的激动忐忑，都在被窝内涌动。

小怜把亦心揽进臂弯，感觉心脏快从嗓子眼蹦出来了。多久没这样搂过她，虽然不再是那个小婴孩，但总归回到了自己身边。

听说艳红把孩子给小怜养，蔡佳敏异常吃惊道："你傻呀？亦心就算再逗人爱，也有亲爹亲妈，凭什么你养？你家勇亮愿意？"

小怜笑着说："跟我们一年多了，再让她去别处，不利于成长。"

蔡佳敏说："她的成长，跟你有关系吗？你自己也要生的！在深圳养大一个孩子，不容易的。"

小怜应道："我和勇亮商量过了。"

蔡佳敏小声问道："依我观察，你家先生，归根结底还是听他妈的吧？"

小怜沉默了片刻，说："以前是，现在好些了。"

"你是不是真不能生？不管是生孩子，还是带亦心，他短时间内能接受，久了也会有想法吧？"蔡佳敏凑到小怜耳边，小声说，"实在不行，试管婴儿也可以的。"

小怜佯怒道："瞎讲么子呢？一边去。"

蔡佳敏的话不无道理，勇亮虽然表面上接纳了亦心，心里的疙瘩却从未解开。桃红也常常冷嘲热讽。

亦心虽然年幼，却聪慧灵醒。勇亮一回家，就倒杯水放在桌上，乖巧地说："干爸，喝水。"每次见到桃红，总是笑吟吟地叫奶奶，管她答应不答应。唯有在小怜面前，才露出小女孩的天真，偶尔会撒撒娇，卖个萌。

小怜既欣慰，又难过。几次想对亦心说，宝贝，你就是我的亲女儿。可是，她还是忍住了。她害怕孩子受不了接二连三的变故。能和孩子在一起生活，她知足了。

腊月初，颜青石打来电话，颜仙凤在睡梦中离世了。小怜挂断电话，眼泪喷涌而出，既伤心，又懊恼。这些年来，忙店铺，忙备孕，没接几个老人来深圳玩过。总想着等空闲一点，等经济好一点再说。谁曾想，年迈的亲人等不起。

小怜一边安排工作，一边嘱咐勇亮去给汽车加油。勇亮回来后，递来一张汽车票。小怜问道："怎么回事？你不回去？"

勇亮应道："两边店都要送货，我就不回了。"

小怜说："耽误不了几天，一起回吧。"

勇亮满不在乎地说："不就姑奶奶死了么，又不是亲奶奶。"

小怜恼了，小声骂道："你讲的是人话吗？"

勇亮连忙道歉："对不起，我不该乱讲的。"

小怜不想在店里发生争执，转身忙去了。勇亮问道："亦心怎么办？我也没空送她上学，要不送去我妈那儿？上学几步路就到了。"

小怜想了想，说："只能这样了，你和妈打个招呼。"

冬天的夜晚，来得特别早，小怜收拾完行李，夜已深。她胡乱扒拉几口饭，上床躺下，久久无法入眠，满脑子都是姑奶奶的身影，那个善良、和蔼、整洁到极致、一直小心翼翼呵护自己的老人，真的永远离去了吗？报恩的机会、道别的机会，统统没有留给自己……

小怜的心揪得生痛，泪水很快洇湿枕头。

恍惚间，小怜听到勇亮走进房间，钻进被窝。没多久，他伸过手来，摸向她的私处，她翻了个身，躲开了。他探过身子，边亲吻她，边撕扯她的睡裤。小怜睁大眼睛，问道："你搞么子搞？"

勇亮坏笑道："你没有个把礼拜下不来，小兄弟不得饥渴死？"

小怜彻底怒了，骂道："你精虫上脑啦？我家正办丧事呢，一边去！"

勇亮跳了起来，吼道："你不就一破鞋吗？装什么清高？"

小怜哭喊道："你有种再骂一句？"

勇亮知道说错话，气势明显弱了："你最近总是陪亦心睡觉，我们多久没同过房了？再这样下去，怎么要自己的孩子？"

勇亮满脸委屈，脑袋耷拉着，下体却保持着昂扬的姿态。小怜又好气又好笑，钻进被窝，说："睡吧。我回深圳后，再去医院检查一下。"

小怜赶回秀水村，颜青石对她说："你奶奶说，办、办简单点，你姑爷爷家儿子打、打电话说，他们都、都要来。办、办得太简单，怕也不、不好看，是么？"

小怜说："就算他们不来，也要办体面点。"

几天后，陈耀祖的几个儿子带着丰厚的祭品前来奔丧。

孤寡清贫的颜仙凤，死得安详，葬得风光，是为喜丧。邻居们感叹道:"仙凤姑婆一生为善,总算有福报。"

送葬途中,张氏老母号哭道:"妹子啊,你轻轻巧巧走了,留下我就孤苦咧⋯⋯"

哭声穿过寒风、穿过密林、穿透高远的天空,在萧瑟的田野回荡⋯⋯

第五章

作为家里的主心骨，小怜全程劳心劳力，加上过度忧伤，葬礼过后就病倒了。折腾了十来天，才有所好转。

张氏老母说："快到年边了，不如叫勇亮回来过年。"

小怜回过神来，勇亮这段时间，象征性地打电话问候奶奶和父亲，对她何时回深圳，似乎只字未提。她打电话和勇亮商量，能不能载大姑夫妇和亦心回乡。勇亮说，大姑他们过两天就带亦心回来。

小怜怔住了："亦心回来，你不回？那我……"

勇亮不耐烦地说："你这么久不下来，不就想在娘家过年么？"

小怜赌气道："我这几天病了。那我在老家过年吧。"

勇亮的语气缓和下来："什么病？不严重吧？"

小怜回道："重感冒，快好了。"

勇亮顿了顿，说："你好好养身子。我在深圳陪老娘，她一个人也孤单。"

两人都息了声，电话里一片静寂。小怜率先打破沉寂道："好吧，明年见。"

回乡后，亦心吵着要找小怜，颜青莲只好把她送来。一见到小怜，亦心蹦跳着扑过来，小怜心情好了，病也好了大半。亦心成了小怜的小尾巴，那既雀跃又不安的神情，叫小怜心痛不已。

晚上睡觉前，亦心趴在小怜耳边，神秘地说："妈咪，奶奶家里闹鬼。"

小怜问道："哪个奶奶家？"

亦心小声说："干奶奶家。"

小怜摸了摸亦心的头说："哪来的鬼？奶奶没关好门，进老鼠了吧？"

亦心蜷紧身子说："有一天，天还没有亮，奶奶下楼做包子，我听到隔壁空屋有鬼在叫。"

小怜皱着眉头问道："哪来的鬼？"

亦心紧张地缩了缩脖子说："我后来问奶奶，奶奶说是鬼。"

小怜搂住亦心，轻声安抚道："世上没有鬼，你应该是做梦了。"

亦心瞪大眼睛说："我真听到了，那两个鬼在打架，打得呼哧呼哧的，有一个好像还哭了，我还听到它们下楼的声音。奶奶说，幸好我没吭声，不然叫鬼抓了去。也是好奇怪，奶奶一直拿馒头给我当早餐，那天给我拿了小笼包，还在我书包里放了瓶牛奶。"

小怜亲了亲亦心说："哪有什么鬼，你奶奶是老糊涂了。人不清醒的时候，会产生幻觉。你看，自然界还有海市蜃楼呢，对吧？别想多了，睡吧。"

亦心乖巧地闭上眼睛，没过多久，冷不丁冒出一句："我想，奶奶应该快结婚了。"

小怜笑着拍了一下亦心的头说："还没睡呀！你又瞎说什么？"

亦心"扑哧"一声笑了，说："我们同学说，亲了嘴，就要结婚的。"

小怜惊呼道："你又想说什么？"

亦心在小怜耳边轻语："有一天，我放学比平时早，上阁楼时，看到黄爷爷和奶奶在亲嘴。"

小怜大吃一惊问："哪个黄爷爷？"

亦心嘟着嘴说："每天都来买包子的，矮矮的、胖胖的、头顶没有头发的黄爷爷。"

小怜明白了几分，拉灭电灯，小声说："这些事，不能讲给别人听，晓得了么？"

亦心应道："嗯，好的，这是我俩的秘密。"

这是小怜订婚后，首次和勇亮分居两地过春节。张氏老母略微不安地说："哪有两口子不在一块过年的？你还是回深圳吧。"

小怜笑着说："您想多啦。你们仨在家过年也不闹热，您要是怕我呷多饭，我现在就走。"

张氏老母笑骂道："傻妹娃，怕你呷饭？我等下煮一鼎锅饭，看你呷不呷得完?"

一阵冷风吹来,西耳房的厨房门"吱嘎"一声开了,张氏老母说:"你姑奶奶回来收脚迹了。"

小怜说:"明明是起风。"

张氏老母叹了口气,抹着眼泪说:"仙凤说造孽也造孽,说有福也有福。"

小怜没有吭声,颜仙凤所受的那些苦,作为长嫂的张氏老母,不仅没有伸手相助,还常常落井下石。虽然她们年老后,携手过了很长一段时间,张氏老母的泪水,更多是哀怜自己未来的孤单,或许也掺杂了一些悔意。

小怜一直都很难过。姑奶奶对她的疼爱,远远超过了奶奶,甚至超越了父亲。为了掩饰情绪,她走出堂屋,来到西耳房,迈过洞开的厨房门。

刚办过丧事,厨房内凌乱不堪,全然没有老人在世时的规整。推开通往卧房的门,房间内干净整洁,窗前的桌子上,摆着一面椭圆形镜子,一把木梳别在木窗上,墙壁上的镜框内,镶着十几张老旧的相片。姑奶奶年轻时,真好看!

小怜走到床边,坐在床沿上,床头摆着她当年买的酒红色毛衣,衣襟已经泛白。

小怜轻轻拿起毛衣,几张相片映入眼帘,有她的单人照,也有和勇亮的合照。订婚那年,她拿了些相片回家,没想到姑奶奶居然珍藏了几张。谁说姑奶奶没有后人?自己就是她的后人,是她呵护一生的至亲⋯⋯小怜悲从中来,靠在床头默默流泪。

春节过后,小怜带着亦心回到深圳,悲伤的情绪,久久伴随着她,挥之不去。

她和勇亮之间的沟通越来越少,就算两人面对面,也没什么话可讲。好几次勇亮想同房,小怜都以身体不适拒绝了。她忘不了姑奶奶离世那晚,勇亮的那些言行。一接触他的身体,就莫名的恶心。勇亮尝试了两次霸王硬上弓,她没有特别反抗,死尸一般躺着,任由他摆布。曾经耳鬓厮磨的恩爱,早已无处可寻。

日子看上去波澜不惊,暗涌却在不知不觉中酝酿。

　　仲夏的正午，蔡佳敏打电话给小怜，要她去宝岗人民医院接她。小怜问道："你哪儿不舒服？"

　　蔡佳敏小声说："没多大问题，你过来再讲。"

　　小怜打车赶到医院，蔡佳敏拉着她，快步朝产科门诊走去。小怜吃惊地问道："你什么时候有了？"

　　蔡佳敏小声说："先别出声，晚点我和你细聊。"

　　两人来到候诊室旁，蔡佳敏示意小怜停下脚步。小怜正满心疑惑，一个熟悉的身影映入眼帘，居然是勇亮！他怎么会在这儿？蔡佳敏拉住小怜，不让她往前半步。

　　蔡佳敏低语道："别急，等一下。"

　　没过多久，一个大肚子女孩走出诊室，勇亮迎上去，笑着揽住女孩的腰，小心搀扶着她。

　　小怜盯着蔡佳敏，问道："他们？怎么回事？"

　　蔡佳敏尴尬地说："还没看出来？你家勇亮，搞大别人肚子了。"

　　蔡佳敏拉着小怜，大步走进候诊室。勇亮抬头看见她们，笑容僵在脸上，手从女孩身上收了回来，却不知往哪里放。

　　蔡佳敏大声打招呼："哟，勇亮呀？这么巧？陪亲戚看病呢？"

　　勇亮讪笑道："你们，你们也看医生啊。"

　　小怜气得脸色铁青，根本说不出话来。蔡佳敏笑着说："是呀，你老婆这几天，总是恶心反胃，你不会不知道吧？我陪她过来检查一下，看是不是怀上了。"

　　大肚子女孩尖叫道："瞎说什么呢？我是他未婚妻！"

　　小怜努力忍住眼泪，一字一句对勇亮说："你告诉她，我是谁！"

　　勇亮结结巴巴解释："小……小怜，你听我说。"

　　大肚子女孩打了勇亮一拳："王八蛋，竟然弄大两个女人肚子！"

　　勇亮哭丧着脸，说："丽慧，我……我……"

　　丽慧边打勇亮边哭道："我跟你没完……"

　　看着眼前的男人，小怜失望到极点，她不想再待下去，转身离去。

　　蔡佳敏跟上来，不满地说："你怎么走了？"

　　小怜应道："不然呢？留下来劝架？"

蔡佳敏愤愤地说："换作我，早抽那臭娘们几个大嘴巴。"

"该打的不是她。"小怜说。

小怜回到店里，照常打理生意。没多久，勇亮回店了，小怜没有搭理他，兀自忙碌着。

勇亮小声问道："你身体真不舒服吗？"

小怜冷冷地说："不要在员工面前谈论家事。"

没过多久，勇亮的手机响了，他挂断，又响起，如此反复，小怜面无表情地说："逃避解决不了问题。"

勇亮讪笑道："我去去就来。"直到收档前，都没见勇亮的踪影。

小怜到回家，安顿亦心歇下，才顾得上收拾自己。躺在空荡荡的床上，心突然撕裂般疼痛起来，她拉过薄毯，捂住脸，尽量压抑着哭声。她一向慢热，无论欢喜，抑或悲伤，都来得比较迟。这段不对等婚姻维系到现在，实属不易。虽然生活中有诸多不如意，但再次直面背叛，还是很虐心。该来的总会来，早晚得面对。

外面响起敲门声，小怜去洗手间洗了一把脸，慢吞吞地打开门。是蔡佳敏。

小怜撩了撩刘海，说："这么晚了，还没歇着？"

蔡佳敏望了望屋内，问道："他没回来？"

小怜摇了摇头，转身走进屋，蔡佳敏随手关上门，气愤地说："你真能忍啊！"

小怜从冰箱内端出半个西瓜，边切边问："正想问你呢，你去产科做什么？"

蔡佳敏愣了愣说："你自己的事还没理清呢，倒关心起我来了。"

小怜继续问道："你是不是病了？"

蔡佳敏低下头，应道："我怀孕了，去做产检。"

小怜吃惊地问道："你一个人？男朋友没陪你？"

蔡佳敏摊了摊手说："我们分手啦。"

小怜皱着眉，问道："那你？"

蔡佳敏仰坐在沙发上，笑着说："医生说我子宫太薄，再打胎的话，可能再也当不了妈了。男人真不是好东西，孩子嘛，还是可以要的。"

小怜叹了一口气:"你呀,你!"

蔡佳敏反问道:"那你呢? 准备怎么办?"

小怜笑道:"男人不是好东西,我有亦心就够了。"

两人相视大笑,笑着笑着,眼泪都汹涌而出。

第六章

勇亮赶回老店，楼上传来激烈的打砸声。他快步跑上楼，房门大开，屋内的茶几、洗手间玻璃门、镜子都被砸得粉碎。丽慧拿着化妆凳，对挡在卧室门口的桃红说："你给我闪开，不然连你也砸了!"

勇亮一个箭步冲过去，抢下丽慧手上的凳子。她扑起来，边抽打边骂他："你死哪儿去了？你们骗我骗得好苦啊，这帮没良心的!"

勇亮边躲闪边说："你别闹了，小心孩子。"

"就是想要我给你生孩子，对吧？"丽慧号哭道，她抽打着自己的肚子，"我现在就把他打掉!"

勇亮一把抱住丽慧，哀求道："对不起，是我不好。我会一辈子对你好的，相信我。"

桃红轻声说："我们没有故意瞒你。勇亮有老婆的事，我以为你姑妈跟你讲过的。"

丽慧愣了愣，懊恼地坐在沙发上，大声骂道："你们都是一伙的! 都是大骗子，都不得好死!"

桃红挨着丽慧坐下说："事情到了这一步，生气也没用，对吧？你喊我妈那天起，我就把你当亲闺女了。亮亮那个死婆娘，只会赚钱，没有生养。妈替你做主，你如果肯把孩子生下来，还愿意跟勇亮过，我这栋楼，全归你和孩子。"

丽慧哽咽道："我不成了卖孩子的小三?"

桃红笑着说："哪能这么说呢？那个女人没有孩子，等她老了、死了，归根结底，家产不全归你这边？你和亮亮再生几个孩子，你们才是一家人。"

丽慧低下头，没再吭声。桃红朝勇亮使了个得意的眼色，勇亮尴尬地笑了笑，转过身，准备下楼。

丽慧尖叫道："你去哪儿？又去找她吗？"

勇亮应道："我去找师傅修门。"

面对眼前的混乱场景，勇亮十分懊恼。这两年来，桃红屡次劝他再找个女人，就像她刚才说的那样，小怜赚钱，新人生孩子，坐享齐人之福。勇亮虽然很想要孩子，可他心里只有小怜，舍不得她受委屈。根本没听进去，桃红多次骂他没出息。

小怜回乡奔丧后，他的心情极度郁闷。桃红经常叫他回老店吃饭，有一天中午，他想去买瓶酒，桃红拦住他，打电话给街尾小超市的老板娘，老板娘的远房侄女丽慧过来送酒，桃红留她一起吃饭，她也很随意，拉过凳子坐下来，两人就这样认识了。

从那以后，桃红每天中午都叫丽慧来陪他们吃饭。

一天，勇亮不知不觉喝多了，半夜醒来时，看到丽慧躺在自己身侧，他吓得跳起来，依稀记得母亲和丽慧架着他上了楼，他搂着其中一个又哭又笑……

床边零乱的衣物、丽慧脖子上的吻痕，都在提醒他，他出轨了。

勇亮万万没想到，丽慧还是黄花大闺女：浅蓝色床单上，那抹暗红色血迹令他怦然心动。丽慧长着一张娃娃脸，笑容甜美，珠圆玉润，一副人畜无害的娇俏模样，叫他无法抗拒。自此之后，他们整天腻在一起。丽慧对勇亮言听计从，他心身都获得极大满足。

桃红把顶楼的房子收回来，装修成两房一厅的豪华套间，家具、电器一应俱全。房子空了一年多，终于等到勇亮和新人入住。

小怜回深圳后，勇亮自然要回馨语苑。桃红对丽慧说，勇亮要去外地忙个项目，不能常回家。

勇亮白天去老店送货时，常把丽慧从超市叫回来，上楼亲热一番，再匆匆离去。

丽慧打定主意从超市辞职，去勇亮身边照顾他时，发现自己怀孕了。桃红亲自去超市替她辞了工，每天悉心照料她，勇亮也不时"请假回家"。她憧憬着，等生了孩子，就和勇亮回家办喜酒，昭告亲朋好友：我丽慧嫁给深圳老板了！

谁知，半路杀出个颜小怜。

丽慧的美好愿望，顷刻被击得粉碎，她的天塌了！和勇亮从医院回来没多久，他又匆匆离去——肯定去见他老婆了。她恨不得把房子拆了，恨不得把他杀了！可是，她怎么舍得？那是她孩子的父亲，是她的依靠。桃红的一番话，虽然牵强横蛮，好像也有一丝道理，她不得不选择妥协，不然，还能怎么办？

勇亮安顿好丽慧，凌晨过后才回馨语苑。他推开房门，小怜蜷卧在床上，眉头轻蹙，眼皮红肿。平日利落精干的女子，在夜色下褪去坚强的外衣，回归柔弱本色。看着她楚楚可怜的睡姿，他的心猛地抽搐起来，一定要在两个女人之间选择，他更倾向妻子。他忍不住亲了亲小怜，她翻了个身，沉沉睡去……

朝阳穿透窗帘，室内的温度升高不少，小怜伸手挡住眼睛，嘀咕道：“哎呀，睡过头了。”

勇亮睡眼惺忪揽住小怜说：“想睡就再睡一会儿。”

小怜惊坐起来，一把推开勇亮，趿着拖鞋朝洗手间走去。勇亮也坐起来，小声说：“老婆，对不起。我错了。”

小怜边屙尿边应道：“还回来做么子？”

勇亮赔着笑脸说：“我不回家，能上哪？”

小怜洗完脸，朝脸上拍着爽肤水问：“你准备怎么处理？”

勇亮犹豫着应道：“等她把孩子生下来，我就让她走。”

小怜双手僵在两颊，随即垂落下来，面无表情地说：“你走吧。”

勇亮握住小怜的手说：“老婆，你怎么啦？你倒是骂我一顿，打我一餐，千万别憋坏自己。”

小怜抽出手说：“打你骂你，有用吗？我们还能回到从前吗？”

勇亮忐忑地问道：“那你……”

小怜把头发高高扎起，盘成一个圆髻，从额前捋出几丝刘海，照了照镜子，说：“我们离婚吧。”

勇亮跳下床，颤声说：“老婆，你别冲动。我改，我一定改，我马上赶她走。”

小怜转过头来，冷冷地看着勇亮：“这事你能决定吗？你说赶走就能赶走？你妈会同意？人家会愿意？”

勇亮哭丧着脸说：“这事不是我的主意。我妈就想要个孙子。”

　　小怜冷笑道："你妈有这能耐？一个女人，去把人家肚子搞大？"

　　勇亮哀求道："我真是一时糊涂，我对天起誓，保证是最后一次。"

　　看着勇亮可怜兮兮的模样，倒像他受了天大的委屈。小怜叹了一口气说："你有没有发现？我们之间，早就出现问题了。只是我们没有面对。"

　　勇亮警觉地应道："你是不是外边也有人了？"

　　小怜说："不是每个人，都那么下流。"

　　勇亮嚷道："你不下流，哪来的亦心？少他妈跟我装清纯！"

　　小怜冷静地应道："这不是一回事。"

　　勇亮大声说："哪儿不一样？啊？允许你放火，我还不能点灯？那孩子我要定了，婚我也不会离！只有这样，我们才算扯平，我才咽得下那口气。"

　　小怜怔住了。

　　隔壁响起开门声，亦心起床了。小怜没再搭理勇亮，陪着亦心有说有笑洗漱，一起下楼吃早餐去了。

　　勇亮感觉心头压了一坨铁，令他喘不过气来。他想搬掉它，却仿佛焊实了般，任他怎么努力，都无济于事。生活就是这样，往往踏错一步，后果就无法预测。他不由恨起桃红来：去他的传宗接代！搞得我里外不是人。他也恨小怜：隐瞒生育经历，骗取婚姻在前。我不过就想要个儿子，有什么不可以？

　　勇亮非常清楚，小怜决定了的事，九头牛都拉不回来。他始终不明白，自己犯的错，和她如出一辙，凭什么轮到她提离婚？离了自己还有丽慧，还有肚子里的孩子，或者，将来有更多孩子。她呢？要男人没男人，要儿子没儿子。让她和亦心过，老子不伺候了！

　　一个铁了心，一个赌着气。离婚，成了铁板钉钉的事。

　　没料到小怜如此硬气，桃红气得拍桌子摔碗道："这婚可以离，马上离，什么都不要分给她，卷铺盖滚蛋！不，铺盖是我买的。让她带着那个野种走！"

　　勇亮吞吞吐吐说道："人家好歹……好歹帮家里赚了这么多年钱。"

桃红态度强硬道："你们赚的钱，不都是她存着么？存款你们自己商量着分，我不插手。两处房子，不许动一块砖头。"

勇亮小声应道："那馨语苑的店铺，就分给她吧。不然说不过去。"

桃红想了想，说："反正也是租的，让她一个人搞吧，看能不能搞下去！"

早在几年前，桃红就撺掇勇亮离婚，他也动过心思，但思来想去，还是舍不得小怜。他瞒着桃红买下店铺，就是想给小怜留条退路。

小怜和亦心搬出馨语苑，仅带走她们的私人物品。

几天后，勇亮去银行查小怜留给他的银行卡，发现她只取了一万块现金，他蹲在银行门口，掩面而泣。

夏日的街头，酷热难耐，勇亮望了望头顶火红的日头，不由眩晕了。他发了条短信给小怜：亲爱的，我们别斗气了，你和孩子搬回来吧。

约莫过了半个小时，等来了小怜的短信：好聚好散。

勇亮回道：你走后，我发现我最爱的，还是你。

小怜回道：别说了，回不到从前了，好好对待人家。

勇亮追问道：我们都到这个地步了，你倒是给我一句明白话，为什么执意要离开？

"为了你的孩子，能拥有完整的父爱、母爱。"

读着这句话，勇亮痛哭失声——他们曾经都是缺爱的孩子，都想拥有一个完整的家。可是，命运就是这么无情，给不了憧憬的圆满。

人生，不正是由各种缺憾组成的么？

挑了个晴好的上午，勇亮和小怜去办理了离婚手续。

成全，也是一种圆满。

第七章

小怜租的两室一厅，在馨语苑对面的城中村。村中楼房林立，栋宇间伸手可触，居住人员复杂，环境、配套设施和房间格局，都不能和馨语苑相提并论。

亦心默默地帮着收拾房间，突然问道："妈咪，是不是因为我，干爸才和您分开的?"

小怜轻抚着亦心的头，笑着说："傻孩子，不关你的事。"

亦心低下头，小声说："您把我送去外婆家吧。"

小怜鼻头一酸，哽咽道："别想多了，妈咪不会离开你的。"

亦心仰起头，眼睛闪闪发亮，说："谢谢您，妈咪。"

小怜蹲下身子，望着亦心的眼睛说："恋恋，我保证，将来无论发生什么事，我都会陪在你身边。你遇到什么困难，也不要对妈咪隐瞒。好么?"

"嗯!"亦心咬了咬嘴唇，脆声说，"妈咪，等我长大了，给你买比馨语苑还漂亮的房子!"

小怜笑着说："谢谢宝贝。"

小怜把失落、不甘和忧伤统统掩藏在心底，一心一意打理店铺、照顾亦心。没有人可以依靠时，最大的靠山，唯有自己。

临近秋季开学时，小怜在书城帮亦心买学习用品。手机响了，是勇亮打来的。小怜按掉后，铃声又响了起来，小怜有点不耐烦，正准备关掉手机，一条信息跳出来：小盼有麻烦，速回电话。

小盼复读了两年，没考上理想的大学。暑假前，他打电话给小怜，说还想再试一年，暑假先去学校补习。小怜虽然手头没有多少钱，但为了弟弟的前途，还是汇了学费和生活费给他。

拨通勇亮的电话，小怜又气又恼。原来小盼根本没去学校补习，他在县城租了间民房，和一个女同学同居了。谁知，女孩怀孕了，对方家长找到他，他年少懵懂，自然不知如何处理，又不敢打电话给家里，害怕姐姐责备，只好先找姐夫。

勇亮说："要不，我陪你回去处理？"

小怜顿了顿，应道："我自己能行。"

勇亮说："你一个女人回去，不怕他们为难你？"

小怜冷冷地说："不用了，我先挂了。"

第二天一早，小怜送亦心去颜青莲家，远远看到勇亮站在门外。她支好电动车，勇亮迎上来，说："我都安顿好了，车也开来了，你收拾好行李，出发吧。"

小怜倔强地说："说了不用你管！"

勇亮摸了摸后脑勺问："你就这样回去，拿什么给人摆平？"

小怜把书包拿给亦心，交代她听外婆的话。和颜青莲聊了几句，转身踏上电动车，没再搭理勇亮。

小怜拎着背包走下楼，勇亮蹲在门楼下抽烟。她装作没看到，快步朝前走去。他紧跟上来，一把夺过她的包。

小怜停下脚步，喊道："你想干什么？"

勇亮没有应声，快步走到车前，打开车门，把包扔在最后一排座位上。转身说："上车！"异常坚定的语气是从未有过的。小怜鬼使神差般上了车。

汽车一路向北，勇亮点燃一根香烟。小怜低声问道："还学会抽烟了？"

勇亮摁熄烟头，应道："闷的时候，就抽一根，解乏。"

小怜没再应声，靠在座椅上闭目养神。

小怜和勇亮风尘仆仆赶回来，小盼既欢喜又恐慌。

小怜气愤难耐，揪起他的衣领，想揍他一顿。勇亮拉开她，劝道："别动气，发火解决不了问题。你心情不好，等下少说话。"

经了解，女孩叫田丹萍，和小盼是同班同学，复读时，又在同一个班，接连两年落榜，都感觉前途渺茫，两人同病相怜，慢慢走到一起。

勇亮在尚文大酒店订了包间，让小盼打电话给田丹萍，约她和父母一起吃中饭。

等了大半天，田家父母终于来了，田丹萍没有露面。他们进屋后，勇亮笑着给田父派烟，田父把双手背在身后，冷冷地说："少来这一套，我们不是来吃饭抽烟的。"

"您消消气，先坐下谈。"勇亮捅了捅小盼，笑着说，"还不快跟叔叔阿姨说对不起。"

小盼低下头，小声说："叔叔阿姨，对不起，我知道错了。"

田父拉过椅子坐下，跷着二郎腿，看都没看小盼一眼，说："没什么好谈的，我早告诉过小流氓，要么掏八万块钱，要么进派出所。"

勇亮沉思了片刻，问道："您女儿满十九了吧？"

田母应道："年底都二十了，早说让她不要读了，找份……"

田父黑着脸打断她："你少讲话！"

勇亮笑着说："派出所能管年轻人谈恋爱？"

田父瞪大眼睛说："他这是耍流氓！"

勇亮递给他一包芙蓉王说："您言重啦。现在时代不同了，你们这一闹，不仅解决不了问题，还会让人看笑话。真要去派出所，您全家面子好看？"

见对方脸色有所缓和，勇亮对小怜说："叫服务员上菜，我们边吃边聊。"

勇亮掏出打火机，给田父点上烟，说："都是成年人，得听听他们的想法。如果都还想读书，我们就出钱把孩子打了，手术费、营养费、精神赔偿都算我们的。要是不想上学了，又是真心相爱，结个亲也不错。"

田父的脸色，沉得能拧出水来，说："嫁到那穷山窝窝去？做梦吧！"

勇亮笑着把手机放在桌面上，回道："谁说要待在山窝窝？我和我老婆在深圳开包子店，攒钱买了店铺和房子。他们要是想学做生意，我们尽力帮忙。"

夫妻二人对视了一下，将信将疑地说："话讲得这么好听，万一兑现不了，怎么讲？"

　　服务员端着菜进来了，勇亮招了招手，说："来瓶你们店最好的酒。"服务员退出后，他挺了挺腰背，"只要他们走正路，手脚勤快，不搞歪门邪道，没赚到钱，到时拿我是问！"

　　酒菜上桌了，勇亮给田父满上酒，双手举起酒杯，恭敬地说："相识就是缘分，我先敬您。"男人一旦端起酒杯，气氛就完全不一样了。

　　酒足饭饱后，勇亮扶住田父的肩膀，说："我们刚从深圳回来，要先陪老婆回趟老丈人家。要是不放心，我把车停去您家。您和阿姨商议好，再给我们电话，好吗？"

　　小盼也想回乡下，勇亮大声呵斥道："留下来，照顾好你对象！"

　　田父讪笑道："车子你们要开，放我家不成体统。"

　　勇亮从车内拿出几箱糕点、糖果说："回得太匆忙，没来得及买礼物，不要见怪。"

　　田母推辞道："不用这么客气。"

　　小怜说："你喝了酒，怎么开车？今天不回秀水了。"

　　田母也说："对，喝了酒不能开车，太危险。"

　　小盼说："先去我那里休息吧。"

　　小怜问道："那你上哪儿？"

　　小盼搓了搓手，说："我去同学家挤挤。"

　　送走田家父母，小盼带勇亮和小怜回租房，他把钥匙放在桌上，说："你们开那么久车，好好休息，我先走了。"

　　小盼走远后，小怜也准备离去。

　　勇亮拉住小怜："你还不明白我的心思吗？"

　　小怜望着窗外，应道："你到底还是想享齐人之福？"

　　勇亮轻声说："我之前只顾及自己的感受，没替你想过，现在知道错了。丽慧的事我会处理好。你还愿意等我吗？"

　　小怜低下头，说："我不想再讨论这个话题，你先休息，我回去看看爹和奶奶。"

　　勇亮哀求道："家里人不知道我们离婚，你一个人回去，怎么交代？"

　　小怜没好气地应道："我告诉他们就是。"

勇亮说:"小盼的事,迟早要告诉家里,再提我们的事,老人家受得了?"

小怜说:"两个月没见,倒长进不少!"

"只要你开心,我活到老,学到老。"勇亮看了看房间,笑着说,"先休息一会儿,等酒醒了,一块去看老人家。我也想他们了。"

勇亮一觉醒来,小怜不见了踪影,他急忙打电话问:"你在哪儿呢?"

小怜说:"我回家了。"

勇亮一骨碌爬起来,委屈地说:"你倒好,一个人先回去了,让老人家怎么想?"

勇亮驱车赶到秀水村,天已经擦黑了。张氏老母远远看到勇亮的车子,颤颤地迎上来,说:"你们怎么搞的?回家还分两路,快进屋呷饭。"

勇亮边往屋里拎东西边说:"奶奶,您老人家还挺健旺!"

张氏老母握住勇亮的手,连声说:"健旺!健旺得很!"

颜青石斜躺在堂屋的凉床上,伸长脖子唤道:"亮亮吗?你……有空回、回来?"他的身子越来越羸弱,只能拄着拐杖,在屋内走几步。张氏老母八十好几了,照顾儿子却很利索,屋里屋外虽谈不上整洁,却也没有异味。

小怜挽着颜青石的胳膊,轻声说:"爹,我们好久没回了,特意回来看看您和奶奶。"

张氏老母念叨着:"回来一趟,得花多少钱,划不来!"

勇亮笑嘻嘻地说:"奶奶,越花越有,越抠越穷。"

张氏老母笑道:"好,好!越花越有,富贵长久。你们在外多挣票子,一年多回来几趟,我更欢喜。"

勇亮大声应道:"要得咧!"

吃过晚饭,小怜说:"我去铺床。"

张氏老母乐呵呵地说:"我下午就铺好了。"

小怜说:"多铺一张。"

张氏老母疑惑地说:"又没哪个要来,铺那么多床做么子?"

勇亮朝小怜眨巴着眼睛说:"奶奶,小怜说睡不好觉,在深圳就总赶我去客房。您得管管……"

张氏老母拍了拍勇亮的手，说："她睡不好，是你的不对，要买点中药给她调理。"

勇亮点了点头说："嗯，回深圳就领她去看看。奶奶，被子在哪儿？我自己去铺床。"两人有说有笑走进耳房，昏暗的灯影下，一老一少忙碌的身影，既温馨又和谐。小怜不由恍惚了。勇亮说得没错，不能把离婚的事说出来，不能让老人承受更多痛苦。

夜深了，小怜躺在床上辗转反侧，手机响了，是勇亮的短信：失去后，才知道我的最爱——依旧是你。

乡村的夜晚，出奇地静谧。池塘里三两声蛙鸣，远处偶尔传来的犬吠，鼓点般敲击着小怜纷乱的心。

第八章

　　山村的清风，带着天然的魔力，轻拂着游子久殇的心，在虫吟蛙鸣声中，逐渐恢复平静。浓浓的亲情，亲切的乡音，熟悉的山水，令小怜的笑容鲜活起来。她多想留在风景如画的家乡，陪在亲人身边。是啊，不是生计所迫，谁愿颠沛流离？

　　第二天午后，小怜在村中漫无目的地闲逛，不知不觉来到村口，眼前的景象，依稀还是从前的模样，从村口走出去的人，却再也回不到过去。她爬上斜坡，来到窑前，窑门在风雨的侵袭下塌了半边，仅剩可容一人躬身穿过的小洞。

　　小怜扒开茅草，小心翼翼地钻过小洞，走进窑内，窑内杂草丛生，光线暗淡，如同迈入时光隧道，猛然间跌回少女时代，她抬头望着窑顶的一方蓝天，神情恍惚了。勇亮尾随进入，她都没有发觉。勇亮走近她，轻轻揽住她的肩，低语道："我们和好吧。"

　　小怜梦魇般惊叫道："你干嘛？"

　　勇亮拥住小怜，喃喃道："亲爱的，我知道错了，我真的离不开你，再给我一次机会。"

　　小怜一边推开勇亮，一边摇头："你别这样，我们永远都回不去了。"

　　勇亮紧紧箍住小怜，任她怎么厮打，始终不肯松手。

　　阳光斜斜地探过窑顶，轻吻着窑内的花丛，嫩黄的雏菊在绿叶的簇拥下，显得无比娇媚。两只彩蝶飞来，在花丛上方盘旋，时而隐进暗处，时而掠过光影，它们一路追逐，在菊丛间穿梭，落在一朵雏菊上，吸吮着香甜的花蜜，菊丛在阳光下摇曳生姿，开得更加热烈。突然，阳光隐入乌云，窑内暗了下去，豆大的雨点砸向大地，彩蝶飞向窑壁深处。雏菊伸展着枝叶，汲取难得的甘霖，雨越下越大，菊丛在风雨中战栗着，迎接苍天的洗礼。慢慢地，雨渐渐停了，斜阳穿过云层，重新扑向大地，雏菊淌着晶莹的水珠，卧在绿叶丛中，在阳光下楚楚动人。空气中，氤氲着淡淡的、令人晕眩的清香。

勇亮的手机响了，是小盼打来的，小盼说："他们家说，他家就两个女儿，要招个郎，如果不答应，就把孩子打掉。"

勇亮拍了拍小怜，边站起来边问："你是什么想法？"

小盼抽抽噎噎应道："我不晓得。"

"你傻啊！你家就一个儿子，要你上门，问奶奶和爹同意不！"勇亮提高了嗓门。

小怜捋了捋散乱的头发，问道："怎么回事？"

勇亮挂断电话，说："想让小盼当上门女婿，开什么国际玩笑！"

两人驱车来到县城，捎上小盼，一同来到田丹萍家。田丹萍依旧没露面，田父的态度异常坚决，丝毫没有商量的余地。

小怜惋惜地说："孩子都有了，怪可惜的。"

田父摆了摆手道："他们都还是孩子，养自己都难！"

事已至此，多说也无益，勇亮拿出五千块钱，说："确实蛮可惜，我们来得急，没带多少钱，这些拿给小妹补身子。"

田父大声说："打发叫花子呢？"

里屋的房门"砰"地打开了，一个女孩走出来，哭着说："有完没完？卖孩子呢？"她转过头，死死盯着小盼，咬牙切齿地说，"怂货！马上滚出我家，我再也不想见到你！"说完，使劲往屋外推小盼。

小盼小声辩解："丹萍，我也不想这样。你别生气，好吗？"

丹萍抓起桌上的茶杯，用力砸在地上，吼道："再不走，我剁断你的腿！"

田母急忙拉住她，安抚道："好啦，好啦……"

几人连忙告辞。刚坐上车，小怜捶了小盼一拳，骂道："你做的好事！"小盼低着头，没有吭声。小怜捂着脸，难过地哭起来。

勇亮轻声说："吃一堑，长一智，往后懂事一点。"

"唉，多好的妹子。"小怜抹了一把眼泪，"你明天跟我们下深圳，在我店里上班，今年的工资一分都不许留，全寄给她，算是赔罪，听见没？"

小盼点了点头，瘪着嘴哭了。

返回深圳途中，趁小盼去上洗手间，勇亮对小怜说："搬回馨语苑吧。"

小怜应道："开什么玩笑？"

勇亮嬉笑着问道："你难道一点都不想我？"

小怜翻了个白眼说："我们没有任何可能了。"

勇亮摇了摇头，说："我发现你们女人，翻脸比翻书还快。"

小怜反问道："不然呢？"

小盼远远走过来，两人不再吭声。

抵达深圳后，小盼一直郁郁寡欢，每天下了班，就躲进房间。除了偶尔陪他聊聊天，小怜尽量不打扰他。

国庆节过后，小怜时常感到恶心反胃，她心底咯噔一下，下班时，去药店买来试纸，真是盼什么不得什么，怕什么来什么，居然怀孕了！她捏着试纸，呆呆地坐在厕所的小板凳上，亦心在门外叫她几声，才缓过神来。

熄灯歇下后，小怜久久无法入眠，躺在床上辗转反侧。亦心关切地问道："妈咪，您是不是哪儿不舒服？"

小盼来深圳后，亦心搬到小怜房间睡。年少的她，聪慧敏感，早早学会了察言观色。

小怜翻过身，轻轻拥住亦心说："谢谢恋恋宝贝，妈咪没事。"耳畔传来孩子轻轻的鼻息声，她的心莫名抽搐了一下。她一手搂着亦心，一手轻抚肚皮，在心底说：妈妈不会放弃你们任何一个。

勇亮每天给小怜发信息，她一个字没回过。这天傍晚，他突然来找小怜，她正在店铺后面的加工间忙活，见他进来，小声问道："是不是生了？"

勇亮吃惊地说："你怎么知道的？"

小怜笑着说："不然，借你个胆子，也不敢进我店。"

勇亮摸了摸头皮，嘿嘿嘿笑道："是的，生了个女儿。"

小怜头都没抬，说："恭喜了。"

勇亮轻轻碰了碰小怜的胳膊，说："还是搬回这边吧？"

小怜甩了甩手上的面粉，摊开手说："拿手机给我。"

勇亮愣了一下，掏出手机递过去："搞什么？神叨叨的。"

小怜快速翻了一下短信记录，发给她的短信，一条都没有保留。她把手机递回去，冷冷地说："你走吧，没有必要再联系了。"

勇亮急得满脸通红，追问道："你要我怎么做嘛？"

小怜没再应声，勇亮深知她的性格，悻悻然离去。

小盼走进加工间，小声问道："姐，你和姐夫是不是离婚了？"

小怜正在拌肉馅，低声应道："嗯。你先不要和家里讲，免得奶奶和爹爹担心。"

看着小怜忙碌的背影，小盼的眼角湿润了，他上前两步，夺过小怜手中的大铁盆，说："早点回去歇着，我来弄。"

仿佛一夜之间，小盼懂事多了，用心学习店里的每一道工序，晚上回家后，主动辅导亦心的功课，只是心事依然很重，时常眉头紧锁。

没过多久，颜青莲在店门外摔了一跤，肩胛骨骨裂了。小怜去医院探望，她泪眼婆娑地说："我没有心劲开店了。"

小怜宽慰道："大姑，您别想多了，我先让小盼去帮姑父。实在不行，你叫大表哥来帮忙。"

颜青莲抹着眼泪说："今年上半年，你哥来做了半个月，说没有一点自由，不如进工厂好玩，死活要走。他怪我们只帮艳红，不帮他带崽。艳红也一直没有音信，我年纪大了，真干不动了。"

小怜说："他两个娃娃，不都是你带大的吗？"

颜青莲拧了一把鼻涕说："他讲冤枉话呢。"

无论小怜怎么劝，颜青莲都不肯松口，想到他们年纪也大了，只好依了她。颜青莲出院后，把店铺转给小怜姐弟。经商议，决定把艳红的房子租出去，所得租金一半寄给二老，一半留给亦心。小怜和小盼帮颜青莲夫妇把行李打好包，骑三轮车送到汽车站，安顿他们坐上返乡的卧铺。

车子快开了，颜青莲突然问道："怜妹子，怎么最近没见勇亮？"

小怜笑着说："大姑，真是对不住了，这些日子太忙，他说下次回老家再去看您。"

颜青莲笑着说："只要你们都过得好，看不看我都行。"她上下打量着小怜，"你最近胖了不少，是不是有了？"

小怜缩了缩肚皮，尴尬地笑道："胖点好，台风来了吹不跑。"

回店途中，小盼问道："姐，我们不如把艳红姐的房子租下来，比住村里舒服。"

"我们不能租，不然大姑还以为占她多大便宜。"小怜摇了摇头，问道，"这边店招一个人，你有没有把握？"

小盼应道："没多大问题。"

小怜说："今年赚的钱，差不多都拿来盘店了，过年我不打算回去了，你准备什么时候回？"

"我还没想好，到时再说吧。"小盼边蹬三轮车边说，"姐，我想租间离店近些的房子。"

小怜想了想，说："又不是住不下，何必花那些钱？再说，你一个人住，也不安全。"

小盼坚持道："我都二十多了，还能丢了不成？"

几天后，小盼来取货时，告诉小怜，他招到帮手了。小怜有点不太放心地说："要不要来这边学一段时间，我派个人过去帮你？"

小盼不耐烦地说："我教不一样吗？"

小怜掏出一张银行卡说："你今年的工资，都存在这卡里了，你抽个空，给丹萍寄去。"

"你先收着吧，我要时再问你。"小盼推开小怜的手，蹬着三轮车走远了。

冬日的清晨，气温不过十度左右，小盼瘦小单薄的身子，在昏暗的街灯下，显得异常孤寂。吱吱嘎嘎的链条声，撕破夜空的宁静，刺痛小怜的心。

第九章

　　寒冷的冬日，愿意在黎明前起床的人，要么异常自律，要么为生活所迫。街上沙沙沙的扫地声响起时，小怜的包子铺，如常亮起了灯光。当热气蒸腾的蒸笼一字排开，空气中溢满包子的鲜香，店铺外的街景，从影影绰绰变得清晰明朗，新的一天，拉开了帷幕。

　　安排好店里的工作，小怜带上亦心喜欢吃的早餐，回家叫孩子起床。吃过早餐，小怜帮亦心系好红领巾，拉好校服拉链，两人手牵手下楼，步行去离家几百米的学校。目送孩子蹦蹦跳跳走进校门，小怜疲惫的脸上，露出舒心的笑容。

　　小怜回店途中，远远看到蔡佳敏独自沿人行道散步，她突起的肚形，看样子快生了。小怜正准备打招呼，蔡佳敏扶着腰迎上来问："你弟弟什么时候找女朋友了？"

　　小怜愣了愣神："没有听说呀。"

　　蔡佳敏笑着说："我昨天去做产检，路过你大姑的店，看到两个小年轻，可亲热了。"

　　小怜低声嘀咕道："怎么回事？"

　　和蔡佳敏道别后，小怜决定前去一探究竟。远远地，看到小盼和一个女孩在店里忙碌。她加快脚步，来到店门外。还没看清女孩的长相，一个清脆的声音传来："美女，你想来点什么？"

　　小盼抬起头，看到小怜，眼神有点慌乱，问道："姐，你怎么来啦？"

　　小怜一本正经地应道："来看看你做得怎么样。"

　　小盼面露羞色，对女孩说："丹萍，去给姐拿瓶酸奶。"

　　小怜这才发现，女孩居然是丹萍，她又惊又喜地说："来了也不说一声。"

丹萍笑着说："正和小盼商量，过几天去看你呢。"

小怜瞪了小盼一眼，说："这是好事，怎么还瞒着我？"

小盼摸了摸脑袋，咧嘴笑了。

小怜不安地问丹萍："你爹妈知道你来找小盼了么？"

丹萍做了个鬼脸："我只说来广东打工。他们也不能关我一辈子。"

小怜拍了小盼一巴掌，说："好好努力，要是再辜负丹萍，我饶不了你。"

小盼边躲边笑："我晓得咧！"

这年春节，几姊妹决定留在深圳过年。大年三十早上，蔡佳敏打电话给小怜，邀请他们去她家团年。小怜推辞道："你快要生了，别搞得那么麻烦。"

蔡佳敏神秘地说："麻烦什么？有人想见你。都要来咧。"

小怜问道："邹校长来啦？"

蔡佳敏说："才不是她，你过来就晓得了。"

实在推辞不过，小怜叫上家人，去超市买了不少年货，一同来到蔡佳敏家。走进大门，满屋飘满菜香，小怜笑着问道："佳敏，你最近偷学厨艺了？这么香。"

蔡佳敏笑眯眯地说："我哪有这么好的厨艺。"

"小怜来啦？"厨房传来一个熟悉的声音，小怜寻声走过去，陈翠英笑盈盈地迎出来。

小怜惊呼道："翠英？你什么时候来的？"

陈翠英笑道："来了几天了，佳敏说要给你一个惊喜，就没告诉你。"

小怜摇了摇头说："不够意思了哦。"

蔡佳敏一手搂小怜，一手揽陈翠英，说："这不见着了吗？看你忙得陀螺似的，就没去找你。"

饭菜准备得差不多了，小怜和小盼把餐桌椅摆好，丹萍忙着张罗碗筷，一众人欢聚一堂，举杯同庆，很是热闹。

饭后，趁陈翠英下楼扔垃圾，蔡佳敏告诉小怜，陈翠英说，她经常被老公家暴，这次好不容易离了婚，她不敢待在老家，也不敢去之前上班的地方。好不容易联系上她，说身份证不小心弄丢了，不知能不能介绍一份工作。蔡佳敏想，孩子马上就要出生了，正好需要人照顾，试着问她愿不愿意来她家帮忙。没想到她一口答应了。小怜本想说，翠英和我同村，怎么没联系我？店里也需要请帮手。转念一想，既然她们已经谈妥，不好再多嘴。

几个老同学久未相聚，家长里短的，聊了一下午。眼看快到傍晚了，小怜提议去饭店吃晚饭。

蔡佳敏说："饭店的饭菜，讲句不好听的，都是马屎皮面光，哪有自己做的放心？我这里热锅热灶，菜也都是现成的。知道你诚心请我们，晚饭你来做，好吗？"

陈翠英附和道："佳敏快要生了，确实要少吃外面的饭菜。"

小怜笑着说："好，听你们的。"说完，挽起衣袖，走进厨房忙活起来。

陈翠英也跟了进去，两人有说有笑，开始准备食材。

炒菜的时候，厨房气温上升不少，小怜随手把外套脱下来，扔到餐厅椅子上。陈翠英惊叫道："小怜，你也有啦？"

小怜看了看凸起的孕肚，实在没办法否认，尴尬地笑了。

蔡佳敏闻声走来，问："你这是……勇亮的？"见小怜不置可否，她皱着眉头问道，"他晓得么？"

小怜摇了摇头："不用他晓得。"

蔡佳敏懊恼地说："你不告诉他，这算什么事？"

小怜抿了抿嘴，说："我自个的娃，自己养。"

蔡佳敏叹了一口气说："这是何苦？男人一旦变了心，你用什么计谋，都没有用的。"

小怜轻咳一声，说："哪有那么复杂？我就是想当妈妈，跟别人没有关系。"

蔡佳敏轻轻跺了跺脚，看着小怜说："你就逞强吧，到时看你怎么带。"

陈翠英笑着说："唉哟，不是还有我么？到时都交给我，我帮你们带。"

小盼和丹萍带亦心下楼买饮料，他们进屋后，得知小怜怀孕了，都围拢过来。小盼抢过小怜手中的锅铲说："姐,你去歇着,我来炒。"

丹萍扶着小怜走出厨房说:"姐,你小心点。"

亦心端来一杯温开水,小心翼翼地递到小怜手上,说:"妈咪,您喝水。"

小怜哭笑不得,摆了摆手说:"你们紧张什么嘛,我又不是七老八十。"

大伙围在小怜身边,聊得热火朝天。亦心搬了一条小板凳,独自来到阳台上,安静地坐下来,低下头呆呆地望着楼下,无声地落泪,脚下的瓷砖地板,很快漾起两滩小小的浅流。没过多久,身后传来脚步声,她悄悄拭去泪花,双手撑着脸颊,望向空中绽放的烟花。

"恋宝,怎么一个人坐这儿? 小心着凉。"是小怜轻柔的声音。

"我在看烟花,您看,多美呀!"亦心小声应道,声音被浸湿了般,湿哒哒的,失去了往日的清脆。

小怜揽住亦心的肩,拥她入怀,柔声说:"是不是想妈妈啦?"

亦心轻轻点了点头。

"无论她在哪儿,她都是爱你的。我也一样。"小怜摸了摸亦心的脸,"妈咪向你保证,不管将来发生什么,我一定不会离开你。"

"嗯,我晓得呢。"亦心把头埋在胸前,细声应道,"妈咪,您要是太辛苦了,就把我送回乡下,我愿意和外公外婆在一起。"

小怜抚摸着亦心的头发,轻声笑道:"讲什么傻话? 就算你舍得我,我还舍不得你咧。"

亦心仰起头,双眸荡着亮闪闪的星光,说:"妈咪,谢谢您。"

屋内传来蔡佳敏的声音:"开饭啦。"

小怜牵起亦心的手,说:"来,吃饭去。"

亦心轻轻摸了摸小怜的肚皮,俏皮地说:"小宝贝,吃团年饭去咯。"

大伙刚坐定,蔡佳敏掏出三个红包,分别递给亦心、小盼和丹萍。

小怜推辞道:"你搞什么呢,都在外面,不用兴这一套。"

蔡佳敏瞪大眼睛说："大过年的，给孩子们一点压岁钱，推来推去好看吗？"

小怜说："二十几岁了，还孩子呀？"

蔡佳敏黛眉微蹙，不悦地说："没有生孩子的，就是小朋友。快收起来，早点吃完饭，等会好看春晚。"

陈翠英搓了搓手，不安地说："这……我也没做准备……"

小怜笑着打断她："佳敏是主人，我们负责吃好喝好就对了。"

蔡佳敏举起杯子，笑盈盈地说："小怜说得对。大家难得在一起过年，我以牛奶代酒，祝大家新年快乐，零八年发发发！"她把牛奶一饮而尽，叹了一口气，"瞧瞧我们仨，你俩离婚，我恐婚，这叫什么事？"

小怜给蔡佳敏夹了一个鸡翅道："大过年的，说点开心的。"

陈翠英端起酒杯说："来，欢欢喜喜迎新年，开开心心过日子！"

吃过团年饭，大家看了一会春晚，小怜看亦心有点犯困，起身准备回家。蔡佳敏拎来几个礼盒说："翠英，你送送小怜。"

小怜推辞道："你呀，看上去挺前卫的，思想全是老一套。都什么年代了，还搞这些老名堂？"

蔡佳敏撇了撇嘴说："又不拿给你，给孩子们的。"

陈翠英把礼盒一股脑拎在手上，说："大过年的，还打嘴皮子仗，都跟孩子似的。"

一行人走下楼，陈翠英轻声对小怜说："我本来想先联系你，去你家要了号码，却是空号。"

小怜这才想起来，为了躲避勇亮，上个月换了手机号，家里两个老人平时只懂接电话，她一忙，忘记告诉他们新号码。

陈翠英由衷地说："看你们过得好，我也很开心。"

小怜挽着陈翠英的胳膊，笑着说："过得好不好，只有自己清楚。我们都还年轻，一切都会好起来的。要相信自己，相信未来。"

路灯杆上悬挂的红彤彤的灯笼，小区、店铺门口红艳艳的春联，街心花园花团锦簇的年橘、鲜花，空中偶尔炸响的烟花，都在提醒人们，新年来了。虽是新年，但大街上空荡荡的，少了往日的喧闹，显得无比寂静。无论馨语苑、城中村，还是各大厂区，亮灯的地方都不多——每到春节空半城，这是深圳的独特景象。

第十章

大年初八上午，蔡佳敏突感不适，陈翠英收拾好产包，边扶她下楼边联系小怜。小怜交代店员守店，拦了一辆的士，陪同她们前往妇幼保健院。

第二天凌晨，蔡佳敏诞下一名女孩。

母女俩回到病房，陈翠英抱着孩子，问蔡佳敏："给邹校长报个喜吧？"

蔡佳敏无力地摇了摇头："我累了，再说吧。"

小怜每天去给蔡佳敏送饭。这天傍晚，她刚走出医院大门，树荫下窜出一个身影，挡在她面前。小怜吓得后退两步，抬头间，勇亮的脸庞映入眼帘。她皱了皱眉道："你想骇死人哪？"

"真是你呀？我还以为看错了。"看了看小怜的肚子，勇亮咧着嘴笑了，"有喜啦？"

小怜没有应声，绕开勇亮，朝前走去。他追上来，赔着笑脸问："真有啦？"

"关你什么事？"小怜反问道。

勇亮喜不自禁地说："我的娃，当然关我事。"

小怜冷笑道："真是幼稚得可笑，地球离了你，就不转了？我离了你，生不出娃了？"

勇亮兜里的手机响了，他按下接听键，一声怒吼窜出话筒："孩子都烧抽了，你停个车要这么久？"

"别慌，我这就来。"勇亮边跑边说，跑出几米，又倒回来，小声说，"我有空再去找你。"

小怜昂起头，冷冰冰地说："我们缘分已尽，放过你自己，放过我，都好自为之，OK？"说完，转过身，大步朝前走去，泪水却溢出眼角，淌得满脸都是。她没有擦拭，只为留下一个决绝的、坚定的背影。小怜没想到，怎么会流那么多眼泪，为那流逝的爱？为注定没有父爱的孩子？抑或是为未知的前路？她不得而知，也不想探究，只是不断告诫自己：不要回头，永不回头。

凭勇亮对小怜的了解，她不可能短时间心有所属。孩子百分之百是他的，他努力抑制满腔喜悦。窑内那次销魂的缠绵，不断在脑海回放，他感觉全身燥热不安，抱孩子的手微微颤动着。丽慧摸了摸他的额头问："你也发烧了？"

勇亮结结巴巴应道："没事，不是、不是给你急的嘛？"

勇亮深知小怜的脾气，到底不敢去找她，怕她动了肝火，伤到孩子。他的心，仿佛绑上了风向标，时刻飘向馨语苑。他时刻关注着小怜，只要看到她，看到她日渐隆起的肚子，内心就会莫名地悸动。两个孩子在他心中的分量，早已分出了高低。

5月12日下午，小怜在店里清点库存，听到店员在议论："四川发生地震了。"

小怜随口问道："真的假的？"

店员应道："我去买水，看到便利店电视在播。好像是七点几级，我没注意听，应该没多大事吧。不过新闻里说，好多省都有震感。"

小怜心底一沉，放下手上的活，来到便利店，新闻播完了，她问道："老板，听说四川发生地震了？"

便利店老板满脸凝重地说："是啊，新闻刚播出来。7.6级呢！北京都有震感，想想都可怕。"

小怜感觉一股热浪冲向脑顶，她扶住柜台，问道："那地方，离德阳有多远？"

便利店老板摇了摇头："说是汶川县，不知道离多远。"

小怜稳了稳神，扶着腰走出便利店，来到隔壁文具店，问老板找出一本地图。翻到四川省那一页，德阳紧邻汶川。小怜只觉眼前一黑，唤了声"妈妈……"便瘫倒在地。

文具店老板吓得不轻，拔腿跑到包子店。店员急忙通知小盼，小盼边跑边打电话给蔡佳敏，他气喘吁吁赶到时，众人正把小怜扶上蔡佳敏的汽车。小盼匆匆道了声"谢谢"，跳进车内，掐着小怜的人中哭喊道："姐，姐！你别吓我。"

蔡佳敏连闯两个红灯，火速抵达医院。在医生的救治下，小怜逐渐苏醒过来，大家都松了一口气。见小盼坐在床侧，小怜哭丧着脸说："你听说了吗，四川发生大地震了。"

小盼哭笑不得地说："瞧把你急成这样，离深圳十万八千里。你至于吗？"

小怜抿了抿嘴，低声说："你可能不晓得，妈妈……妈妈是德阳的。"

小盼吞了一口唾沫，定定地望着小怜，干笑了一声道："呵呵，她抛弃我们多少年了，你还挂念她？我的记忆中，就没这个人存在过，别再跟我提……"

蔡佳敏悄悄捅了捅小盼："别激动，再吓着你姐。"

小怜掩面悲泣道："对不起……可是，她到底是我们亲娘。"

第二天上午，小怜产下一名健康男婴。蔡佳敏一整天都在病房陪护，为了避免刺激她，大伙绝口不提地震的事。晚上丹萍送饭过来时，问道："姐，娃娃叫什么名呀？"

小怜想了想，说："颜圳希。"

蔡佳敏脱口而出："叫什么不好，还叫震？"

小怜笑着说："深圳的圳，希望的希。当然，也可以理解为地震越少越好。"

丹萍点了点头说："这个名字好。佳敏姐姐家的小公主，名字也很好听，蔡卓颖。等他们长大了，肯定都很棒。"

蔡佳敏笑道："当然希望他们都超过我们。"

小怜扶了扶额头的毛巾说："我倒希望他平安快乐，简简单单。"

老家的亲人得知小怜生了儿子，都欢喜得不得了。张氏老母执意要颜青莲领她下深圳，颜青莲问她："你八十多岁了，坐那么远的车，受得了吗？你走了，谁照顾老弟？"

张氏老母气呼呼地说："八十多岁怎么了？还不照样挖地种菜，喂鸡赶鸭。你屋男人在家没什么事，来照顾一下你老弟，我们又不长住，三五天就回来了。"

张氏老母说风就是雨，找来一个大竹笼，捉了六只母鸡，到村里四处采买，又买来六只鸡和两百个鸡蛋，还托马长安买来六个蹄髈、六个猪肚。

颜青石嘟囔道："带、带那么多，班车都、都不给你上、上车。"

张氏老母瞥了他一眼道："我出钱给他，还不行么？"

听说奶奶要来深圳，小怜犯难了。她离婚的事，看来瞒不住了。

为了方便照顾小怜，招待奶奶和大姑，小盼在小怜隔壁租了个单间，待小怜母子出院后，和丹萍搬了过去。一切都收拾妥当，却接到张氏老母电话，说她们不来了。

小怜不放心地问道："奶奶，家里发生什么事了吗？"

张氏老母支支吾吾应道："嗯……没什么事。"

小怜追问道："奶奶，您就别瞒着了。"

张氏老母叹了一口气，哽咽道："恋宝在家吗？"

小怜满心疑惑地问道："她上学去了，到底怎么了？"

"艳红出事了，今天一大早，你大姑全家都去了。"张氏老母哭着说。

"什么？她在哪儿？严不严重？"小怜失声问道。

"听说在四川，你大姑光顾着哭，我没听清楚。"张氏老母顿了顿，"别想东想西，照顾好自己和宝宝。"

艳红确实出事了，出大事了。

离开深圳后，艳红去了成都，住了一段时间，她喜欢上这个慢节奏的城市，在成都大学附近开了一间饰品店，懒散地经营着，收入不多，倒也悠闲自在。一年多来，她的病情控制得不错，每到观音娘娘生日那天，都会去一百多公里外的普照寺上香，风雨无阻。她的心性发生了很大变化，看到身边有需要帮助的人，必会倾囊相助。

汶川地震后，艳红第一时间报了名，准备前往震区支援。前期需要的是专业救援队，她没能成行。几天后，街道援助一批物资去重灾区，她好说歹说，领队答应她同行，帮忙看守物资。进入震区后，沿途的景象紧紧揪着一行人的心，车队在一个弯道前停下来。原来，崩塌的泥石堵了路。当地调来骡马队运送物资，大家小心翼翼朝前走去……

艳红隐约听到泥石滑落的响声，探头一看，松散的路基外侧，正在缓缓下沉，她大喊道："快跑!"人们拼命朝前狂奔，身后传来轰隆隆的崩塌声，一个女孩摔倒了，艳红搀起她奋力奔跑! 突然，她们脚前裂开一道缝，女孩吓哭了，艳红用力推了她一把，自己顺着泥石摔落山崖，所幸塌方没有继续。人们从泥泞中扒出艳红，她早已陷入昏迷。

队友们在艳红的通讯录内，找到颜青莲的手机号码。

家人赶到医院时，艳红奇迹般清醒了。她示意母亲打开她的背包，里面有各种证件、店铺钥匙、名片。她吃力地说："妈，我要是……没、没能挺……挺过去，帮我把……把、把店盘……盘了。"

颜青莲哭着说："讲什么傻话，你快点好起来，妈带你回家。小怜生了崽，我们去把恋宝接回来，好好过日子。"

两行清泪淌过艳红眼角，她指着钥匙费力地说："最、最小……小的钥匙，是我、我床头柜的，里面有、有……有我的……我的遗……遗嘱。"

颜青莲疑惑地问道："什么姨煮?"

艳红爹懊恼地说："你爷老子还活着咧，你立什么遗嘱!"

艳红的脸颊抽搐了一下，努力挤出一丝笑容，说："爹，对、对我妈好点……"

颜青莲热泪双流，紧紧握着艳红的手说："红妹子，好好歇会儿，别说多了。"

第二天清晨，艳红在睡梦中离世。颜青莲哭得肝肠寸断。

医护人员站在艳红的遗体前，致以沉痛的哀思。

窗外的桂花树上，不知何时飞来一只紫灰色杜鹃，不停歇地叫唤着"不如归去，不如归去……"

第十一章

处理完艳红的后事，颜青莲夫妇前往成都，找到艳红的店铺。

知道艳红事迹的街坊，纷纷前来慰问。时常光顾的成大学子，看到店铺开门了，又前来淘货，颜青莲说："我们来退店，拿我妹子交代的东西，没心思卖货。"

一个女孩说："我们都知道价格，我帮您收钱。"说完，找来一个纸箱，上方挖开一个小洞，箱体用口红写下两行字：助力抗震烈士，全场一件不留。

前来购物的人们，直接把钱扔进纸箱，找零都不要了。不到半天时间，店内货物抢购一空。

店铺房东赶了过来，握着二老的手说："大爷大娘，何必亲自跑一趟？我正想把房租转给小廖。"

艳红爹问道："还差多少钱租金？"

房东动情地说："小廖是英雄，我要把之前收的房租，全部退给你们。"街坊们听闻此言，齐声叫好。

在街坊的引领下，老人来到艳红的小家，一室一厅的单身公寓，摆设极其简单，完全没有往日的小资情调。

艳红爹掏出钥匙，打开床头柜，一个纸盒呈现在眼前。他小心地揭开盒盖，盒内有一封信、一个带锁笔记本。他双手颤抖着拆开信封，是艳红的笔迹。

颜青莲哭着问道："她写了什么？"

艳红爹涕泪横流，一字一句念道：

遗嘱

本人廖艳红，身患不治之症，哪天不幸离世，家事安排如下：

一、深圳商品房一套，由女儿马亦心单独继承。

二、马亦心的抚养权，继续交给表妹颜小怜，颜小怜没有房屋所有权。

三、成都公寓一套，由父母继承。

四、所有存款（或欠款），由父母继承。

五、日记本一册，转交表妹颜小怜，他人不得翻看。

六、以上，为本人完全清醒状态下所立。

特立此嘱。

廖艳红

2008 年 5 月 13 日

颜青莲号啕大哭道："傻妹子，你拼死拼活一辈子，何苦咧……"

艳红爹抹了一把眼泪，边点头边说："这样安排，蛮好，蛮好。"

颜青莲呜咽道："好个屁，小怜生了崽了，能带好恋宝?"

艳红爹说："怜妹子的为人，我了解，对孩子、对我们都上心。"

颜青莲还是不甘心，继续问道："你看看，那个本子里面，都写了什么?"

艳红爹瞪大眼睛，说："这是红妹子的心愿，无非是写给怜妹子的内心话。有么子好看?"

颜青莲一屁股墩到地上，哭腔拖得老长："那么好的房子，不该留给她哥么? 快打电话叫他们两口子买票，过来好好商量。"

艳红爹吼道："叫他俩来? 不是添乱吗? 白纸黑字写得清清楚楚，谁也推翻不了!"

颜青莲呼地站起来，喊道："管她什么黑字红字，我们不讲出去，谁晓得?"

艳红爹把遗嘱和日记本高高举起，生怕颜青莲抢了去，说："妹子是英雄! 她才咽气几天，就不认她的话了? 留给我们的房子、存款，来日不都是崽的? 家里修的楼房，不也都是她出的钱? 她留点东西给自己的骨肉，你还要昧下? 摸摸良心讲，对得住她么……"

见颜青莲正发怔，艳红爹把东西塞进挎包，紧紧护在胸前，飞快地跑出房间。他找到一间打字社，把遗嘱复印几份，马不停蹄找到邮政局，把日记本和遗嘱复印件一同寄给小怜。

接到那封挂号信，小怜有点摸不着头脑，拆开信封，看到遗嘱，她顿时懵了，泪水瞬间涌出眼眶，洇湿衣襟。她原来猜想艳红是病情加重，大姑两口子过去照顾。前几天打电话给颜青莲，她说艳红出了意外，人已经醒了，让她不用担心。

小怜急忙打电话给颜青莲，是大姑父接的，他哑着嗓子问道："东西都收到了么？"

小怜哭着应道："刚收到了。姑父，你们都在哪儿呢？"

"我们都到屋了，你姐也到屋了，你保重好身体，不要担心我们。"大姑父应道，四周一片嘈杂声，他的声音提高不少，"我要忙了，先挂了啊。"

待情绪平复后，小怜打开笔记本，一页浅紫色信纸飘落在地，她捡起来，一字一句读着：

小怜：

　　再次跟你说声：对不起。

　　离开深圳后，我明白了许多道理。可是，做过的荒唐事，不是后悔就能挽回的。你看到这封信时，应该见不到我了。这个日记本，算我的回忆录，也是我的忏悔书。你可以和亦心一起看，这样，孩子就能全心回到你身边。对了，亦心的事，我爸妈都不知道，所以，房子过户前，你一定要保密。

　　你是好人，好人会有好报的。

　　祝福你，及全家。

　　永别了。

表姐：廖艳红
2008 年 5 月 13 日

小怜把信纸夹进笔记本，小心地锁好，锁进密码箱内。屋外响起开锁声，丹萍回来做饭了。

小怜清了清嗓子，说："丹萍，等下叫小盼去亦心学校，请几天假。"

丹萍疑惑地问道："姐，请什么假?"

"亦心妈妈出了意外，没了。让小盼带她回去送一程。"小怜抽噎道。

丹萍愣了愣神："好的，姐。"

听说艳红离世了，亦心哭得上气不接下气，半天说不出话来。小怜把她搂在怀里，不敢轻易开口。许久许久，亦心仰起头，瘪着嘴说："妈咪，我差不多是孤儿了。"

小怜摇着头说："恋宝，别太伤心了，你还有妈咪，还有弟弟，还有外公、外婆、舅舅、舅妈，还有很多很多亲人。"

亦心哭喊道："可是，我再也没有妈妈了。"

小怜肝肠寸断，她多想告诉亦心，妈妈就在眼前。可是，她不忍孩子幼小的心灵再添哪怕一丁点伤痕。她咬紧牙关，把心头的苦和痛拼命往下咽。

圳希满月后，小怜带着他上班了。在操作间支一张婴儿床，喂过奶，换过尿布，不管他有没有瞌睡，都放到床上躺着。孩子仿佛知道妈妈的艰辛，只在饿了、拉了时，轻轻哼唧几声，以示他的存在。

六月底的一个午后，小怜正在收拾操作间，门外传来一个熟悉的声音："你们老板娘在吗?"

店员应道："在里面。"

小怜走出去，只见桃红双手抱胸，站在门外。

小怜收了收脚步，又迈出去，招呼道："您怎么来了?"

桃红上下打量着小怜，脸上漾起一丝奇怪的笑容，问："这是生娃了?"

小怜昂起头，笑着应道："您老人家消息蛮灵通。"

"伢崽还是妹子?"桃红伸长脖子朝里张望。

"你们下班吧。"小怜对店员说。待店员走远了，她笑着说，"不好意思，我要关档了。"

桃红一屁股坐在凳子上："我是来看我孙子的。"

小怜拿来扫把，边扫地边说："那您走错门了。"

桃红轻轻跺了跺脚："小怜哪，你要犟到什么时候？你一个女人家，要带两个娃，又要看店，忙得过来吗？"

小怜反问道："不然呢？"

桃红尴尬地笑道："我帮你带小的。"

小怜哈哈大笑道："您真敢开玩笑，您儿媳不把你一家吃咯。"

桃红探过脑袋，轻声说："只要你愿意，我这就把她赶走。"

小怜站直身子，凝视着桃红，严肃地说："我和你们家，早没瓜葛了。您请回。"

"小怜，我是来求你原谅我和勇亮的。"桃红眼眶瞬间红了，她抹了抹眼角，"丽慧不是过日子的人，又懒又馋，跟你一个天上、一个地下，根本没法比。他们三天两头打架呢。"

小怜皱了皱眉道："我真的很忙，没空听您讲家务事。"

桃红哭着捉住小怜的手，哀求道："我都看出来了，勇亮心里只有你。妈求你了，看在我孙子的份上，跟你回家。"

小怜懊恼地抽回手："别乱说！小心坏了你儿子名声。"

屋内传来圳希的轻啼声，小怜放下扫把，快步跑进去，抱起他，麻利地换下尿布。桃红跟了进来，看着孩子粉嫩的小脸，挂着泪水的眼睛，顿时笑眯了，说："唉哟，跟勇亮小时候，一个模子咧。"

小怜面无表情地说："别总往你家扯，我说不是他的，就不是。您再不出去，我报警了。"

桃红讪笑着朝门外走去，说："你何苦受这些罪。"

小怜没再搭理她，抱起孩子，锁上店门，径自回家了。

勇亮也来找过小怜几次，都被她冷着脸赶走了。

一天凌晨，小怜抱着孩子去开档，刚出大门，勇亮从屋侧闪出来，"扑通"一声跪在地上："小怜，你要我怎样赔罪，才愿意回头？"

小怜吓了一跳，退后几步，惊魂未定骂道："你有完没完！"

勇亮垂头丧气说："我和她真过不下去了。"

小怜紧紧护着孩子："跟我有什么关系？你有没有想过，婚姻接二连三失败，根本原因在哪儿？"见勇亮无辜地摇头，她继续说道，"简单的家庭关系都处理不好，怎么去应付更复杂的组合家庭？"

　　勇亮不解地问道："你和我是原配，哪来的组合？"

　　小怜不由笑道："如果我真回去，带着亦心和小宝，你带着你女儿，这关系有多乱，你想过吗？你有把握平衡好？"

　　勇亮想了想，没有应声。

　　小怜轻咳一声："婚姻不是过家家，想玩就玩，玩散就散，得用心维护。学会在曾经的错误中，总结经验教训。我要去忙了，你好自为之。"

　　小怜的身影，消失在街口。城市沉睡着，四周安静极了，静得能听到自己的心跳声。勇亮抬起头，望了望夜空，头顶的天际好像从来没有这么黑过。昏黄的路灯，照着他彳亍的身影，拖在身后的影子越拉越长，他的满腹心事越发冗长。

第十二章

　　在全家的呵护下，亦心慢慢走出失母的阴影，逐渐恢复了活泼的天性。唯有在独处时，会不自觉地发呆。

　　这年暑假，小怜带着亦心，去开了相关证明，把房子过户到孩子名下。亦心仰起小脑袋，轻声说："妈咪，我们搬去小区住吧，楼下有游乐场，弟弟长大一些，有宽敞的地方玩。"

　　小怜摸了摸亦心的脑袋："房子是你妈妈留给你的，不是弟弟的。"

　　亦心抽了抽鼻子，应道："您是弟弟的妈妈，却要抚养我。我分享了弟弟的妈妈，所以想分享我的房子。"

　　孩子超乎年龄的懂事，令小怜心酸不已，她哽着嗓子说："恋宝，谢谢你。你要记住，妈咪的爱，无穷大，会永远伴随你们左右。"

　　她们坐上公交车，准备回家，小怜的手机响了，是丹萍焦急的声音："姐，你们办好了么？"

　　小怜答道："刚上车，是不是希宝闹了？"

　　丹萍顿了顿，轻声说："希宝还好，小盼他和房东闹起来了，警察都来了。"

　　"师傅不好意思，我们有急事，不坐了。"小怜拉着亦心，边下车边对司机说。

　　小怜拦了一辆的士，朝小盼店铺赶去。

　　汽车尚未驶近，街边围满了人，她们急忙下车，扒开人群，挤进店铺，丹萍抱着圳希迎上来，哭着说："姐，你可回来了，警察把小盼带走了。"

　　丹萍说，房东突然过来发通知，整条街的业主把房屋打包卖给了一家集团公司，商户两个月内必须搬离。大伙都炸开了锅，这几年，房东不知打哪儿学来的招，凡是续签合同的店铺，房租按比例上涨不说，还要缴纳两三万元不等的喝茶费。小盼经营的店铺，从颜青莲手上盘过来时，房东收了五千元改名费，今年合同到期续签，又收了二万八喝茶费。这个房东坐拥六间门面房，几个商户围拢过来，和他商议如何补偿。他大手一挥，说："我爱租就租，不爱租就不租，补什么钱？"

小盼问道："我们合同刚签没多久，喝茶费和改名费，不该退给我们么？"

房东哼了一声："你要搞清楚，再来和我讲话，别乱讲！"

商户们都赞成小盼的说法，把房东围在中间，争先恐后讨要说法。

房东退到一边，用家乡话打了个电话。很快，一辆小汽车驶近，几个膀大腰圆的男人走下车，为首的男子黑着脸问道："谁吃了豹子胆，在这闹事？"

小盼说："哪有闹事，我们在和老板沟通。"

一个男子冲上来，挥拳打向小盼："沟通？这才是沟通，明白了吗？"商户们都吓蒙了，纷纷闪到一边。见商户们都怂了，他一脚踢飞小盼，叫嚣道："都他妈记住，这是谁的地盘！"

小盼气愤难耐，悄悄捡起一块石头朝打人的男子扔去。几人冲上来，对着他一通拳打脚踢。

丹萍抱着孩子，哭着躲到后门口，偷偷报了警。小怜赶回来时，警察刚把众人带走。小怜把孩子们送到蔡佳敏家，托陈翠英帮忙照看，和丹萍一起赶到派出所。打人的男子和小盼，都以寻衅滋事罪拘押了。

丹萍哭着对警察说："你抓错人了，是他们一伙殴打我男朋友。"

警察说："具体案情，我们会调查清楚，你们回去等消息。"

第二天凌晨，小怜陪丹萍去开档，只见炉灶、蒸笼、货架等全都堆在门外，卷闸门换了一把新锁。

丹萍哭着骂道："妈的，太欺负人了。"

小怜掏出手机，拨通了报警电话。

几个协警过来看了看，做了一份笔录："你们先把东西拉走，等消息吧。"

小怜问道："不能叫房东过来协商吗？这么多东西，我往哪儿拉？"

协警笑着说："自己想办法吧。"

几天过去了，一点消息都没有。

这天上午，丹萍去市场买菜，看到那个打人的男子开着汽车呼啸而过。她急忙打电话给小怜："姐，小盼回来了吗？"

小怜说："没看到呢。"

丹萍气愤地说："我看到打他那个人了。"

小怜挂断电话，直奔派出所，警察对她的质问不置可否，只说小盼关满十五天，才予以释放。其他事项，都不归他负责。

小怜气得脸都青了，跑到街上，找到一家广告店，做了一条白底黑字条幅：房东纠集恶势力，欺压租户；当局颠倒黑白，拘押无辜百姓。她把条幅塞进一个大背包，去超市买了一大袋面包、饼干、饮用水、两个拖把。来到小盼店铺楼下，趁租户开门上楼时，跟了进去。

小怜来到五楼楼顶，给丹萍打了个电话，说："你快来店子对面，对准楼上拍照，然后发到宝岗论坛上，该配什么文字，你自己想好。"

丹萍打车赶到街边，只见小怜用拖把杆撑着条幅，站在楼顶天台上，大声喊冤，楼下很快聚集了不少路人。丹萍拍了几张照片，找到宝岗论坛，火速编辑好文字，连同图片一起上传。

没过多久，街道和派出所都派来工作人员，极力安抚小怜。几个工作人员跑上楼，试图劝她下楼，她跨上围栏，大声说："都别过来，否则我就跳下去！"

消防员在楼底铺防护垫时，一位干部模样的中年妇女走上楼。她扶了扶眼镜，示意众人后退，轻声劝小怜："姑娘，你有什么诉求，直接跟我说，我尽力帮你解决。"

小怜冷笑道："你拿什么保证？"

女干部说："我是街道安监科的，拿我的职位做担保。"

小怜想了想，说："我只有三点诉求：第一，无罪释放我弟弟；第二，损坏我们的财产、耽误的生意、打伤我们的人，要依法赔偿；

第三，店铺合同到期前，房东没有权利赶走商户。"

女干部小声询问身旁的工作人员，点了点头："第一点，我现在就答应你。"

小怜问道："第二、第三点呢？"

女干部想了想，说："只要我职责范围内能解决，就没问题。你弟弟叫什么名字？我打电话叫他们放人。"

小怜坐稳身子，应道："颜小盼。"

似乎被什么绊了一下，女干部跟跄了两步，她扶住门框站稳，盯着小怜追问："你叫什么名字？"

小怜警觉地扶住护栏说："见到我弟再说。"

没过多久，小盼在警察的护送下来到楼下，他刚下车，就惊叫起来："姐，你干什么？快下来！"

女干部朝小怜招了招手道："你先下来吧。"

小怜挪了挪麻木的双腿，一不留神踢落脚边的背包，楼下传来无数尖叫声，女干部发出一声惊呼："怜宝，小心！"

女干部飞扑过来，死死拉住小怜，两人同时摔倒在地。

小怜吃惊地问道："你说什么？"

女干部松了一口气，惊魂未定地解释道："我说，你的包，掉下去了。"

工作人员围拢过来扶起女干部，殷勤地问道："张科长，您没事吧？"

"没事。找那个业主来，去街道会议室协商。"张科长拍了拍手上的尘土，关切地问小怜，"你没摔伤吧？"

小怜摇了摇头，不安地应道："张科长辛苦了。我皮糙肉厚，没什么事。"

众人来到街道会议室，张科长说："都登记一下身份信息。"

接过交上来的信息表，张科长面色凝重，半天没有说话。房东坐在椅子上，胸有成竹地扫视着小怜姐弟，露出轻蔑的微笑。

约莫过了一刻钟，张科长清了清嗓子，问道："你们的合同，还有多久到期？"

房东脸上堆满笑容："张科，我们只签了临时合同。"

张科长沉着脸说："我问几时到期!"

小怜不亢不卑答道："半年前续签的合同，还有一年半到期。"

张科长问房东："是不是?"

笑容在房东脸上凝结了，面部肌肉僵硬起来，支支吾吾地说："是……好像是。"

张科长背着手站起来，掷地有声："作为房东，应是租客的利益共同体。你居然纠集无关人等当众殴打租户，逼搬。现在是法制社会，懂吗?"

听闻此言，房东瞠目结舌。

张科长当即宣布处理结果：不论房屋卖给何人，整条街的商户租赁权，丝毫不予改变；颜小盼的医疗费、误工费、一切财产损失，以实际支出单据为依据，由房东赔付。

走出街道办，房东四处打电话，找关系申诉，得到的回应出奇一致：奥运会马上要开幕了，哪怕出一丁点乱子，都没有人能兜得住，只能这样了。

得知街道的处理结果，整条街的租户沸腾了，纷纷前去医院探望小盼，他一概不见。小怜劝道："大家都是街坊，生意上也有来往，是不是?"

小盼不屑地说："不稀罕做他们生意。"

小怜出门解释："实在不好意思，我弟受伤不轻，这几天也没休息好，刚睡着没多久。你们的心意我们都领了。"

小盼出院后没多久，店里来了一个妆容精致的女子，她摘下墨镜，四处看了看，优雅地指着蒸屉说："每样都要两个，打包。"临走时，还要了小盼的手机号码。

女子驱车离去后，丹萍不安地对小盼说："这人好奇怪的，不会是房东在背后搞什么鬼吧?"

小盼拥住丹萍，安慰道："没做亏心事，不怕鬼敲门。"

小盼也十分担忧，只是没有表露出来。高楼林立的大都市，时刻上演着弱肉强食的丛林法则，其惨烈程度，往往超乎人们的想象。生活在城市生物链末端的人，面对欺压时，即使奋起反抗，终究无法改变宿命。

第十三章

　　傍晚收档后，小盼和丹萍照例先去小怜的租房，一个煮饭炒菜，一个洗衣服、照看孩子。

　　暮色降临后，城中村热闹起来，伸手可触的楼房，依次亮起灯光，空气中弥漫的饭菜香味，此起彼伏的各地方言，在夜空中融合、飘扬。

　　小盼的手机响了，才听了两句，他的脸色凝重起来，恭敬地应道："好的，我们商量一下，再回复您。"

　　丹萍紧张地问道："谁呀？"

　　小盼放下手机，应道："早上买包子那个女的。"

　　丹萍惊叫道："她想干什么？"

　　小盼说："她问我们会不会做早茶类的包点。如果会，想和我们合作。"

　　丹萍警觉地问道："忽悠你的吧？"

　　小怜边给圳希换尿不湿边说："先了解一下，也行。"

　　第二天早上，小怜把会做的包点全部用心做了些，送到小盼店里。她搬来一张小板凳，在店外坐下。

　　女子如约而至，她走进店铺，依次品尝包点，笑着点了点头，说："先自我介绍一下，我叫张小美，在梅苑连锁酒楼工作。想找合适的包点供应商，最好能长期合作。你们的产品改良一下，还是不错的。"

　　"怎么合作？"小盼轻声问道。

　　张小美笑道："你能做多少，我要多少。"

　　小盼脱口而出："真的假的？"

　　"小伙子，我们有十多家酒楼，你想想看，早茶的销量有多少。"

张小美掏出一张表格，递给小盼，"这是收购价，你们考虑好，给我答复。"

看着那张价格表，小盼惊得目瞪口呆，张小美何时离去，他都没有发觉。小怜走进店，推了他一下说："瞧你这怂样。"

小盼抖着价格表说："分明就是骗子嘛。"

小怜摇了摇头说："别慌，先去梅苑酒楼开个洋荤再说。"

第二天早上，几姊妹走进梅苑酒楼，置身富丽堂皇的店堂，他们都拘谨起来，菜单上的价格比他们的包点贵十倍都不止。端上餐桌的包点，做工固然精致，口感也都很好。他们一致认为，小怜的手艺，并不比这些逊色。小怜放下筷子，郑重地说："这个活，我们接了。"

和张小美的合作，出乎意料地顺利。货款最初当天现结，后来一周一结，从未拖欠。

丹萍乐得合不拢嘴，说："今年行了狗屎运。"

小盼抗议道："姐有好手艺，才有好运气。"

小怜笑着说："要招几个师傅才行。你们也要好好学。"

小怜和张小美很投缘，两人关系也越来越亲密。

几年后，在张小美的建议下，由她筹集资金，小怜一家技术入股，成立了深圳市圳恋食品有限公司，相继开发出"圳美味"速冻食品、"圳年华"米粉、"圳 & 恋"果蔬面等系列产品。在张小美的主导下，产品相继进驻多家商超，成为食品市场上的一匹黑马。

事业日趋稳定，小盼和丹萍的终身大事，也排上日程。买婚房、找装修、选家具，张小美全程陪同，帮忙出谋划策。

看着忙前忙后的小怜，张小美说："你呀，也该给自己安个家了。"

小怜笑着说："我不着急，孩子们都还小。"

张小美说："居住环境的好坏，对他们的成长都有影响。你女儿在私立学校，要想办法把她转到公办学校。还有深圳户口，都要落实好，不然将来孩子考高中，差别大着呢。"

小怜也想买房，她想买大房子，至少有五个房间，这样就能把奶奶和父亲都接到身边照料。

张小美得知她的心思，心疼地说："我说你呀，就没为自己活过一天。"

小怜笑道："吃饭穿衣，哪样不是为自己？"

"人生就是吃饭穿衣这么简单吗？"张小美叹了一口气，"真看不懂你，离了婚还生个儿子，又不要人家养，何苦呢？换作是我，早就做掉了。"

小怜轻声说："既然来了，我再放弃了，他该有多痛。"

张小美笑道："发现时就做掉，哪有知觉？"

小怜应道："反正我做不到。"

小怜选了和小盼同小区的房子，两家的装修同时进行，省去不少事。

在张小美的帮助下，小怜母子和亦心的户口都迁到新房这边。正好赶上亦心升初中，孩子顺利入读宝岗初级中学。

小盼和丹萍的婚礼，定在 2012 年 2 月 2 日，新房入伙也都在这一天。

春节前，小盼和丹萍各开一辆车回老家，把奶奶、父亲和丹萍父母接来深圳。

老人这才知晓，小怜早已离婚，张氏老母抹着眼泪说："造孽妹子，瞒我们这么多年。"

小怜挽着奶奶走进新房，笑眯眯地说："您看，我这不挺好嘛。"

"好！蛮好，蛮好！"张氏老母脸上的眼痕尚在，双眼却笑眯了。旋即，泪水又漾出眼眶，她拍了拍小怜的手说："你吃了多少苦，才有今日的好日子。"

小怜甜笑道："苦过了，才晓得甜的好。"

颜青石斜靠在沙发上，对小盼说："盼、盼伢子，要记、记住你姐……姐的好。"

小盼应道："爹，我晓得。"

张氏老母挨个房间看了看，感叹道："没想到，这辈子享的是孙女福。"

工厂大年初八开工，忙完庆典，张小美来到小怜办公室，问："最近忙坏了吧？"

"还好，他们自己的事，我不用管太多。"小怜打开茶柜，"喝茶还是咖啡?"

"每逢佳节胖三斤，普洱吧。"张小美揉了揉肚子，"对了，跟你商量个事，小盼婚礼那天，我想带个伴，没问题吧?"

小怜笑道："是姐夫么? 非常欢迎。"

"不是，是位女士。"张小美拿起一个橘子，坐在沙发上剥起来。

小怜握水壶的手微微抖了抖，她把壶放好，插上电，轻轻呼了一口气，冷不丁问道："小美姐，我只知道您是深圳户口，没打听过您老家。我猜，是四川德阳吧?"

张小美手中的橘子，差点滚落在地。她站起来，踱到窗前，望着人来人往的街道，半晌才应道："你听哪个讲的?"

小怜沏好茶，各斟上一杯，答非所问："想参加小盼婚礼的，是张科长吧?"

张小美叹了一口气，说道："小怜，你的聪明，真是超乎我的想象。"

小怜的脸顿时涨红了，泪水溢满眼眶，她低下头，摆弄着衣襟，情绪稍稍平复后，她抬起头："替我谢谢她，也谢谢你对我们姐弟的扶持。我想，小盼不会答应的。"

张小美快步走过来，紧紧握住小怜的手问道："你知道她是谁?"

"这么多年了，每个人变化都很大，可我一辈子都忘不了她的声音和神态。"小怜苦笑道，"我救弟弟那天，她来劝我，扑向我的那一刻，我就认出是她。"

张小美拥住小怜说："所以，我主动去找你们时，你没有犹豫就答应了，是吗?"

小怜哭出了声："我一直在等她，前前后后 25 年，她还是这么狠心……"

"你说的这些，我都懂。我姐的难处比谁都多。被拐到你家时，她才 15 岁。逃回家后，家人差点认不出她。我们去报了警，没有抓到人贩子，我爸要去你家算账。她说，孩子们还小，再没了爹，叫他们怎么活?"张小美也哭了，她连喝两杯茶，"那天，姐也认出了你们。下班后，她直接去找我。只有在我面前她才敢哭出来。你想想她的处境，她能怎么样，她不敢怎么样啊，小怜。"

小怜哽咽道："我明白。"

"她想亲眼见到儿子成婚，哪怕躲在远远的角落。"张小美从挎包内掏出一个精致的袋子，递给小怜，"这个，她让我转交给你，母女缘虽浅，牵挂比海深。"

小怜打开袋子，三个精巧的檀香木盒子内，装着一大两小金镶玉吊坠。她双手颤抖着给自己戴上，说："小盼结婚那天，我让孩子们都戴上。"

这天晚上，小怜单独把小盼叫出来，向他挑明了张小美的身份，道出了母亲的愿望。

小盼异常激动地质问道："我们吃的那些苦，你忘了吗？她生而不养，还有脸来见我们？"

小怜轻言细语，劝解到半夜，小盼的情绪才平复下来。

小盼和丹萍的婚礼，如期在梅苑酒楼龙凤厅举行。张氏老母拍着田母的手，不无得意地说："亲家母，整个尚文街上，也找不出这么有排场的店子。"

田母笑着应道："孙子孙女都有出息，您老人家好福气。"

张氏老母笑眯眯地说："嗯，天天都在享福。"

开席后，小怜陪小盼夫妇挨桌敬酒。张小美身旁坐着一位气质不凡的女士，白净的脸上戴着一副黑框眼镜，利落的短发，得体的绛红色长裙，既干练又韵味十足，闪烁着智慧光芒的双眸，泛着晶莹的泪光。

小怜双腿突然异常沉重，怎么都挪不开脚步，张小美迎上来，挽住她说："亲爱的，你太操劳了。"

一桌人都举起酒杯，祝福声不绝于耳，小怜感觉旁人都虚成一片，唯有妈妈的面目无比清晰，戴眼镜的短头发妈妈、围格子头巾的大辫子妈妈，在眼前交替出现。她给自己满上酒，一一和宾客碰杯，她的酒杯，终于和妈妈的酒杯相遇，清脆的声音重重撞击着她的心，她热泪盈眶地说："谢谢大家，谢谢您。"她端起酒杯一饮而尽。

小盼的记忆里，没有妈妈的一丝影子，眼前这位陌生女士却让他感觉无比熟悉，他的脸部轮廓和五官，和她有几份神似。四目相对的那一刻，心中的所有怨恨瞬间瓦解了，他多想唤一声"妈妈"，多想……

婚宴还没结束，小怜和小盼都醉了。他们躺在酒店的沙发上，做了同样一个梦：妈妈双手搂着他们，依偎在老家的火塘旁，轻声哼着童谣，哄他们入睡。

第十四章

　　小怜醒来后，一改平日稳重的形象，情绪很高昂。好在张小美和蔡佳敏全程帮忙，张小美送走张科长，又返回酒店照应宾客。

　　晚宴由小怜做东，在小区门口的潇湘园举行。

　　酒席散去后，夜色渐深。小怜踉跄两步，趴在张小美肩头："美姨，拜托送一下佳敏和翠英。"

　　张小美扶稳小怜，笑道："我先送你回家，再按质按量完成任务。"

　　亦心搀住小怜，对张小美说："您辛苦一天了，先回家吧。我能照顾妈咪。"

　　张小美拍了拍亦心："真乖。"

　　和大家道别后，张小美载上蔡佳敏母女和陈翠英，朝馨语苑驶去。快到小区门口时，蔡佳敏说："张姐，靠边停一下，我去对面干洗店拿羽绒服。"

　　张小美应道："好的，我等你们。"

　　"不用了，走几步就到家了。"蔡佳敏下了车，把手提袋递给陈翠英，抱起女儿准备过马路。

　　汽车开出没多远，张小美听到几声尖叫，转头一看，一辆载着两个小伙子的摩托车飞驰而过，陈翠英倒在马路边，蔡佳敏扯着嗓子大喊："打劫啦！打劫啦……"

　　张小美一边紧跟那辆摩托车，一边掏出手机报警，并且追出好几条街。前方响起了警笛声，摩托司机慌了神，撞向路边的花坛，双双摔倒在地……张小美停好车，警察也赶到了，把几人带到派出所。

　　张小美拨通蔡佳敏的手机，蔡佳敏惊魂未定地问道："张姐，怎么样了？"

张小美说："逮到了，快来认领失物。"

蔡佳敏说："翠英胳膊摔伤了，正在诊所包扎。我开车过去吧。"

蔡佳敏赶到后，警察当着大家的面清点赃物，评估抢劫金额。陈翠英的背包内，有一个檀香木盒子，张小美惊叫道："这不是小怜的吊坠吗？"

警察打开盒盖，蔡佳敏愣住了："好像是哦，怎么在这儿？估计是她喝多了，看错包了。"

张小美说："单凭这个，就够他们喝几壶了。"

因涉案金额巨大，警察不敢怠慢："打电话叫她们来认领。"

陈翠英的手机，一直无人接听。蔡佳敏焦急地说："怎么回事？不会摔出内伤吧？"

警察说："我陪你们去看看。"

几人赶到诊所，医生对蔡佳敏说："你前脚走，你那姐妹后脚就跑了，拦都拦不住。"

大家赶往蔡佳敏家，屋内空无一人，房间一片混乱，蔡佳敏的首饰、现金，陈翠英的换洗衣服，都不见了。

张小美接上小怜，再次来到派出所。

小怜写出陈翠英老家的地址。警察在系统内输入，跳出一条通缉令：2007 年 11 月，东莞市运水玩具厂发生巨额现金盗窃案，经确认，财务主管陈翠英有重大作案嫌疑，现在逃。

蔡佳敏抚着胸口说："天啦，怪不得叫她补身份证，她搞个假证应付户管。"

张小美说："你们呐，太大意了。"

小怜清醒不少，扶着额头说："都是老同学，没把她往坏处想。"

张小美摇了摇头："知人知面不知心，吃一堑长一智吧。"

后来，陈翠英仿佛人间蒸发了般，再也没有她的消息。

圳恋食品公司的业务越做越大，短短几年时间，先后开拓出华南市场、西北市场、华东市场，逐步走向全国。公司还成立了电商部，进驻天猫、京东等各大电商平台，实现线下线上多渠道销售经营。

亦心中考后，小怜带上两个孩子出去走走。经广西、过云南、入贵州，再到四川。

最后一站是 5.12 汶川特大地震纪念馆。

在肃穆的纪念碑下，小怜说："孩子们，亦心的妈妈在这场地震中，为了救同伴不幸遇难，她是英雄。我们要珍惜一切，感恩所有。未来无论遇到什么挫折，都要无畏无惧。"

从纪念馆出来，大家准备离开时，亦心惊呼道："我的背包不见了！手机都在里面。"

小怜连忙拨打亦心的电话，居然接通了，她急切地说："对不起，这是我女儿的手机，请问您在哪儿？"对方沉默着，没有回答，小怜哀求道，"孩子的证件都在包里，您要多少钱，我来赎。"

"我在纪念碑下。"话筒内，传来一个极富磁性的男声。

小怜连声说："谢谢您，先生，我们马上过来。谢谢。"

一个身材魁梧的男子，站在纪念碑下，他的脚边正躺着亦心的小背包。

亦心停下脚步，不安地说："那个人好像缺了一条胳膊。"

小怜牵起亦心的手："别怕，生活虽然给予人们巨大的创伤，多数还是选择善良。"

圳希走过去，仰起小脑袋，问道："叔叔，是您捡到我姐的包吗？"

男子蹲下身子："我在纪念碑下捡到这个包，正在找它的主人呢，却又不好贸然翻看包里的东西。小朋友，你叫什么名字？"

圳希认真地答道："我叫颜圳希，五颜六色的颜，深圳的圳，希望的希。"

男子笑着说："好名字。"

小怜和亦心走近了，正准备打招呼，男子站起来，转头望着天边的云彩，肩头微微颤抖着。小怜轻唤道："先生，您好。"

过了好一会儿，男子转过身，黝黑的脸上挂着一丝淡淡的忧伤，小怜的心跳莫名加快了。她稳了稳神，笑着打招呼："您好。"

男子俯下身，拎起背包，递给小怜，说道："你好，小怜。好久不见。"

小怜突感一阵晕眩，脚底直发软，她颤声唤道："家龙?"

男子笑着应道："是的，你没有太大变化，我成小老头了。"

小怜的心，被重物击中了般，痛到窒息。亦心察觉出她的异常，伸手搀住她问："妈咪，您没事吧?"

小怜摇了摇头："没事，低血糖犯了。"

地震发生后，邱家龙来到汶川附近一所中学任教。工作之余，时常到周边做志愿者，他见证了灾后的重建，见证了人们心灵家园的重建，完成了自己精神世界的重建。

"家里人都好么?"两人异口同声问道。

邱家龙咬了咬嘴唇："家燕嫁到成都，我妈帮她带娃，我爹在她们小区做保洁。我嘛，一人吃饱全家不饿，有学生们作伴，蛮好。你呢? 爱人没一起来?"

小怜看着远处的孩子："我呀，除了爹和奶奶在深圳，不能出远门，全家都来了。"

邱家龙感叹道："我去年回了趟老家，村子几乎没有年轻人，只有老人和少数孩子。"

小怜问道："你身边，有需要帮助的孩子吗?"

邱家龙想了想，说："政府的安置工作做得挺好的，就算是孤儿，生活、上学都有保障。"

回酒店途中，圳希问道："妈妈，那个叔叔是谁呀?"

小怜说："老家邻居。"

圳希眨巴着大眼睛说："他认出你了，你都不知道是他。"

亦心轻轻敲了一下圳希的头说："傻瓜，我手机里备注的是妈咪的名字。"

小怜的手机响了，是邱家龙的信息：我想起来了，有好几个孩子说想看海。

小怜回复道：深圳有不少海滩，南澳、大梅沙、小梅沙……你把他们组织起来，我负责接待和所有费用。

返回深圳后，小怜开始策划"相约深圳·拥抱大海"联谊活动。

八月上旬，邱家龙和八个学生抵达深圳，小怜在南澳租了民宿，安排厂里司机开着中巴车，带着亦心姐弟以及亦心几个要好的同学去接机，开始了为期十天的暑期夏令营。

开学后，由邱家龙牵线，小怜和汶川当地教育部门接洽，成立了"心怜心助学基金"，小怜每年出资五万元，奖励成绩优异的贫困学生。同年，基金会以相同模式在家乡尚文县开展。

第二年暑假，"相约深圳·拥抱大海"公益活动如期举行，亦心和同学们迎来了川湘两地的新伙伴。

在小怜的影响下，圳恋食品公司的诸多高层，开始关注公益事业。

张小美提出独到见解："我不否认助学的好处，但相比伸手领钱，我更注重自身价值的创造。"

小怜带头鼓掌："是的，授人以鱼，不如授人以渔。"

经股东大会表决，圳恋公司在川湘两地投资建厂，主攻腊味、茶叶、野菜加工等领域。"圳恋食品"的姊妹公司"川恋食品""湘恋食品"应运而生。

小怜回到家乡，和乡镇干部商榷、和村干部交流、和茶农谈心，达成饲养、种植分包到村、到户，由公司统一收购、加工、销售的合作经营模式。经多方考察，加工厂选址在秀水村口。

一切安排妥当，小怜回深圳陪亦心高考。

暑假开始后，小怜带着孩子们重返秀水村。老樟树屹立在桥头，粗黑的树干刻满岁月的沧桑，遒劲的树枝伸着巨臂，擎起苍翠的树冠。

几台挖掘机停在前方，斜坡和旧窑了无影踪，工厂地基初见雏形。

圳希兴奋地朝挖掘机跑去："天啦，这是真家伙耶！"他没跑几步，被石块绊倒，摔了个嘴啃泥。

小怜惊叫道："没事吧？"

圳希趴在地上好奇地说道："咦？妈妈的名字。"

亦心笑着说："瞎扯吧你。"

圳希一字一顿读道："邱家龙 LOVE 颜小怜。"

小怜走过去，那块心形泥块居然静静地躺在尘土飞扬的泥土中间。

亦心小心地摸了摸："真好，捡回家吧。"

小怜摇了摇头说："不用了。"

亦心考上心仪的香港中文大学。

一家人返回深圳，亦心递给小怜一个精巧的小木箱，说道："妈咪，谢谢您为我和弟弟筑起一个充满爱的家。祝您早日找到属于自己的幸福。"

小怜打开小木箱，那个心形泥块，卧在一方古朴的印花蓝布上。她心头一热，半天说不出话来。

亦心入学前，小怜拿出艳红那个笔记本，塞进行李箱最底层，嘱咐道："你妈留给你的，到学校安顿好了再看。"

亦心俏皮地问道："什么宝贝？藏宝图吗？"

小怜笑道："应该是寻宝秘籍。"

目送亦心走过福田口岸，小怜调转车头，准备返回秀水村。天空飘起豆大的雨点，阳光执着地照耀着大地，珠串般的雨丝全都镀上闪闪的金光，异常夺目。

耳畔恍惚传来久远的童谣："又出太阳又落雨，皇帝老子嫁满女；怜宝乖乖快长大，妈妈给你扎头花；戴朵梅花走人家，来日落到状元家。"

（全文完）